本书由郑州大学学位点建设基金资助出版

二十世纪莎评简史

辛雅敏 著

中国社会科学出版社

图书在版编目(CIP)数据

二十世纪莎评简史/辛雅敏著. —北京：中国社会科学出版社，
2016.9
ISBN 978 - 7 - 5161 - 8919 - 1

Ⅰ.①二… Ⅱ.①辛… Ⅲ.①莎士比亚(Shakespeare,William 1564 -
1616)—文学评论 Ⅳ.①I561.063

中国版本图书馆 CIP 数据核字(2016)第 221731 号

出 版 人 赵剑英
责任编辑 陈肖静
责任校对 牛 玺
责任印制 戴 宽

出 版 中国社会科学出版社
社 址 北京鼓楼西大街甲 158 号
邮 编 100720
网 址 http://www.csspw.cn
发 行 部 010 - 84083685
门 市 部 010 - 84029450
经 销 新华书店及其他书店

印 刷 北京君升印刷有限公司
装 订 廊坊市广阳区广增装订厂
版 次 2016 年 9 月第 1 版
印 次 2016 年 9 月第 1 次印刷

开 本 710×1000 1/16
印 张 15.5
插 页 2
字 数 213 千字
定 价 58.00 元

凡购买中国社会科学出版社图书，如有质量问题请与本社营销中心联系调换
电话：010 - 84083683

目　　录

绪　　论

西方文学批评在 20 世纪得到了蓬勃发展，批评方法和批评流派丛生，可以说异彩纷呈、百花齐放，极大地深化了我们对文学现象的认识和理解。而另一方面，在整个西方文学乃至世界文学中，恐怕没有哪位作家像莎士比亚一样受到世人瞩目。莎士比亚在西方文学中的重要地位催生了绵延数百年的莎学（Shakespeare Study）。但我们常说的莎学是一个很宽泛的概念，传统意义上的莎学不仅包括莎士比亚批评（Shakespeare Criticism），或称莎士比亚评论，可简称为莎评；也包括莎士比亚学术研究（Shakespeare Scholarship），后者则可被认为是狭义上的莎学。这一区分涉及长期以来西方文学研究中学者和批评家之间的不同分工。莎士比亚学术研究是学者们的专门领域，其中的版本校勘、故事来源、历史背景等研究都需要长期和专门的学术训练及知识储备；而莎士比亚批评或评论则是文学批评家们的工作，我们所说的莎评史可视为西方文学批评史中的一部分。

因此，我们所关注的对象是莎士比亚批评或莎士比亚评论，也就是人们常说的莎评，并不包括莎士比亚研究中狭义上的莎学。那么作为对历史上的莎士比亚批评的研究，首先要回答的问题就是：如果每个人都有权描绘出自己眼中的哈姆莱特，为什么我们还需要了解前人的批评实践？简言之，研究莎评史的意义和价值是什么？

托·斯·艾略特（T. S. Eliot）曾在一篇名为《莎士比亚批评——

从德莱顿到柯尔律治》（Shakespearian Criticism：From Dryden to Cole-
ridge）的文章中回答过这个问题："评价如莎翁一样伟大的诗人，需
要借别的诗人、评论家的观点来帮助理解。而每一种观点又都是不完
美的。要理解这些观点还需要我们对文学批评的整体观念有所理
解。"① 这段话表达了两层意思，一是阐明了莎评的重要性；二是指出
了文学批评与莎评的关系。

这两层意义便是本书的价值所在：一方面，如艾略特所言，以往
的莎评是当代莎评的基础（sub-structure），阅读其他批评家的作品就
是和他们对话，而整个莎评史就是一个莎评家之间不断对话的过程。
莎评史研究可以让我们了解历史上批评家是如何评价莎士比亚的，进
而让我们在今天更深入地理解莎士比亚作品。而另一方面，自从 18 世
纪以来，莎士比亚批评就开始多次成为西方文学批评发展史的晴雨表
和风向标，在文学风尚的变革中起到了至关重要的作用。因此，对莎
士比亚批评史进行研究梳理也可以让我们从一个侧面观察整个西方文
学批评的发展轨迹，而对整个文学批评的把握也有助于我们认识每一
位莎评家的不足。

进入 20 世纪以后，文学批评的发展逐步走向多元化、专业化和制
度化，随着这一进程的深入，新的批评方法不断出现，新的批评理论
也开始崭露头角。在这样的背景下，莎士比亚批评再次成了各种批评
方法的试验场。从人物心理分析到历史主义、形式主义，再到 70 年代
以后的各种经过不同文学理论浸染的批评阵营，莎士比亚批评在 20 世
纪不仅一次次地运用新的批评方法，将研究不断推向深入，将问题不
断细致化，从而完成了对自我的不断超越；同时它也像以往的莎评一
样，完美地融入了整个文学批评发展的大潮之中，并时不时成为引领
一时风尚的弄潮儿。这一切都使得 20 世纪莎评比以往的莎评更加值得

---

① T. S. Eliot, "Shakespearian Criticism：From Dryden to Coleridge", in Harley Granville-Barker
and G. B. Harrison, eds. *A Companion to Shakespeare Studies*, Cambridge：Cambridge University Press,
1946, p. 288.

我们学习和借鉴。

　　但是，作为一个史论性质的研究，在有限的篇幅内，要做到既全面又深入地研究 20 世纪如此众多的莎评家，似乎不太可能。因此，本书旨在尽量客观地勾勒出 20 世纪莎评的整体风貌，我们无意于、也没有能力在有限的篇幅内对莎评史做事无巨细、通览无余的考察，而只能是选取最具代表性的莎评家进行总结，并勾勒出一个历史发展和思想传承的大致轮廓。因此，如何权衡全面介绍与深入评析是一个重要的方法论问题。面对这一问题，本书将选取最有代表性的重要批评家进行相对细致深入的评析，同时试图兼顾文学批评发展的宏观背景，尽量选取能够体现莎评乃至文学批评发展脉络的代表性人物进行研究，目的在于在有限的篇幅内对 20 世纪莎评史上的重要人物做出有价值的介绍与评价。然而即便如此，由于精力、学识、篇幅等原因，仍有大量非常重要的莎评家没有在这本简史中得到应有的讨论，已经讨论的莎评家中也难免出现纰漏和错误，对此还望学界同仁海涵并指正。

　　总而言之，歌德对莎士比亚的著名评价——"说不尽的莎士比亚"——可以被视为莎士比亚批评常释常新、永无止境的真实写照。只要文学批评还会不断地推陈出新，莎士比亚批评的生命力就不会枯萎。同时，只要莎士比亚批评不断地向前发展，莎评史的研究便自有其价值。

第一章 人物心理批评：性格分析与精神分析

　　20 世纪初的莎评，基本上是维多利亚时代的传记研究与性格分析批评的延续。在这方面，1904 年布拉德雷教授出版的《莎士比亚悲剧》一书把这一传统推向了一个新的高度。在此书中他把戏剧人物当做 19 世纪现实主义小说中的人物，将浪漫主义以来的莎剧人物性格分析发展到极致，深入细腻的分析和娓娓道来的笔法让《莎士比亚悲剧》一书独具魅力，成为有史以来最畅销的莎评专著；但同时，此书的成功也预示着莎评界的变革即将来临，新的批评方法已经在黎明的曙光中蠢蠢欲动。

　　世纪之交，来自德语世界的精神分析心理学的发展也给文学批评带来了新的变化，一向作为西方文学批评风向标的莎士比亚批评这次也一如既往地站在了变革的前沿。除了弗洛伊德本人对《哈姆莱特》等莎剧的论述外，其弟子厄内斯特·琼斯的《哈姆莱特与俄狄浦斯》一书更是成为精神分析莎评的典范。虽然精神分析莎评一直也未能在莎士比亚评论的舞台上占据中心位置，但却从未离开过这个舞台。直到 20 世纪末，由于拉康等人的复兴，这个长盛不衰的批评流派依然是莎评中的一个重要阵地。

　　性格分析与精神分析，虽然一新一旧，却都在 20 世纪初找到了自己的最佳代言人，而且两者都可视为以人物心理分析为核心方法的批评流派，只不过布拉德雷更倾向于诉诸人类的常识心理，而弗洛伊德及其追随者使用的则是由弗氏本人所开创的、从精神病理学进入文学研究的精神分析方法。本章将以布拉德雷为代表的性格分析莎评和以弗洛伊德和琼斯为代表的精神分析莎评放在一起，以期展现 20 世纪初西方莎评界的大致风貌。

第一节　布拉德雷

英国莎评家、牛津大学教授安·塞·布拉德雷（Andrew Cecil Bradley，1851—1935，又译布雷德利）是一个在西方莎士比亚研究领域家喻户晓的名字，他的代表作《莎士比亚悲剧》（Shakespearean Tragedy）一书堪称有史以来最有影响力的莎评著作。这部书出版于1904 年，它在专业和业余读者中都广受欢迎而又历久弥新，在 2005 年版权过期之前就已经再版和重印达到 100 次以上，平均每年都有重印，堪称文学批评史上的一个不大不小的奇迹。

布拉德雷之所以能够在文学批评史上青史留名，很大程度上得益于他的诗歌理论和悲剧理论。前者体现在他的《为诗而诗》（Poetry for poetry's sake）以及其他演讲小册子中①，后者则体现在被收入《牛津诗歌演讲集》（Oxford Lectures on Poetry，1909）中的《黑格尔的悲剧理论》（Hegel's Theory of Tragedy）一文和《莎士比亚悲剧》一书的前两章。因此，布拉德雷的身份不仅是批评家，同时也是一个文学理论家，他的诗歌理论和悲剧理论在西方文论史上都有一定的影响，他的莎士比亚评论其实也远比单纯的浪漫主义性格分析要更复杂。要讨论布拉德雷的莎评，就要先从他的悲剧理论开始。

布拉德雷的悲剧理论的价值在于他改造了黑格尔的相关理论并使

---

① 这些小册子包括《为诗而诗》、《诗的功用》（The uses of poetry）等，前者被收入《牛津诗歌演讲集》。

其能够解释莎士比亚。众所周知,黑格尔心目中的理想悲剧是古希腊悲剧家索福克勒斯的《安提戈涅》,而不是近代的莎士比亚。在《黑格尔的悲剧理论》一文中,布拉德雷便试图补充黑格尔的理论。首先,他肯定了黑格尔关于悲剧是精神冲突的说法,认为悲剧是伦理实体的自我分裂与内部斗争,是善与善之间的冲突;而悲剧的结局就是对这两种排他性要求的否定,是冲突的和解。然后,他把黑格尔对近代悲剧的一些论述进行了进一步解释。黑格尔认为,"赋予主体以重要性"① 是近代艺术的显著特征,布拉德雷则沿着这一论断进行展开,为近代悲剧辩解道:

> 　　希腊悲剧中的人物,由于和一种伦理的力量化为一体,令人深感兴趣,这种兴趣在近代悲剧中虽然丧失了,可是通过对人物的异常细腻的描绘,通过人物对某种特殊的魅力或者俯瞰一切的优点的取得,也就得到了补偿。②

在这些观点的基础上,布拉德雷试图进一步补充黑格尔的悲剧理论。他指出,黑格尔在几个方面还需要补充。首先,布拉德雷认为,黑格尔看重的是行动和冲突,而非苦难和厄运,但如果厄运来自于人物的行动,那么这种厄运就是具有悲剧性的。除了来自行动的厄运,还有一种意外和偶然因素带来的厄运,这种厄运带有一定的命定色彩,如果与人物性格结合也会成为很好的悲剧素材。其次,布拉德雷指出,黑格尔有时夸大了悲剧结局的和解因素,因为经验告诉我们,全面的和解是不可能的,悲剧的结局还会给人带来痛苦,甚至有时有一种崇高感和喜悦感。③

---

　　① ［英］布拉德雷:《黑格尔的悲剧理论》,见《古典文艺理论译丛》(卷三),中国社会科学院文学研究所编,中国知识出版社 2010 年版,第 1557 页。

　　② 同上书,第 1558 页。

　　③ 在这里,布拉德雷衡量黑格尔理论的标准是"我们的感觉",这和他在《莎士比亚悲剧》中使用的方法是一致的。总的来说,布拉德雷对黑格尔的改造整体上都是带有经验主义色彩的。

最后，他还认为黑格尔对道德的邪恶认识不足。

经过这一系列补充，布拉德雷最后将悲剧重新定义为："悲剧描写的是精神的一种自我分裂和自我耗损，或者是含有冲突和耗损在内的精神的一种分裂。"① 这一定义最大的特点就是体现了黑格尔所忽略的主人公的内部冲突，并且引入了"耗损"这个概念。而且布拉德雷进一步指出，"精神价值越高，冲突和耗损的悲剧性也就越大。"② 总之，布拉德雷对黑格尔的补充和改造目的很明显，就是为了使黑格尔的悲剧理论能够适应近代悲剧，尤其是莎士比亚悲剧。单就此目的而言，应该说这种改造还是成功的。

在《莎士比亚悲剧》一书中，布拉德雷以莎士比亚悲剧为基础，进一步探讨了悲剧的概念和本质等问题，其中很多问题可以视为对《黑格尔的悲剧理论》一文的补充和延续。比如他明确指出，莎剧中的冲突不仅仅是两个势力之间的冲突，更是主人公内心中的冲突。而且布拉德雷在这里将"精神势力"进行了定义，称其为"人的精神中起作用的任何一种势力，不论是善是恶，是个人的情欲还是和个人无关的原则；怀疑、愿望、顾虑、观念等任何可以激励、震撼、占有和驱使人的灵魂的东西。在莎士比亚悲剧中，类似这样的势力发生着冲突"。③

关于悲剧的本质，布拉德雷说道："悲剧的根本力量是一种道义的法则。"④ 但这种道义既不是我们平时所说的正义和仁慈，也不能简单地被看做是命运；因为前者会使个人的悲剧结局成为其行为的必然结果，后者则会使个人变为某种冷漠力量纯粹的牺牲品。这种"道义的法则"是一种善与恶之间的斗争。恶在世界秩序的内部产生，与善

---

① ［英］布拉德雷：《黑格尔的悲剧理论》，见《古典文艺理论译丛》（卷三），中国社会科学院文学研究所编，中国知识出版社 2010 年版，第 1564 页。

② 同上书，第 1567 页。

③ ［英］安·塞·布雷德利：《莎士比亚悲剧》，张国强、朱涌协、周祖炎译，上海译文出版社 1992 年版，第 14 页。

④ 同上书，第 28—29 页。

发生冲突。世界秩序在努力排斥恶并战胜恶的时候不得不割舍自己实体的一部分，于是善与恶一起牺牲。布拉德雷的这一论述很精彩，但却十分抽象，并且具有神秘主义色彩。不过，布拉德雷自己也说，悲剧本身就是一个痛苦的谜。

另外值得一提的是，布拉德雷在《莎士比亚悲剧》中进一步发展了在《黑格尔的悲剧理论》中还不太明显的"性格即命运"的观点。在这个问题上他的改造对象是亚里士多德。虽然布拉德雷表面上承认亚里士多德《诗学》中的观点，即"行动"是悲剧的主要因素，但同时又指出，这些行动"不是'睡意朦胧间'所干的事情，而是足以体现行动者性格特征的作为或不作为，即表现性格的行为。因此，我们同样真实地把悲剧的中心说成是性格产生的行动，或者说成是导致行动发生的性格"。① 我们知道，在亚里士多德那里，"事件的组合是成分中最重要的，因为悲剧摹仿的不是人，而是行动和生活。……所以，人物不是为了表现性格而行动，而是为了行动才需要性格的配合。由此可见，事件，即情节才是悲剧的目的。"② 这也就是说，亚里士多德认为悲剧的组成要素中行动第一，人物第二。布拉德雷在这里把亚里士多德悲剧理论中行动与人物的关系悄悄地换了位置，人物性格成了行动的根源，于是，"性格即命运"也就代替了情节至上的古典悲剧理论。这样一来，用人物性格来分析莎士比亚就成了顺理成章的事。

布拉德雷曾说，莎士比亚塑造的最出众的四个人物按出现的先后顺序应该是福斯塔夫、哈姆莱特、伊阿古和克莉奥佩特拉，而且这其中"哈姆莱特和伊阿古这两人问世年代间隔最近，也最难以捉摸。"③ 因此我们便先以哈姆莱特和伊阿古为例感受一下布拉德雷的性格分析的特点。

---

① ［英］安·塞·布雷德利：《莎士比亚悲剧》，张国强、朱涌协、周祖炎译，上海译文出版社1992年版，第8页。

② ［古希腊］亚里士多德：《诗学》，陈中梅译注，商务印书馆2012年版，第64页。

③ ［英］安·塞·布雷德利：《莎士比亚悲剧》，张国强、朱涌协、周祖炎译，上海译文出版社1992年版，第192页。

　　像许多前辈批评家们一样，布拉德雷认为《哈姆莱特》的核心问题就是哈姆莱特的延宕问题，而这种延宕无疑来自于哈姆莱特的性格。只有理解了哈姆莱特独特的性格，才能理解这个让人感到耸人听闻的悲剧。在阐述自己的观点之前，布拉德雷总结了他所认为的几种流行的错误见解。首先，将延宕归因于外部的困难是说不通的，因为哈姆莱特不仅对这些困难只字不提，而且还说过"现在我明明有理由、有决心、有力量、有方法，可以动手干我所要干的事"。（第四幕第四场）① 其次，如果延宕是由于内部困难，那么这种困难并非来自伦理道德方面——无论这种道义上的困难是明显的还是潜意识中的。再次，布拉德雷认为哈姆莱特是一个有英雄气概的人物，所以延宕并不是因为他的多愁善感和脆弱无能所致。最后，就是影响最大的施莱格尔和柯尔律治的观点，即认为延宕植根于哈姆莱特的犹豫不决，而犹豫不决则植根于过于强大的理性和过度的思想。相对于前面几种解释，这种解释更贴近文本，因此也更合理一些。但布拉德雷还是认为一个思虑过多的哈姆莱特和我们心目中那个英雄人物有一定的差距，而这种对哈姆莱特英雄形象的损害也正是这种解释的问题所在。

　　在布拉德雷看来，过度的思虑在后期的哈姆莱特那里只是他那种独特精神状态的一种表现，而不是其原因。哈姆莱特延宕的直接根源是"由特殊的情况造成的一种极不正常的思想状态——一种压抑忧郁的状态"。② 造成这种特殊情况的原因不仅仅是他父亲的死，更重要的是他母亲的乱伦。"根源是他母亲的本质被突然暴露了出来，使他在道德上感到十分震惊，而这时他的心中又正好充满了失去亲人的哀痛，他的身体也无疑因悲伤而变得虚弱了。"③ 身体的虚弱还是次要的，关

---

　　① ［英］莎士比亚：《莎士比亚全集》，朱生豪等译，人民文学出版社 1994 年版，第 379 页。以下莎剧引文如未特殊注明，均出自这一版本，因此只在括号内标注场景，不再单独注明出处。

　　② ［英］安·塞·布雷德利：《莎士比亚悲剧》，张国强、朱涌协、周祖炎译，上海译文出版社 1992 年版，第 97 页。

　　③ 同上书，第 107 页。

键在于哈姆莱特的精神状态发生了变化,一种病态的厌世感出现了。

　　为什么会有这样的变化? 因为哈姆莱特的性格中有三个方面存在着潜在的危机,这些危机在上述的特定情况下发展成了这种病态的忧郁。首先,哈姆莱特在性情上本不忧郁,但却有一种会导致感情剧烈变化的不安定因素,并会在某段时间里沉浸于一种感情中,这种性情埋下了能发展成忧郁的种子。其次,他性格中有一种疾恶如仇却又敏感的道义感,这种道义感如果遇到生活的打击会导致悲剧。最后,哈姆莱特非凡的才智使他善于归纳现象并常常刨根问底,这种思维习惯在受到打击后,随着时间的推移会产生一个恶性循环:当突然的变故使他陷入忧郁时,"他的善于想象和把具体事物普遍化的习惯,很可能把这一震动带来的后果扩展到他的整个身心和思想中去。"① 而随之而来的更多的思考则进一步打击了他的决心,使他深陷其中无法自拔。道义感和过人的才智本来是哈姆莱特的优点,但当突变来袭的时候,这些优点却都变成了他的敌人。"一个缺乏强烈道义感的人,对这样可怕的发现是不会那么痛心的。一个思想没那么敏捷、豁达、善于探索的人,也许不会让那种厌恶和怀疑在他的整个头脑中蔓延滋长。"② 总的来说,哈姆莱特本来是一个英雄人物,但现在却由于来自环境变化的连续打击变成了一个忧郁症患者。

　　布拉德雷认为,这种忧郁症理论比施莱格尔和柯尔律治的理论更复杂,更能说明剧中许多难以解释的现象。由于忧郁的作用,哈姆莱特开始厌恶包括他自己在内的生活中的一切,而这就是他延宕的直接原因。更重要的是,忧郁的状态能够解释其他理论解释不了的现象,比如哈姆莱特为何时而消极等待,时而劲头十足;时而急躁不安,时而冷酷专注;甚至有时歇斯底里式地任由情感发泄。但是,究竟心理学的忧郁理论是如何解释这些症状的,布拉德雷却语焉不详,甚至干

---

　　① ［英］安·塞·布雷德利:《莎士比亚悲剧》,张国强、朱涌协、周祖炎译,上海译文出版社 1992 年版,第 106 页。

　　② 同上书,第 108—109 页。

脆说道："如果这个剧本的读者读过精神病专著中有关忧郁症的症状，他们中的许多人就能更好地理解这出戏。"① 这也是布拉德雷的哈姆莱特性格分析中不尽如人意的地方。

必须承认，对于性格分析方法来说，伊阿古是一个比哈姆莱特更难处理的人物。我们在下一章会看到，历史主义莎评家斯托尔从戏剧传统出发，只要一句"必要时候对恶人的相信"就解释了全剧大部分的矛盾；而由于站在性格分析的角度，布拉德雷却要费尽心机地为伊阿古的每一句台词寻找人物性格上的合理解释，并要解释奥赛罗如何由于性格原因而最终相信伊阿古的诡计。不过他也很明智地指出，虽然其他人物都相信伊阿古，但是作为读者，我们千万不能轻信伊阿古自己的台词，因为他会有意（或无意）地对周围人撒谎。②

对于伊阿古的性格，布拉德雷还否定了柯尔律治的"无动机的恶意"一说。他认为伊阿古的骗局并非出于一种恶意，而是因为他对别人产生了憎恨，或有人妨碍了他的行动。布拉德雷眼中的伊阿古智力超群，意志力、洞察力、应变能力一流，但他同时也冷漠无情、缺乏人性，信奉利己主义。更重要的是，这个人特别在意自己的自尊心和优越感。我们在这里不妨看一下布拉德雷对伊阿古这种心理状态的细致描绘：

> 不管怎么，只要触动了他的优越感，伊阿古马上就会感到浑身不自在。就此而论，他的竞争意识极为强烈。这就是任命卡西奥为副将使他愤怒的原因，也解释了他为何迁怒于爱米莉亚。伊阿古并不爱自己的妻子，可他惟恐他人占了便宜，给自己戴上绿

---

① ［英］安·塞·布雷德利：《莎士比亚悲剧》，张国强、朱涌协、周祖炎译，上海译文出版社1992年版，第110页。布拉德雷并不否认哈姆莱特的精神状态与精神疾病之间的关系："假如病理学家把他的这种状况叫做忧郁，甚至进一步去确定是哪一种忧郁症的话，我并不想加以反对；相反，我倒是要感激他，因为他强调了哈姆莱特的忧郁不是什么普通的精神压抑这一事实。"

② 同上书，第195页。

帽子,使他成为怜悯或嘲讽的对象,这便是他的烦恼所在。由于他确信女人个个都是水性杨花,因此莫名的恐惧每时每刻都伴随着他。出于同样的缘由,他也憎恨男子的美德。他憎恨德行,并不是因为他嗜爱邪恶。首先,伊阿古认为这不是美德,而是愚蠢。其次(虽然他本人并没有意识到),这种德行削弱了他的自满心理,动摇了他利己主义天经地义的信条。①

于是,在伊阿古眼中既无情感也无道德,甚至世界在他眼中也是颠倒的,"还有几分头脑"(第一幕第一场)的人成了仆人,愚蠢的人则名利双收。这一切不仅大大伤害了伊阿古的自尊心,也使他成了美德的对立面。这些原因相结合,就促成了伊阿古作恶的动机。与哈姆莱特无意识的延宕一样,这种动机是一种无意识的动机,"伊阿古自己也搞不清楚究竟是什么煽起了他的欲望",② 所以他才会编造各种自相矛盾的理由来解释自己的动机。

但是,有了动机并不一定就会作恶。要回答伊阿古为何作恶的问题,布拉德雷认为,伊阿古这种人"最大的乐趣就在于满足自己的权欲和优越感,其次是让他充分施展才能,寻求冒险刺激。这三者加在一起,他的乐趣就达到了顶点。"③ 在这种情况下,卡西奥的升迁是一个导火索,将原本并无太大野心的伊阿古行恶的欲望激发出来,这才导致了后来一系列的悲剧。

从以上梳理我们可以看出,布拉德雷的性格分析细致入微,比以往的莎评家更加深入人物的内心世界,而且他引入了一种人物性格在某种统一性原则下动态发展的观念,从而修正并发展了传统的浪漫主义莎评;但同时他把戏剧人物当做真人来做心理分析,用读现实主义

---

① 〔英〕安·塞·布雷德利:《莎士比亚悲剧》,张国强、朱涌协、周祖炎译,上海译文出版社1992年版,第203—204页。

② 同上书,第210页。

③ 同上。

小说的方法读莎剧的倾向也十分明显。不仅如此，布拉德雷有时确实把性格分析推到了一个不必要的程度，以至于脱离了具体的戏剧语境。比如他常会做类似这样的假设，如果爱德蒙是爱德伽的亲兄弟，那么他的性格就不会发展到如此邪恶的地步；或者如果苔丝狄梦娜处在考狄利娅的位置上，她就能使李尔开心满意等等。这种过度的性格分析也是后世莎评家诟病布拉德雷的一个重要原因。

不过，除了性格分析的细腻程度无出其右，《莎士比亚悲剧》成功还有其他方面的原因。

首先，一个重要原因是布拉德雷对文本细节的注意和对文本证据的广泛运用。这个特点在《莎士比亚悲剧》中随处可见，我们在此仅举一例：《李尔王》的第一幕第一场在许多批评家（比如托尔斯泰）眼中显得荒唐而不可理喻，一个正常人怎么会按照女儿对自己孝顺与否的表白而将国土按比例分配给她们？但布拉德雷指出，这场戏如果细读的话还是合乎情理的，因为分国土的事是这场戏发生之前就定了的。一开场葛罗斯特就对肯特说："这次划分国土的时候，却看不出他对这两位公爵有什么偏心；因为他分配得那么平均。"（第一幕第一场）李尔王要求女儿们表白的行为不过是"一种孩子式的把戏，无非是想满足一下自己的权欲，以及对女儿孝顺的渴望罢了。"① 所以这一举动完全符合他的性格。而李尔王之所以勃然大怒，是因为他这个虚荣的计划因考狄利娅的坦诚而失败，他最喜欢的这个小女儿令他当众出丑。另外，李尔王本来也没有打算轮流住在三个女儿家，有文本为证："她是我最爱的一个，我本来想要在她的殷勤看护之下，终养我的天年。"（第一幕第一场）这也说明李尔的原计划还是可以理解的，并非既愚蠢又鲁莽。总之，类似这样的文本细读体现了布拉德雷作为学者型批评家严谨的作风，同时也使他的论述显得有理有据，令人信服。

---

① ［英］安·塞·布雷德利：《莎士比亚悲剧》，张国强、朱涌协、周祖炎译，上海译文出版社1992年版，第230页。

　　其次，虽然性格分析是布拉德雷的主要特点，但他的莎评并未局限于性格分析，而是表现出了一种非常难得的全面性，文体风格、戏剧效果等方面都在他考察的范围之内。更重要的是，在某些方面布拉德雷甚至预示了未来莎评的发展方向，比如他对戏剧意象和氛围的注意。在论述《李尔王》的时候，布拉德雷和后来的大部分形式主义莎评家一样将其视为戏剧诗（dramatic poem），认为这个作品在舞台上只能得到有限的展现，只有把它当做戏剧诗来读，才能通过想象来获得完整的审美体验。而且他注意到了《李尔王》中反复出现的野兽意象，这些野兽意象往往被拿来和不同的人作类比，苍鹰、毒蛇、狐狸、野猪、虎豹等等恶毒残忍的野兽被用来形容高纳里尔姐妹，杂种狗、鹪鸽、鹅被用来形容奥斯华德；另外，里根视葛罗斯特为老狐狸，奥本尼被妻子称为懦弱的牛，装疯的爱德伽让李尔想到了虫，凡此种种，布拉德雷认为都是莎士比亚对人性的思考，表现了畸变为禽兽的人们在一个邪恶的世界中行恶肆虐的图景。另外，布拉德雷还发现《麦克白》中反复出现的血的意象。这些发现都具有开创性意义，受到了意象派莎评创始人斯珀津的肯定。[①]

　　在讨论《麦克白》时，布拉德雷还讨论了戏剧氛围的问题，"一出莎士比亚悲剧总有它独特的格调或气氛。这种气氛无论多么难以表述，却总是一下子便能被察觉出来的"。[②] 他认为《麦克白》中笼罩着阴郁黑暗的气氛，但又不是完全的黑暗，光的意象和血的意象为这种阴暗氛围增添了色彩。这些对氛围的论述显然影响了后来的大莎评家威尔逊·奈特，成为奈特为其"空间批评"立论的重要依据。总之，文本细读的方法，把莎剧当做戏剧诗，考察莎剧中的意象和氛围，布

---

　　① 参阅斯珀津（Caroline Spurgeon）的《莎士比亚的意象及其意义》（Shakespeare's Imagery and What it Tells Us），"血的意象的重复出现和对比增加了敬畏与恐惧的感觉；这一点很明显，而且也被其他人注意到，尤其是布拉德雷"。见该书第334页。"大量的动物意象及其在剧中的作用常常被人注意，尤其是布拉德雷的《莎士比亚悲剧》"。见该书342页。

　　② ［英］安·塞·布雷德利：《莎士比亚悲剧》，张国强、朱涌协、周祖炎译，上海译文出版社1992年版，第311页。

拉德雷莎评中的这些方面都暗合了后来的形式主义莎评，因此他的名声虽然在 30 年代由于奈茨等人的攻击跌入低谷，但 50 年代以后却得到了全面恢复，并被一些莎评史家视为形式主义莎评的先驱。①

　　除了性格分析和意象分析，我们在这里还要着重考察一下布拉德雷批评方法中一个不太被人注意的方面，那就是他继承自浪漫主义的印象批评方法。浪漫主义批评被 20 世纪批评家们所诟病的主要原因就在于他们的批评是建立在个人印象基础之上的，是一种不专业的体验式批评。布拉德雷作为浪漫主义莎评在 20 世纪的代表，虽然身在牛津、贵为教授且博学多识，但也没能脱离这种批评模式。他曾如此概括自己的批评方法：

　　　　我们对提出问题所作的任何回答，都应该符合我们读悲剧时所体验到的想象中的和感情的经历，或者用可以理解的词句来描述这种经历。当然，我们必须尽量通过研究和努力，使这种经历忠实于莎士比亚；然而，纵然竭力那么做，我们最终赖以解释、并用以检验这种解释的，还是那种经历。②

　　也就是说，在布拉德雷眼中，读剧时的经历、体验、印象是最重要的，甚至重于作者意图。这种建立在"想象中的和感情的经历"上的批评其实还是一种体验式印象批评。③ 但布拉德雷的不同在于，在提到"经历"、"印象"、"感觉"这类词语的时候，他往往会在前面加上"我们"两字，这不仅使他的评论读起来更客观、更有亲和力，同

---

　　① 关于布拉德雷在 20 世纪莎评史中的接受问题，可参阅拙著《布拉德雷与 20 世纪莎评》，见《河南师范大学学报》2013 年第一期。
　　② ［英］安·塞·布雷德利：《莎士比亚悲剧》，张国强、朱涌协、周祖炎译，上海译文出版社 1992 年版，第 20 页。
　　③ 据统计，在《莎士比亚悲剧》中，"印象"（impression）一词出现了 100 次以上，"感觉"（feeling）一词出现次数更多，这些词帮助布拉德雷为读者创造了一种感同身受的氛围和认同感。

时也等于设想了一个带有某种一致性的集体常识心理做前提,把以前浪漫主义批评的个人体验变成了一种更为合理的集体体验,我们不妨称之为"群体的常识心理学"。

布拉德雷说,回答任何问题都要用这种读者的集体经验去验证。但是,当这种"集体的我们"和常识心理学成为他所提的问题本身的前提时,这种批评方法的缺陷就暴露得很明显了。这一点我们会在他的另一篇论文中看得很清楚,那就是被收入《牛津诗歌演讲集》中的《对福斯塔夫的拒绝》(The Rejection of Falstaff)。布拉德雷在此文中讨论了《亨利四世》下部结尾时王子拒绝福斯塔夫的那场戏,并对福斯塔夫这个人物进行了分析。

我们知道,福斯塔夫不仅在《亨利四世》下部结尾时被王子拒绝,而且在《亨利五世》中很快就死掉了,这个情节也是传统莎评中被经常讨论的一个话题。布拉德雷从他的经验原则出发,认为作为一位喜爱福斯塔夫的观众,我们必定会对亨利五世拒绝福斯塔夫这个结果感到不快。布拉德雷还指出,如果王子出于面子原因公开谴责福斯塔夫后,正如福斯塔夫所希望的,私下再与之和好,这样的结局无疑会更令观众满意。但是,即便王子没有与福斯塔夫和好,"为什么当这个令人痛苦的事件似乎要结束时,大法官还要将福斯塔夫送进监狱?"[1] 这就愈发使人觉得不可理解了。为什么莎翁要创作这个令人不快的结局?我们又为什么对这个结局感到不快?

先来看亨利王子为什么拒绝福斯塔夫。布拉德雷认为福斯塔夫被关进监狱显然是王子自己的意愿,并非大法官自作主张。而王子这个人物并不像传统认为的那么理想化。布拉德雷的个人好恶在这里非常明显,他眼中的亨利王子是一个脾气暴躁的政客,对福斯塔夫等人也从来没有真感情,就连王子笃信宗教的行为也被他认为带有迷信色彩。于是,在重要仪式的大庭广众之下,福斯塔夫的套近乎行为显然激怒

---

[1]　A. C. Bradley, *Oxford Lectures on Poetry*, London: Macmillan & Co. Ltd., 1963, p. 253.

了无情的王子，所以，亨利王子拒绝福斯塔夫的行为完全符合他自己的性格特征，观众也不应该感到意外。

既然不是亨利王子的问题，那么我们为何感到不快这个问题只能在福斯塔夫这里找答案。从这个角度看，其实问题很简单，"莎士比亚创造了一个如此非凡的人物，并将其牢牢地镶嵌在他的智慧之冠上，以至于当莎翁想把他从这冠冕上拿掉的时候，却很难做到了。"① 就莎士比亚本人的意图来说，《亨利四世》毕竟是一个历史剧，此剧中要表现的是一个王子浪子回头，后来变成一个公正而光荣的国王，从这个主题出发，王子必定会拒绝福斯塔夫，而福斯塔夫也理所应当是一个被嘲弄的对象。但是问题在于，莎士比亚把福斯塔夫这个人物塑造得太光辉灿烂了，使观众完全被他吸引，以至于当作者想把观众的注意力拉回来的时候，竟然显得有些力不从心了。"莎士比亚对福斯塔夫的创造过了头，他被自己的才情所缚，御着风扶摇直上，无奈所行太远，以至于降不到他想去的地方了。"② 既然如此，那么为什么福斯塔夫能够如此吸引我们，令我们同情，以至于当伟大如莎士比亚这般的作家想要使他屈尊、并将他纳入王子浪子回头的主题中时，居然没有成功？要回答这个问题，就要深入到福斯塔夫的性格去考察了。

在性格问题上，布拉德雷继承了他的浪漫主义莎评前辈的观点，对福斯塔夫寄予了深切的同情，认为他既不是骗子也不是懦夫。但他进一步指出，"他使我们这么快乐和无拘无束的原因在于他自己就是如此的快乐和无拘无束。快乐一词甚至不足以形容他，他是在一种'极乐'（bliss）中，我们也分享了他的欢乐。"③ 这种欢乐的氛围环绕在福斯塔夫周围，创造了一个喜剧的世界，而这个喜剧世界又持续地感染着观众。"我们对福斯塔夫同情性的愉悦来自他对一切严肃事物

---

① A. C. Bradley, *Oxford Lectures on Poetry*, London: Macmillan & Co. Ltd., 1963, p. 259.
② Ibid., p. 273.
③ Ibid., p. 261.

的诙谐调侃,以及这种诙谐中浸着的自由灵魂。"① "用诙谐达到自由的极乐是福斯塔夫的精髓。"② 也就是说,用诙谐反抗一切严肃事物是福斯塔夫的特点,而这种诙谐幽默所体现的自由精神则是福斯塔夫的本质。

应当指出,布拉德雷在这篇文章里一定程度上继承了他在《莎士比亚悲剧》中的那种文本细读方法,许多论述由于对细节的注意而很有说服力,但是,这整篇论文却建立在一个不成立的前提之上,这个前提就是所有观众看到亨利王子对福斯塔夫的拒绝都会感到不快。这就暴露了布拉德雷批评方法的一个重要缺陷,那就是常识心理学的经验原则本身。虽然布拉德雷将前辈浪漫主义批评家的个人体验变成了貌似更加合理的群体经验,但我们常说,一千个读者眼中有一千个哈姆莱特,试想如果有些观众看到福斯塔夫被拒绝时并没有产生他所说那种不快感——恐怕大部分历史主义批评家都是这种观众,那么此文开篇提出的那个问题便是一个伪问题。所以本质上,这种群体经验的一致性是不存在的,而所谓的"我们"最后也只能是布拉德雷自己。当文本细读提供了足够多的证据时,这一缺陷是不明显的,这就是为什么虽然在《莎士比亚悲剧》中布拉德雷已经大量使用这种群体的常识心理分析,但我们还是会被他的分析所折服,并没有意识到这是他的批评方法的问题,但当看到在《对福斯塔夫的拒绝》中,整篇论文都建立在这种所谓的群体经验上时,就会很快发现这个问题。所以归根结底,布拉德雷的群体经验论的背后还是浪漫主义的个人体验式批评。

总的来说,正如莎士比亚写作的时代是整个欧洲文明从中古发展到现代的关键时刻,布拉德雷写作的时代也是文学批评从浪漫主义到现代批评转换的紧要关头,这也许能在一定程度上解释他的全面性和

---

① A. C. Bradley, *Oxford Lectures on Poetry*, London: Macmillan & Co. Ltd., 1963, p. 269.
② Ibid., p. 262.

复杂性。正如我们已经指出的，布拉德雷的"细读"方法、意象分析、对氛围的注意等等都是后来莎评发展的方向，但他的性格分析和体验式批评则都停留在19世纪浪漫主义批评的阶段，甚至他独创的悲剧的"耗损"概念也是19世纪功利主义的遗产。这一点也解释了布拉德雷莎评的复杂性和他在20世纪起伏跌宕的身后名。

布拉德雷典型的提问方式是："为什么这个人物会这样做？"而回答的方式则是："我们读剧的印象和感觉告诉我们……"，"……只有这种解释与我们的印象相符"。有论者指出，如果追问人物行为何以发生这一问题，"一种自然发生的文学研究中的心理主义（psychologism）便会像幽灵一样朝着与早期精神分析会合的方向移动。"① 这也是我们为什么会把布拉德雷和精神分析批评放在一起讨论的一个重要原因。不仅如此，如果对比琼斯对哈姆莱特的分析，会发现布拉德雷的观点在某些方面已经十分接近精神分析莎评。下面我们要考察的就是早期精神分析莎评的代表人物弗洛伊德和他的学生琼斯。

第二节　精神分析莎评

作为一种文学批评方法，20世纪很少有哪种方法像精神分析批评这样长盛不衰。不过，真正经过时间的检验而成为经典的精神分析批评著作并不多。在莎评中，除了弗洛伊德本人的论述，早期精神分析代表人物琼斯的《哈姆莱特与俄狄浦斯》（Hamlet and Oedipus，1949）也是至今还在被阅读的精神分析文学批评经典。我们在这里主要选取了精神分析的伟大导师弗洛伊德和集中论述了哈姆莱特的俄狄浦斯情结的琼斯为考察对象，希望能够揭示精神分析莎评的一些特点。

一　弗洛伊德

西格蒙德·弗洛伊德（Sigmund Freud，1856—1939），奥地利精神

---

① Philip Armstrong, *Shakespeare in Psychoanalysis*, London：Routledge, 2001, p. 15.

分析学家，精神分析学派的创立者。弗洛伊德的学说对 20 世纪全世界的人文学术研究产生了巨大影响，其中自然也包括莎士比亚研究。虽然主要是一位精神病学家，但弗洛伊德的文学素养极高，常常以文学作品为例对其精神分析理论进行论证，而且他本人对文学作品的评论常常被其他精神分析批评家们奉为圭臬。

弗洛伊德本人最喜爱的作家恰恰就是莎士比亚。对此美国著名批评家哈罗德·布鲁姆甚至评论说:"弗洛伊德实质上就是散文化了的莎士比亚，因为弗洛伊德对于人类心理的洞察是源于他对莎剧并非完全无意识的研读。这位精神分析学的奠基人毕生在研读英文的莎士比亚著作，并承认莎士比亚是最伟大的文豪。莎士比亚一直萦绕着弗洛伊德，如同他仍萦绕着我们一样;弗洛伊德发现自己在交谈、写信和创作心理分析文学时，总是会有意无意地引用（或误引）莎士比亚。"① 布鲁姆甚至断言，莎士比亚是弗洛伊德"不愿承认的父亲"。②

在弗洛伊德对莎士比亚的分析中，最著名的恐怕就是用俄狄浦斯情节来解释《哈姆莱特》了。众所周知，弗洛伊德在讨论儿童的性意识时提出了著名的俄狄浦斯情结。"女孩的最初感情针对她的父亲，男孩最初的幼稚欲望则指向母亲。因此，父亲和母亲便分别成了男孩和女孩的干扰敌手。"③ 男孩潜意识中杀父娶母的冲动可以被"古代流传下来的一个传说加以证实"，这个传说就是俄狄浦斯的悲剧故事，因此被弗洛伊德称为俄狄浦斯情结。

早在 1897 年 10 月 15 日写给同事弗莱斯（Wilhelm Fliess）的信中，弗洛伊德就将哈姆莱特与俄狄浦斯联系在一起，形成了后来解读《哈姆莱特》的框架。在 1900 年出版的经典著作《释梦》中，对《哈姆莱特》的解释以一则注释的形式出现，并最终在 1934 年版本中被收入正文。这段注释的前半部分集中体现了弗洛伊德对《哈姆莱特》的

---

① ［美］哈罗德·布鲁姆:《西方正典》，江宁康译，译林出版社 2005 年版，第 291 页。
② 同上。
③ ［奥］弗洛伊德:《释梦》，孙名之译，商务印书馆 2011 年版，第 267 页。

解读：

　　另一部伟大的悲剧诗，即莎士比亚创作的《哈姆莱特》，与《俄狄浦斯王》植根于同样的土壤上。但是对相同材料的不同处理反映了两个相距遥远的文明时代在心理生活上的全部差异：反映了人类的情绪生活的压抑在世俗生活中的增长。在《俄狄浦斯王》中，潜伏于儿童心中的欲望以幻想形式公开表露并在梦中求得实现。而在《哈姆莱特》中，欲望仍然受到压抑；——正如在神经症患者中那样——只能从压抑的结果中窥视其存在。奇怪的是，这一近代悲剧所产生的显著效果竟与人们摸不透剧中主角的性格并行不悖。剧本对于哈姆莱特对所欲完成的复仇任务描写得犹豫不决，但纵观全部剧情，看不出这些犹豫的动机何在，而对这种犹豫的各种解释企图都不能令人满意。……戏剧的情节表明，哈姆莱特决不是一个不敢行动的人物。我们在两种场合下可以看清这一点：第一次是他在一阵暴怒之下，挥剑刺杀了挂毯背后的窃听者；第二次是他蓄意的、甚至可以说是巧妙的，以文艺复兴时代王子般的无情，处死了两位谋害他的朝臣。然而他为什么对自己父王鬼魂给予他的任务却表现得犹豫不前呢？这个答案只得又一次归之于任务的特殊性质。哈姆莱特什么事都能干得出来——只除了向那个杀了他父亲娶了他母亲、那个实现了他童年欲望的人复仇。于是驱使他进行复仇的憎恨被内心的自责所代替，而出于良心上的不安，他感到自己实际上并不比杀父娶母的凶手高明。①

　　不难看出，弗洛伊德的分析层次分明，观点清晰。在明确了哈姆莱特的延宕是由于潜意识里的俄狄浦斯情结在作怪之后，这位精神分

———————————
① [奥] 弗洛伊德：《释梦》，孙名之译，商务印书馆 2011 年版，第 264—265 页。译文略有改动。

析学说的创始人进而指出,"我们在《哈姆莱特》中所面临的只是莎士比亚自己的心理状态"。① 由于看到了丹麦批评家勃兰兑斯的研究成果,当时的弗洛伊德坚信《哈姆莱特》写作于莎士比亚的父亲死后不久。"因此我们可以合理地假设,他在童年对于自己父亲的感情又重新复活了"。② 不仅如此,弗洛伊德还相信关于莎士比亚有一个叫做哈姆涅特的儿子不幸夭折的传说,这就更进一步佐证了他对《哈姆莱特》以及莎士比亚创作心理的分析。对文学作品中的人物进行精神分析,进而对作者的心理状态进行推理,这一传统精神分析批评的常用套路,无疑就起源于弗洛伊德本人。

不过值得说明的是,弗洛伊德一直十分关心莎剧的作者身份问题。早年的弗洛伊德并未怀疑莎士比亚的身份,但到了晚年,他逐渐接受了牛津伯爵是莎剧的真正作者的说法,因此相应地抛弃了"《哈姆莱特》写于莎士比亚的父亲死后不久"这个说法,转而认为牛津伯爵年少时父亲的早逝和母亲的改嫁与哈姆莱特的俄狄浦斯情结有关。③

在 1905 年底或 1906 年初写作的《戏剧中的精神变态人物》一文中,弗洛伊德提出了一种建立在精神分析学说之上的戏剧理论,并以《哈姆莱特》为例阐发了这套理论。在亚里士多德关于"恐惧和怜悯"学说的影响下,弗洛伊德也从戏剧对观众的影响角度出发讨论戏剧。正如孩子做游戏是一种欲望的满足,观众之所以观看戏剧,也是因为剧作家和演员能够使观众满足当英雄的欲望。从这点出发,弗洛伊德认为戏剧有三个前提条件。

第一,戏剧不应该造成观众的痛苦,而应该用快感补偿观众的痛苦和怜悯。第二,戏剧必须是一个包含了冲突的事件。弗洛伊德对戏剧的理论化努力主要就体现在这一点。根据冲突发生的领域,他将戏

---

① ［奥］弗洛伊德:《释梦》,孙名之译,商务印书馆 2011 年版,第 265 页。

② 同上。

③ 参见诺曼·霍兰德（Norman N. Holland）的《精神分析与莎士比亚》（Psychoanalysis and Shakespeare）第 56—58 页。

剧分为以下几种：描写人与神冲突的是宗教剧，描写人与社会冲突的
是社会剧，描写个人之间冲突的是人物剧，但对于弗洛伊德来说最重
要的，是描写在主人公头脑中斗争的戏剧，这就是心理剧。再进一步，
当头脑中的冲突"不再是几乎相等的意识冲动之间的冲突，而是在意
识冲动和压抑的冲动之间发生冲突的时候，心理剧就变成了精神病理
剧。"① 要欣赏精神病理剧，观众首先也应该是神经症患者，因为只有
这样观众才会认同剧中的人物，而不至于产生反感。

在这个基础上，弗洛伊德认为《哈姆莱特》便是此类戏剧中的典
型。首先，《哈姆莱特》的主题是"一个人长期地处在不正常状态中，
最后变成了神经症患者，这应归因于他所面对的任务的特殊性质，在
这个人身上，一直被成功地压抑着的冲动，正努力要变成行动。"② 其
次，这部剧有三个特征：

　　一、主人公原本不是精神变态患者，而仅仅是在这个戏剧的
发展过程中才变成了精神变态患者的。
　　二、这个被压抑的冲动是相似于我们身上的那些压抑的东西
之一，并且对其的压抑只是我们个人发展的重要基础。
　　三、对观众来说，有一个努力进入意识状态的冲动。③

弗洛伊德指出，其中第三点也是戏剧的第三个前提条件。由于和
戏剧的三个前提条件很好地结合，弗洛伊德似乎在说，哈姆莱特是戏
剧舞台上精神变态人物的典型代表；而因为"剧作家们在诱发观众产

---

　　① ［奥］西格蒙德·弗洛伊德：《论文学与艺术》，常宏等译，国际文化出版公司 2001 年
版，第 94 页。另参考 ［奥］西格蒙德·弗洛伊德《弗洛伊德论美文选》，张唤民、陈伟奇译，
知识出版社 1987 年版，第 24 页。
　　② 同上书，第 95 页。另参考 ［奥］西格蒙德·弗洛伊德《弗洛伊德论美文选》，张唤民、
陈伟奇译，知识出版社 1987 年版，第 25 页。
　　③ 同上书，第 96 页。另参考 ［奥］弗洛伊德《弗洛伊德文集 7：达·芬奇对童年的回
忆》，车文博主编，长春出版社 2004 年版，第 6 页。

生相同的疾患",① 所以戏剧的魅力也就在于, 精神变态人物激起了观众内心深处与之相同的压抑。

但剧作家对这种精神变态人物的应用也有一个程度的问题。因为哈姆莱特原本不是精神变态者, 观众在观看《哈姆莱特》的过程中, 其精神病症是随着主人公一起发展的, 也就是说剧作家唤起了观众内心中已有的一种压抑, 这对于剧作家来说要相对容易一些。当观众内心原来并不存在压抑, 要剧作家来建立这种压抑时, "这种精神病理剧比《哈姆莱特》更进一步表现了神经症在舞台上的作用。"② 但假如再进一步的话, "如果我们遇到的是一种陌生的和极端严重的神经症, 我们将去请教医生(像在生活中一样), 并宣布该患者不适合登台表演。"③ 因此, 戏剧舞台上精神变态人物的运用主要取决于剧作家对观众的神经症的把握和"剧作家回避抵抗、提供前期快感的技巧"。④ 这种把握稍有偏差, 便会引起观众的抵抗和反感。

"前期快感"本是弗洛伊德在《性学三论》等著作中讨论青春期性意识的术语, 后来也被他用来讨论文学创作。在体现弗洛伊德的文学创作理论的《作家与白日梦》一文中, 他就曾讨论过类似的问题:"诗歌艺术的诀窍在于一种克服我们心中厌恶的技巧。"⑤ 这种技巧有两种方式, "其一, 作家通过改变和伪装他的利己主义的白日梦以软化它们的性质; 其二, 在他表达他的幻想时, 他向我们提供纯形式的——亦即美学的——快乐, 以取悦于人。我们给这类快乐起了个名字叫'前期快感'或'额外刺激'"。⑥ 总之, 戏剧创作的关键在于, 在能够唤起观众潜意识中共鸣的同时, 又不让观众产生抵触的情

---

① [奥] 弗洛伊德:《弗洛伊德文集 7:达·芬奇对童年的回忆》, 车文博主编, 长春出版社 2004 年版, 第 6 页。

② 同上。

③ 同上。

④ 同上。

⑤ [奥] 西格蒙德·弗洛伊德:《弗洛伊德论美文选》, 张唤民、陈伟奇译, 知识出版社 1987 年版, 第 37 页。

⑥ 同上。

绪。这也是弗洛伊德的戏剧理论乃至文学理论的核心问题。

在 1915 年的《心理分析工作中遇到的一些性格类型》一文中，弗洛伊德讨论了三种心理疾病患者，他们分别是"例外的人"、"被成功毁灭的人"和"负罪感导致的罪犯"。然而有趣的是，弗洛伊德在这篇文章中更喜欢使用文学中的虚构人物来说明问题。于是，莎士比亚笔下的理查三世和麦克白夫人分别被用来证明"例外的人"和"被成功毁灭的人"这两种精神病患类型。

弗洛伊德注意到，当医生在引导神经症患者放弃眼前的快乐以达到治病的效果时，往往会遇到抵抗，因为病人会视自己为"例外的人"。弗洛伊德进而指出，"每个人都愿意把自己看成'例外的人'，要求一些别人没有的特权。但正因为这一点，一个人如果声称自己是个例外的并且行为也的确例外，那就必定有某种特别的原因。"① 弗洛伊德认为这种特别的原因往往是幼年的痛苦。

理查三世正是这种情况："天生我一副畸形陋相，不适于调情弄爱，也无从对着含情的明镜去讨取宠幸……因此，我既无法由我的春心奔放，趁着韶光洋溢卖弄风情，就只好打定主意以歹徒自许，专事仇视眼前的闲情逸致了。"（第一幕第一场）但是问题的关键在于，如果莎士比亚仅仅展现了理查三世的心理病态，那么只能引起观众的厌恶，而不是同情，所以这个人物的成功塑造一定是因为诗人抓住了观众的某些相似心理。

因此，弗洛伊德认为莎士比亚"必定知道如何为我们准备好一个秘密的心理背景好去同情他塑造的主人公，使我们能够欣赏他的大胆和灵敏，而没有任何内心的抵抗；而这种同情只能基于对他的理解，或者说基于一种内在的与他同命相惜的感觉。"② 这其实还是弗洛伊德在《戏剧中的精神变态人物》中讲到的那个道理，即戏剧中的精神变

---

① ［奥］西格蒙德·弗洛伊德：《论文学与艺术》，常宏等译，国际文化出版公司 2001 年版，第 232 页。

② 同上书，第 234 页。

态人物能够唤起观众内心深处与之相同的压抑。因为观众也都会对自己的现状心生不满，所以每个人都会倾向于将自己视为"例外的人"，而"理查德只是将存在于我们每个人心里的某种东西极端扩大化了。"①

与理查三世一样，麦克白夫人也属于一种精神病患性格，即"被成功毁灭的人"。弗洛伊德在这里指出，精神疾病的产生是由于力比多与"自我"之间发生冲突。因此，当欲望被挫败的时候是有可能导致精神疾病的。然而实际情况却是，精神疾病常常会在欲望完成的时候出现。对此，弗洛伊德解释道："如果愿望只存在于幻想中根本不会实现时，自我认为它并无害处而容忍它，这一点并不稀奇，而一旦这种愿望眼看就要实现，威胁着就要成为现实时，自我就会激烈地反对它。"② 这是一种内在的挫败，自我在人的内心深处激烈地对抗力比多。因此，内在的挫败才是真正致病的，并且是潜在的。

这样一来，在欲望满足之后发生精神崩溃便可以理解了。麦克白夫人显然也具有这样的特征。但是，弗洛伊德并没有满足于解释麦克白夫人精神崩溃的基本原理，他认为问题还在于，"是什么摧毁了这个看上去钢铁一般的人物？"③ 于是，弗洛伊德开始了细致的考察。"我认为，麦克白夫人的病，即由冷漠无情变为深深悔恨，可以直接解释为对自己无子的反应，无子使她明白在自然的法令面前她是多么无能，同时也提醒她是她自己的过错使她无法享受自己的罪行所带来的那些好处。"④ 众所周知，女巫暗示了麦克白可以成为国王，但同时又指出班柯的儿子将继承王位，因此麦克白夫妇一定十分希望能有儿子来改变自己不能建立一个王朝的命运。为了证明无子是麦克白夫妇二人的心病，弗洛伊德从该剧的创作背景、题材来源以及文本细节中

---

① ［奥］西格蒙德·弗洛伊德：《论文学与艺术》，常宏等译，国际文化出版公司 2001 年版，第 234 页。

② 同上书，第 237 页。

③ 同上书，第 239 页。

④ 同上书，第 241 页。

找到了大量的证据。

从创作背景上看，弗洛伊德指出《麦克白》是莎士比亚为詹姆斯一世登基而创作的。当时的情况是，由于伊丽莎白女王没有孩子，所以不得不传位给苏格兰王詹姆斯。而之前伊丽莎白还曾处死了流亡在英格兰的詹姆斯的母亲玛丽·斯图亚特，玛丽当时的身份可以说是伊丽莎白的"客人"，这一点也暗合了《麦克白》中的麦克白杀死客人邓肯的情节。从题材来源上看，弗洛伊德指出此剧取材于霍林谢德的《苏格兰编年史》，但根据这本书中的记载，麦克白篡位后做了十年公正而严厉的国王，然后才开始计划谋杀班柯。这就说明麦克白很可能是因为十年以来都没有子嗣才渐渐绝望的。莎士比亚的悲剧把这十年压缩成不到十天时间，虽然戏剧效果得到了强化，但也就使我们"无法洞悉导致性格发生变化的其他动机"。① 从文本上看，弗洛伊德指出文中多次暗示了麦克白夫妇没有孩子，尤其是麦克德夫在第四幕第三场曾大喊："他自己没有儿女！"不仅如此，弗洛伊德还认为《麦克白》全剧到处都是关于父子关系的暗示。比如"杀害仁慈的邓肯无异于杀害了一个父亲；对于班柯，麦克白杀了父亲，儿子却逃掉了；对于麦克德夫，麦克白杀了孩子是因为父亲逃跑了。在显灵的那一场中，女巫先给他看了一个流血的孩子，又给他看一个戴着王冠的孩子"等等。②

最后弗洛伊德提出了一个有趣的理论，他指出，要理解麦克白夫人性格的问题，不妨将麦克白和麦克白夫人二人视为一个人。"谋杀当晚在麦克白心里滋生的恐惧的种子并没有在他心里继续生长，而是在麦克白夫人身上不断发展。"③ 比如是麦克白在行凶前产生刀子的幻觉，但后来却是她精神失常了；麦克白自称"杀害了睡眠"，但却是

---

① ［奥］西格蒙德·弗洛伊德：《论文学与艺术》，常宏等译，国际文化出版公司2001年版，第242页。

② 同上书，第241页。

③ 同上书，第243页。

其夫人半夜在梦中游走等等。

客观地讲，《释梦》中弗洛伊德对哈姆莱特的解读与其说是莎评实践，不如说是精神分析的案例分析。但从《戏剧中的精神变态人物》中的戏剧理论开始，弗洛伊德开始走向真正的文学批评。在《心理分析工作中遇到的一些性格类型》中，弗洛伊德虽然还是将文学人物当做精神疾病的案例，但已经有了具体的文本分析，而且兼顾了莎剧的创作背景和题材来源研究，此文可以说已经是非常专业的文学批评。而在写于1913年的《三个匣子的主题》一文中，弗洛伊德讨论了《威尼斯商人》和《李尔王》中的象征问题，也完全符合一篇专业文学批评论文的特点。这篇论文条理清晰、逻辑严谨，可以说是作为文学批评家的弗洛伊德的莎评代表作。

《三个匣子的主题》主要涉及了莎士比亚的两部剧作，即《威尼斯商人》和《李尔王》。在《威尼斯商人》中的选匣那场戏中，巴萨尼奥面对金匣和银匣，却最终选择了铅匣，弗洛伊德认为莎士比亚为巴萨尼奥选择的借口不免牵强。"如果精神分析实践中我们听到这种讲话，就会怀疑在这种令人不满意的说法之后定会藏有某些动机。"① 但这个选匣子的故事显然不是莎士比亚的原创，而是一个需要解读、解释并溯其根源的古老的主题。

首先要解释一下这个故事。在弗洛伊德看来，梦与文学创作有着相同的工作机制："如果我们在梦中遇到同样的情节，马上会想到匣子是女人，匣子——大小盒子、箱子、篮子等也一样——是女人本质的象征，因此也就是女人本身的象征。"② 如果我们还记得在《释梦》和《精神分析引论》中类似这样的话："女性生殖器以一切有空间性和容纳性的事物为其象征，例如坑和穴，罐和瓶，各种大箱小盒及橱柜、保险箱、口袋等。……女性生殖器还有一个可注意的象征，那就

---

① ［奥］西格蒙德·弗洛伊德：《论文学与艺术》，常宏等译，国际文化出版公司2001年版，第184页。
② 同上书，第186页。

是珠宝盒。"① 那么，当看到弗洛伊德在这里指出三个匣子就是三个女人，就不会感到奇怪了。

既然匣子是女人，那么这个故事的主题就是：一个男人在三个女人之间做选择。弗洛伊德认为莎士比亚的《李尔王》也涉及同样的主题，即李尔在三个女儿中做选择。同样，如果向前追溯，会发现神话与童话中灰姑娘的故事、希腊神话中普绪刻（Psyche）的故事和帕里斯在三女神中选出最美者阿芙洛狄忒的故事都是相同的主题。

于是，鲍西娅、考狄利娅、阿芙洛狄忒、普绪刻、灰姑娘，这五位女性就形成了一组人物。在弗洛伊德看来，这组人物都是三个女人中的第三个，她们之间的共同点就是缄默。考狄利娅的沉默对应了鲍西娅的铅匣的朴实无华，灰姑娘隐藏自己也是缄默的一种表达。于是弗洛伊德进一步指出："如果我们决定把第三个的特质集中于'缄默'这一点上，那么，精神分析就会告诉我们，在梦中，缄默往往代表死亡"。② 因此，第三个女人象征着死亡，相应的，三姐妹即是命运三女神。

把考狄利娅和鲍西娅与死亡联系在一起，这是让人十分惊讶的结果，弗洛伊德也意识到了其中的矛盾，因为在帕里斯的神话中，死亡女神却是爱神；在《威尼斯商人》中，鲍西娅是一位漂亮又聪明的女性；在《李尔王》中，考狄利娅是最忠诚和诚实的女儿。不过，最明显的矛盾在于，"不论主题出现在什么时候，只要在女性之间自由选择，总会落在死亡上面。"③ 为什么会出现这样的情况？为了解释这一点，弗洛伊德不得不抛出另一个理论："精神生活中的有些动力能通过对立面以被称为反应形成的形式来产生置换。"④ 因为死亡是人类不愿面对也不愿承认的终极真理，所以人类会通过构建另一种神话来替

---

① ［奥］弗洛伊德：《精神分析引论》，高觉敷译，商务印书馆1986年版，第117页。
② ［奥］西格蒙德·弗洛伊德：《论文学与艺术》，常宏等译，国际文化出版公司2001年版，第188页。
③ 同上书，第192页。
④ 同上。

代死亡神话，那就是爱神与死神合而为一，这也是为什么三姐妹中的老三不仅不可怕，而且变成了最漂亮最优秀的一位。

经过这样的解读，李尔王的故事就变为一位垂死的老人在三姐妹中间做选择，"永恒的智慧披着原始神话的外衣，命令这位老人拒绝爱而选择死，同死的必要交朋友。"① 弗洛伊德认为，《李尔王》的动人之处正是来源于这种神话还原。虽然死亡神话经过了一定的伪装，但"正是通过对歪曲的还原，部分回归到神话本意，剧作家对我们产生了这样深刻的影响。"②

如果说通过回归神话从而打动读者是莎士比亚的本意，我们只能说这样的解读是弗洛伊德的一厢情愿。但是，弗氏的这篇论文却可以被视为发掘莎士比亚戏剧中象征意义的先驱，在这方面，弗洛伊德预示了 20 世纪莎评的一个很重要的发展方向，我们以后会在奈特和其他形式主义莎评家中看到大量对戏剧象征意义的发掘。

结合弗洛伊德对梦的研究，我们还会发现，他对《李尔王》的分析有一个理论基础，那就是文学叙事结构与梦的结构有着某种一致性，这就使以梦的工作机制解释文学作品成为可能。因为神话、文学乃至所有的叙事结构都与梦的结构相像。在《释梦》和《精神分析引论》中弗洛伊德曾指出，梦的工作机制就是压缩（condensation）和移置（displacement），那么把同样的机制运用于解读文学作品，无疑会大大扩展作品的象征意义，这也正是精神分析学说灵活性的体现。更重要的是，相同的结构也使本来作为心理学理论的精神分析学说可以很自然地介入文学批评。于是，后来的文学批评家们才能够将精神分析学说在文学批评中应用自如。

通过以上的分析，我们还会注意到弗洛伊德莎评的另一个显著特点，那就是其评论的对象主要集中在莎士比亚的戏剧人物。弗洛伊德

---

① ［奥］西格蒙德·弗洛伊德：《论文学与艺术》，常宏等译，国际文化出版公司 2001 年版，第 195 页。

② 同上书，第 194 页。

认为这些人物是"伟大作家依据他们对人类精神状态的丰富知识而创作出来的人物"①，也就是说，莎士比亚有一种把握人类精神状态的天赋，他创作的人物往往能够在潜意识中激起观众的同情。

但这个特点也决定了弗洛伊德的莎评有明显的不足之处。首先，尽管弗洛伊德显示了对文学作品的极大热情和关注，但由于精神分析学说的心理学性质，他不得不像当时另一位著名的莎评家布拉德雷一样，把戏剧人物当做真人（甚至是精神疾病患者）去做性格和心理分析。虽然弗洛伊德有一套作家创作理论对此提出解释，但这种做法毕竟将复杂的文学活动简单化，进而限制了精神分析方法在文学研究中的全面发展。其次，虽然弗洛伊德在《心理分析工作中遇到的一些性格类型》一文中注意到一些文本细节，但他的其他大部分莎评几乎都不涉及具体文本，因此很多地方的牵强附会也十分明显。

最后需要指出的是，虽然在文学研究领域拥有众多的追随者，但弗洛伊德本人对精神分析方法在文学中——尤其是莎剧中——的应用是持谨慎态度的。直到垂暮之年，当莎士比亚的德文译者福莱特（Richard Flatter）请教弗洛伊德，李尔王可不可以被视为歇斯底里症（hysteria）患者时，他还是非常小心地予以否定。"我想说的是，任何人都不应该去期待诗人会给我们展现一个精神疾病的完美的临床病例。"② 这个明智的看法多多少少也应该给我们对精神分析方法在文学批评中的应用一些启示：文学创作终究是作家的想象，文学人物毕竟不是真实人物。精神分析批评需要假设这些人物是真实的，但这并不意味着这些人物就是完美的临床病例。精神分析毕竟是来自临床心理学的实验方法，当作为文学批评方法使用时，不应该被滥用。不过话说回来，任何一种批评方法如果过度使用，都会背离其初衷。

---

① ［奥］西格蒙德·弗洛伊德：《论文学与艺术》，常宏等译，国际文化出版公司 2001 年版，第 237 页。

② Richard Flatter. "Sigmund Freud on Shakespeare", *Shakespeare Quarterly*, Vol. 2, No. 4 (Oct., 1951), pp. 368 – 369.

二　琼斯

厄内斯特·琼斯（Ernest Jones，1879—1958）博士，英国精神分析学家，弗洛伊德的弟子和传记作者。琼斯是精神分析学派在英语世界的代表人物，并且与弗洛伊德一样，他主要是一位心理学家和精神病学家，并不是职业文学批评家或文学教授。但是，他的一篇论《哈姆莱特》的论文和由此扩展而来的一部专著则足以让其进入任何一部西方20世纪莎评史，因为他沿着弗洛伊德指明的方向，成功地结合文本，运用心理分析理论对《哈姆莱特》进行了完整而较有说服力的解释。

1910年，琼斯在《美国心理学杂志》（American Journal of Psychology）上发表了一篇名为《作为哈姆莱特之谜解释的俄狄浦斯情结》（The Oedi-pus-Complex as An Explanation of Hamlet's Mystery）的长篇论文，引起广泛关注。1949年，他又在此文的基础上出版了《哈姆莱特与俄狄浦斯》（Hamlet and Oedipus）一书，这本书很快就成为现代莎评史中的经典著作。

翻开《哈姆莱特与俄狄浦斯》一书，我们会发现虽然经过了近40年的时间，但琼斯的观点几乎一点都没有改变，只是增加了更多的材料，大量引用了40年间其他莎评家的言论。因此在这里我们的讨论主要依据《作为哈姆莱特之谜解释的俄狄浦斯情结》这篇文章，只在必要时参考后来的那本专著。

在此文开篇，琼斯就明确了其研究针对的是哈姆莱特这个悲剧的两个方面，"第一个方面，此剧被公认为是一个世界上最伟大的头脑之一的主要代表作，……有理由相信，任何能让我们掌握此剧内部意义的东西也能给我们了解莎翁头脑内部工作的线索。第二方面，本剧有巨大的内在吸引力，其核心秘密，即哈姆莱特为父报仇的延宕，被称为现代文学的斯芬克斯之谜。"① 这两个方面和弗洛伊德解读哈姆莱

---

① Ernest Jones. "The OEdipus-Complex as an Explanation of Hamlet's Mystery: A Study in Motive", *The American Journal of Psychology*, Vol. 21, No. 1（Jan. , 1910）, p. 74.

特时从剧中人物分析到作家心理分析的线索是一致的，琼斯后来的分析也证明了这一点。

在进入正题之前，琼斯像布拉德雷一样，先梳理了前辈莎评家（主要是德国莎评家）对哈姆莱特延宕问题的看法。正如布拉德雷的总结一样，这些观点无非可被归为内部原因和外部原因。但是，琼斯对这两类原因都进行了否定。哈姆莱特犹豫不决的原因"既不在哈姆莱特的行动能力，又不在任务的困难性，那么一定存在第三种可能。"① 第三种可能就在于这项任务具有某些特殊性质，这种性质使得哈姆莱特从内心中对其极其排斥，不愿执行任务。因此哈姆莱特的问题既不是意愿的问题，也不是能力的问题；既不是不愿意去行动，也不是不能够去行动，而是他不能够愿意（cannot will）。

现在的问题在于，作为一个善于反思的人，如果哈姆莱特排斥这个任务，为什么他从来不在自白中提起？显然，这是因为哈姆莱特本人并没有意识到这种内心的冲突。那么，"如果哈姆莱特本人都没有意识到他的压抑，我们能否看穿它就成为一个问题。"② 而这就是精神分析方法的价值所在了。"幸运的是，精神分析研究证实了主体自身所意识不到的精神趋势可以以某种外在的表现对一个训练有素的观察者显示出其特性。"③ 从这个角度出发，哈姆莱特在延宕的过程中为自己找的各种不同的借口，比如质疑鬼魂的真实性、以时机不好为由拒绝行动等等，都可以归因于一种心理逃避机制。当人被一种不为自己所知的内在冲突所困扰时，就会有一种心理逃避的机制在作祟。也正是由于这一点，哈姆莱特自己对延宕动机的描述完全可以被排除在考虑之外。

于是琼斯进一步论证说，弗洛伊德的心理分析展示了社会群体伦

① Ernest Jones. "The OEdipus-Complex as an Explanation of Hamlet's Mystery: A Study in Motive", *The American Journal of Psychology*, Vol. 21, No. 1 (Jan., 1910), p. 82.

② Ibid., p. 84.

③ Ibid., p. 85.

理与个体精神活动之间的对立和某些受压抑的个体精神活动,哈姆莱特的隐藏动机就与此有关。不仅如此,"临床经验证明,一个特定的案例的深层精神冲突越强烈而晦涩,那么适当的分析就越能证实,这种冲突是围绕性问题展开的。"① 具体到哈姆莱特,就是父亲的死与母亲的改嫁使得他再次将母亲与"性"联系在一起,激起了他从小被压抑的弑父娶母的欲望。因为"这一篡位的乱伦性质更像是哈姆莱特想象中的篡位。"② 于是,被压抑的古老欲望在哈姆莱特头脑中再次活跃起来,使他陷入了一种浑浑噩噩的精神状态。

这个古老的冲突在哈姆莱特头脑里觉醒可以从几个方面看出来,首先是哈姆莱特对待王后和奥菲利娅的态度。应该说,琼斯对哈姆莱特、奥菲利娅、王后这三个人物之间关系的论述还是比较精彩的。琼斯认为奥菲利娅和王后并不是同一类型的人,她的虔诚、顺从、天真都是王后所没有的。哈姆莱特之所以选择一个与母亲不同的人,是因为他潜意识中不愿看到这个女人时想起自己的母亲。

在伶人那场戏中,王后让哈姆莱特坐在自己身边,哈姆莱特却说:"不,好妈妈,这儿有一个更迷人的东西哩。"(第三幕第二场) 继而转身躺在了奥菲利娅的腿上。不得不承认,莎士比亚设计的这个细节让人觉得莫名其妙。琼斯对此解释道:"除非我们意识到王后的注视,不然这种行为很难理解。似乎哈姆莱特无意识中在给王后传达以下的想法:'你将自己给了别的男人,我就让你确信我可以抛弃你的爱,而且也喜欢上别的类型的女人。'"③ 也就是说,哈姆莱特的这个小动作有在王后面前炫耀的成分。应该说,琼斯的这个解释确实是令人信服的,而且也很契合文本。

在老哈姆莱特死后,哈姆莱特的俄狄浦斯情结被再次唤起,第一

---

① Ernest Jones. "The OEdipus-Complex as an Explanation of Hamlet's Mystery: A Study in Motive", *The American Journal of Psychology*, Vol. 21, No. 1 (Jan., 1910), p. 90.

② Ibid., p. 99.

③ Ibid.

个受害者就是奥菲利娅，其次就是王后。琼斯在这里又详细阐述了精神分析理论对婴儿和孩童心理的解释，他认为哈姆莱特幼年时也必定经历了热烈而深情的母爱，以至于最终其婴儿的无意识将母亲的形象一分为二，一方面纯洁如圣人一般，另一方面则是充满性诱惑的女性。于是奥菲利娅和王后分别代表了这两个形象。但是，纯洁的女人因为拒绝而被怨恨，充满诱惑的女人则因其带来的罪恶感而被怨恨。所以，当成年哈姆莱特的俄狄浦斯情结再次起作用时，他开始怨恨一切女人。

哈姆莱特对待其叔父的态度也可以说明俄狄浦斯情结的作用。琼斯认为，哈姆莱特对克劳迪斯的情感是一个不成功的作恶者对另一个成功作恶者的"带有嫉妒的厌恶（jealous detestation）"。哈姆莱特的困境来自于一个矛盾：一方面，对叔父的厌恶使哈姆莱特意识到了自己内心中可怕的欲望；另一方面则是替父报仇的责任。"他必须要么在谴责叔父淫欲的时候意识到自己的邪恶，要么在持续'压抑'前者时千方百计地忽视、宽恕、甚至忘记后者。不论善恶，他的道德命运已经和他叔父的结为一体。杀死叔父的任务不能被完成，因为它与他天性中杀死母亲的丈夫相联系，不论是前一个还是后一个。"① 所以，哈姆莱特越是谴责叔父，就越是激起自己无意识中被压抑的情结，留给他的选择就是在自杀和杀死叔父之间徘徊，因为两者同样使他感到厌恶。于是哈姆莱特进入了一种麻痹（paralysis）的状态。琼斯进一步指出，这种麻痹不是来自身体或精神上的懦弱，而是来自理智上的懦弱，因为哈姆莱特不敢进一步探索自己的内心。

在 1949 年的《哈姆莱特与俄狄浦斯》一书开篇，琼斯对当时风头正盛的新批评表示了不满，他认为新批评只关注作品文本，从而使作品独立于作者的做法是不对的。在琼斯眼中，批评的真正功能就在于用精神分析方法打开通向作者头脑的大门。所以同弗洛伊德一样，

---

① Ernest Jones. "The OEdipus-Complex as an Explanation of Hamlet's Mystery: A Study in Motive", *The American Journal of Psychology*, Vol. 21, No. 1 (Jan. , 1910), p. 101.

琼斯最终将哈姆莱特的这种内心冲突的矛头指向莎士比亚本人。在这个问题上,他在 1910 年的论文中几乎是完全复述了弗洛伊德的早期观点,即认为莎士比亚的哈姆莱特来自他自己的丧父和丧子之痛。而在弗洛伊德转向牛津伯爵之后,琼斯并没有继续追随弗洛伊德。在 1949 年的书中他明智地结合莎学中历史学术研究的成果,并将注意力集中在了莎士比亚的其他作品上,试图在他的所有文本中寻找恋母情结的蛛丝马迹。这其中琼斯尤其注意的是《裘力斯·凯撒》,他受到另一位精神分析学家奥托·兰克观点的启发,认为此剧虽没有明显地涉及性,但却可视为《哈姆莱特》的一个变体。在《哈姆莱特》中,哈姆莱特对父亲的情感可以分为两方面:一方面是对死去父亲的爱,另一方面是对克劳狄斯和波洛涅斯这两个父亲替代者的恨。这其中,对待波洛涅斯是单纯的敌意,对待克劳狄斯则体现了矛盾的一面,即意识领域里的恨和无意识中的同情。也就是说,原始的父亲角色被一分为二,儿子的情感也与此对应分为两极。而在凯撒的故事中,这个情境被简单化了,"他还是那个原始的父亲,同时被爱也被恨。"① 如果把凯撒视为父亲的象征,那么勃鲁托斯、凯歇斯和玛克·安东尼则分别代表了三个儿子。其中勃鲁托斯与凯撒的关系类似于哈姆莱特与克劳狄斯和波洛涅斯的关系,他代表了儿子叛逆的一面;凯歇斯代表了儿子的忏悔;安东尼则是儿子的虔诚。但问题在于,这部剧里没有在俄狄浦斯情结里占重要位置的母亲形象。对此琼斯指出,勃鲁托斯那句著名的 "并不是我不爱凯撒,可是我更爱罗马"(第三幕第二场)可以解释这一问题。因为勃鲁托斯的祖国罗马就是他的母亲,他杀害凯撒正是因为这个父亲虐待了他的母亲。经过这样的解释,两剧最终都体现了莎士比亚潜意识中的弑父倾向。所以说,莎士比亚确实有俄狄浦斯情结。

　　最后值得一提的是关于戏剧人物的问题,在 1949 年的《哈姆莱特

---

① Ernest Jones, *Hamlet and Oedipus*, New York: Doubleday & Company, Inc, 1949, p. 122.

与俄狄浦斯》中，也许是迫于形势，琼斯认识到了戏剧人物并不是真实人物，这是他比布拉德雷和弗洛伊德进步的地方。但是，由于精神分析方法本身的特性，琼斯不得不坚持认为，必须假定戏剧中的人物是真实人物才能进行心理分析，"戏剧批评不可能不假定他们是真实人物，……作为真实人物，他必定在戏剧开场前有真实的生活。"① 在这个假定的大前提下，琼斯将戏剧中的人物视为一种作者欲望的投射（projection）。由此可见，在这些问题上，琼斯自始至终也没有偏离弗洛伊德的理论纲领。不过，琼斯的批评更注重与文本结合，用文本证据证明自己的观点，这就为精神分析方法成为一种有说服力的文学批评方法打下了坚实的基础，这是他对精神分析最大的贡献，也是其最大的长处。

精神分析方法虽然在莎士比亚评论领域一直没有成为主流，但却有着持久的生命力，其发展和改革也从未停滞。根据美国精神分析批评家诺曼·霍兰德（Norman Holland）的统计，至 20 世纪 60 年代，精神分析批评方法已经被应用于几乎所有的莎剧解读，很大程度上丰富了人们对莎剧的多元理解。霍兰德在《莎士比亚悲剧与精神分析批评的三种方法》（Shakespearean Tragedy and the Three Ways of Psychoanalytic Criticism）一文中曾经总结了精神分析批评处理莎士比亚的三种方法。

霍兰德首先指出，精神分析批评并不是在文本中到处去找生殖器象征那么简单，而是一种成熟的批评方法。"任何精神分析批评都有两步。第一步，批评家必须在文学作品和精神分析学说之间建立起某种一致性。第二步，批评家必须将精神分析关于心理的一般学说与一些特殊的心理相关联。"② 在这里霍兰德认为，由于精神分析学说毕竟

① Ernest Jones. "The OEdipus-Complex as an Explanation of Hamlet's Mystery: A Study in Motive", *The American Journal of Psychology*, Vol. 21, No. 1 (Jan., 1910), p. 21.

② Norman N. Holland, "Shakespearean Tragedy and the Three Ways of Psychoanalytic Criticism", *The Hudson Review*, Vol. 15, No. 2 (Summer, 1962), p. 217.

是处理人类心理的理论，而不是文学理论，因此如果将精神分析应用于文学解读，第二步就至关重要。而对于文学作品来说，有三种心理，分别是作者的心理，人物的心理，读者的心理。

因此，对这三种心理的处理就构成了精神分析批评的三种基本方法：

第一种方法针对作者心理，弗洛伊德关于作家创作的白日梦理论就是这种方法的理论基础。将《哈姆莱特》创作视为莎士比亚丧父之情的写作发泄也是这种方法的体现。但霍兰德指出，《哈姆莱特》很可能并非写在莎士比亚父亲去世之后，而是在此之前，另外，关于莎士比亚生平的推测属于文学传记的领域而非文学批评，而且莎士比亚的情感生活很难被证实。

第二种方法针对人物心理，这是在精神分析莎评中最活跃的方法，出现了大量研究成果。弗洛伊德对哈姆莱特的俄狄浦斯情结的分析就是这种方法的体现。但问题在于，这种方法几乎无一例外地将剧中人物当做真人来分析，如上所述，琼斯评论哈姆莱特的前提也是如此。

第三种方法则从读者（包括批评家自己）的心理出发，考察整部剧在读者头脑中的再现问题。虽然这种方法也可以追溯到弗洛伊德本人，但相对前两种"旧"方法，霍兰德还是将其称为"新"方法。这种方法既受到精神分析理论发展的影响，但也是形式主义莎评转向的产物。霍兰德继而指出，这三种方法的根本差别在于，第一种和第三种都是将作品视为一个有机整体，而第二种则只考察作品中的一部分，即其中某个人物的心理。因此在霍兰德看来，将有机整体论和读者反应相结合的第三种方法显然更值得提倡。

作为精神分析批评重要的传承者和改革者之一，霍兰德本人受到新批评和读者反应批评的影响，对精神分析莎评进行了一定程度的改造，①

---

① 霍兰德教授不仅对精神分析莎评进行了总结，在具体的莎评实践方面也有自己的建树，其中他对莎剧中几个梦的分析有一定的影响，即罗密欧的梦、凯列班的梦以及赫米娅的梦。具体可参考杨正润教授的论文《对莎士比亚戏剧中的"梦"的解读》，见《外国文学研究》2006年第6期；以及袁祺教授的专著《与弗洛伊德和莎士比亚对话——诺曼·霍兰德的新精神分析批评》，社会科学文献出版社2014年出版。

而他的学术史研究也完整梳理了 20 世纪 70 年代之前精神分析莎评的发展演变。70 年代以后，法国精神分析学家拉康将结构主义语言学引入精神分析理论的做法开始在英美产生影响，他提出的"镜像阶段"是对弗洛伊德的俄狄浦斯情结的重要补充。而拉康本人以此为理论根据对哈姆莱特进行了解读，也给精神分析莎评再次注入了新的活力。

第二章　历史主义批评：莎士比亚与伊丽莎白时代

　　布拉德雷的《莎士比亚悲剧》出版后不久，新的批评方法便初露端倪。对布氏的反驳最早便来自历史主义莎评。在历史主义莎评家看来，当时莎评最大的问题在于"批评忘记了莎士比亚是在 16 世纪写作"。①

　　历史主义莎评来自历史学术研究对文学批评的介入。自从斯托尔等人在世纪初开始向以布拉德雷等人为代表的维多利亚莎评发出诘难之后，历史主义批评便成为 20 世纪上半叶莎评界的执牛耳者，这种情况一直到意象批评乃至新批评的兴起才逐渐得到改观。历史主义莎评也被称为历史派莎评，或莎评中的历史批评（historical criticism in Shake-speare），早年也被称为现实主义（realism）或新现实主义莎评，② 因为此派强调从伊丽莎白时代的语言、文学、政治、思想、社会等各方面的现实条件出发理解莎士比亚。但正如维斯瓦纳坦教授所指出的，现实主义这个称呼对历史派莎评来说具有一定的讽刺意味，因为斯托尔等人反对的正是 19 世纪的现实主义文学对文学批评的影响。③ 因此，

---

　　① Elmer Edgar Stoll, "Anachronism in Shakespeare Criticism", *Modern Philology*, Vol. 7, No. 4 (Apr., 1910), p. 557.

　　② 关于这一问题可参看 Kenneth Muir 的 Fifty Years of Shakespearian Criticism, 见 Shakespeare Survey 第四卷，以及 J. Isaacs 的 Shakespearian Criticism：From Coleridge to Present Day, 见 A Companion to Shakespeare Studies（1946），以及杨周翰的《莎士比亚评论汇编》前言。

　　③ S. Viswanathan, *The Shakespeare Play as Poem：A Critical Tradition in Perspective*, Cambridge：Cambridge University Press, 1980, p. 11.

当代学者一般称这类莎评为历史批评，近年来也有学者针对新历史主义，将其称为历史主义（historicism）或旧历史主义，我们为了方便起见，统一称其为历史主义莎评。

维多利亚时代的评论家如道登（Edward Dowden）和布莱吉斯（Robert Bridges）等人已经意识到将莎士比亚还原到当时历史文化环境的必要性。从 1907 年开始，斯托尔开始发表一系列的文章与专著来纠正布拉德雷以及当时流行的心理学批评对莎士比亚的"曲解"，强调从文学与戏剧传统出发理解莎士比亚。此后，历史主义莎评一发不可收拾，开始从莎士比亚时代背景的方方面面考察莎剧，比如材料来源研究、中世纪背景研究、伊丽莎白时代背景研究、伊丽莎白时代戏剧观众研究、莎士比亚的戏剧公司和戏剧演员研究、莎士比亚与戏剧传统研究、伊丽莎白时代的思想和心理学研究等等。我们在这里主要从文学传统、伊朝心理学与人性论、伊朝政治思想等几个方面出发，选取最具代表性的历史主义莎评家进行考察，来展现这一批评阵营的主要观点，以评价其在莎评史上的历史地位以及功过得失。

第一节　文学与戏剧传统

20 世纪历史学术研究进入莎学，最先出现的就是对于伊丽莎白时代舞台传统的研究，其中比较著名的比如钱伯斯（E. K. Chambers）1923 年出版的四卷本《伊丽莎白朝舞台》（*The Elizabethan Stage*）。这类研究立足于史料，试图还原莎剧当年上演时的真实情况。正如一位莎评史家所指出的："20 年代和 30 年代的历史研究主要集中在莎士比亚的舞台习俗、传统、观众及剧院。假如我们是一个伊丽莎白时代的普通观众，那么所有的问题都解决了。"[1] 但是，此类研究大部分属于

---

[1] Michael Taylor, *Shakespeare Criticism in the Twentieth Century*, Oxford: Oxford University Press, 2001, p. 164.

关于历史背景的学术研究——即狭义上的莎学研究,其中真正涉及具体作品评论的不多,因此不在我们考察的范围之内。我们关注的,是这种历史学术研究如何进入文学批评。于是,将舞台传统的历史研究应用于具体莎评的先驱批评家就显得特别重要,这里要讨论的斯托尔和许金就是这样的批评家。

一 斯托尔

埃尔默·埃德加·斯托尔(Elmer Edgar Stoll,1874—1959),美国明尼苏达大学教授,是历史主义莎评中的一位先驱和重要代表人物;其批评方法是将莎士比亚放入伊丽莎白时代的文学与戏剧背景考察莎翁戏剧创作原则,以阐明作者的意图,进而获得关于莎剧的真理。斯托尔终其一生都在为历史方法摇旗呐喊,观点却始终如一,出版了大量专著,在 20 世纪上半叶的莎评界产生了巨大的影响。

早在 1910 年左右,斯托尔就开始提出历史主义批评的观点,然后又分别出版了分析《奥赛罗》和《哈姆莱特》的两部小册子,但其代表作是 1933 年出版的《莎士比亚的艺术和技巧》(*Art and Artifice in Shakespeare*)一书,其中阐明了他对莎剧的基本看法,之后又逐一分析了四大悲剧,尤其是《奥赛罗》、《哈姆莱特》这两部。斯托尔的莎评覆盖范围很广,对夏洛克和福斯塔夫这两个人物也做过比较精彩的评论,收在 1927 年出版的《莎士比亚研究:历史与比较方法》(*Shakespeare Studies:Historical and Comparative in Method*)一书中。

纵观斯托尔的大部分著作,风格非常鲜明,那就是不断地重述自己的观点,语气坚定而近于武断,有时即便并不指明也能看出带有明显的论辩色彩。在布拉德雷和弗洛伊德的方法风头正盛之时,斯托尔便挺身而出,指出从心理角度解读莎剧是一种"时代错误"(anachronism);到了 30 年代之后,他的口诛笔伐又多了一个对象,那就是以奈特和布鲁克斯为代表的象征批评。他从作者意图的角度出发,认为莎剧中根本不存在任何象征。我们要进一步了解斯托尔的立场,不妨先梳理出他的主要观点。

在斯托尔看来，莎评中的真理只有一个，那就是作者的意图。要理解作者意图，就要回到作者的时代；如果不把莎士比亚放回他自己的时代，莎士比亚就会变成斯温伯恩，变成布拉德雷，而不是莎士比亚自己。"批评的功能不是将诗人变为读者的同时代人，而是要将当代读者变为诗人的同时代人。批评不仅仅是像印象主义批评家那样表达自己的印象，而是要探知作者的意图，要考量作者时代的各种力量和形势。要做到这点，就必须了解作者，了解他的时代。"① 不过需要指出的是，斯托尔所谓"了解作者的时代"，并不是后来的历史主义莎评家们所热衷的伊丽莎白时代的各种思想背景，而主要指的是莎士比亚所继承的文学传统和戏剧传统。斯托尔曾不止一次地指出，莎士比亚关心的是艺术技巧，是故事（story）而不是思想（idea），而且他认为伊朝戏剧是不受当时思想所影响的。因此，要想真正理解莎士比亚，就要回到伊朝的戏剧舞台，去探求莎翁是如何在文学传统的影响下创作其作品的。

在《莎士比亚的艺术和技巧》中，斯托尔开宗明义地指出："悲剧（在这一点上包括喜剧）的核心不是人物（character），而是情境（situation）；所谓的情境就是一个人物与其他人物，或者与环境的对比或冲突。"② 情境对于生活来说是不可能的，不能用生活逻辑和心理分析去理解，其特点就是剧烈的对比（contrast）和冲突（conflict）。但正是这种不可能性（improbability）产生了巨大的戏剧效果，才使得观众能被戏剧所吸引。"冲突越激烈，被激起的情感也越热烈；对比越强烈，效果就越大。对于天才来说，这种不可能仅仅是一个挑战而已。"③

---

① Elmer Edgar Stoll, "Anachronism in Shakespeare Criticism", *Modern Philology*, Vol. 7, No. 4 (Apr. , 1910), p. 557.

② Elmer Edgar Stoll, *Art and Artifice in Shakespeare: A study in Dramatic Contrast and Illusion*, Cambridge: Cambridge University Press, 1934, p. 1.

③ Ibid. , p. 2.

斯托尔认为,为了获得这样的对比和冲突,就要诉诸艺术技巧。于是,就有了伪装、误认、冒名顶替、暴政与诡计、欺骗与诽谤、偷听以及决定命运的发现(戒指、书信、手帕等等)、装死与复活、带迷的遗嘱、神谕、誓言、突然的由爱转恨、命运或超自然力、魔法、爱与复仇、大团圆等等技巧。所有这些技巧以今天现实主义文学的标准来看,都完全不可信,但对理解莎士比亚来说,则至关重要。

对于斯托尔来说,《奥赛罗》就是这样一部"充满对比而又不可信"的悲剧,它的核心问题就是如何解释奥赛罗的前后变化,即一开始并不轻信他人的奥赛罗为什么会相信伊阿古?前面高贵而坚定的奥赛罗为什么后来变得如此嫉妒与狂怒?有的批评家认为是因为伊阿古的骗术很高明,而奥赛罗的天真使他成了狡猾的伊阿古的受害者,他天性中嫉妒的种子则激起了那暴风雨般的愤怒。斯托尔认为,这些说法都是从心理角度出发去解释,但这种解释必然是说不通的。因为对于奥赛罗来说,相对于自己深爱的妻子,伊阿古毕竟要陌生得多,他没有理由相信一个不熟悉的人,而不相信自己的爱人。

在斯托尔看来,奥赛罗的这种变化是一个从文学传统和戏剧传统中继承而来的塑造人物的技巧。和其他虚构的欺骗一样,这种变化的本质是许多戏剧以及神话传说中都会出现的"关键时刻相信精心编制的恶意骗局"。这一技巧莎士比亚也使用了不止一次,比如《李尔王》中葛罗斯特相信爱德伽的骗局,《无事生非》中克劳狄奥相信唐·约翰,《辛白林》中波塞摩斯相信阿埃基摩等等,都是类似技巧的重复。

同样,奥赛罗从不信到信的变化也不是现实生活中可解释的心理变化,而是由于戏剧效果的需要。什么样的戏剧效果?就是上面提到的强烈的对比。"这种对比不是奥赛罗的高贵与伊阿古的狡猾之间的对比,而是奥赛罗自身的爱和他的恨(突如其来的恨)的对比。"[1] 是

---

① Elmer Edgar Stoll, *Art and Artifice in Shakespeare: A study in Dramatic Contrast and Illusion*, Cambridge: Cambridge University Press, 1934, p. 20.

奥赛罗宽宏大量的性格和他产生于嫉妒的狂怒之间的对比，而且这种对比是经过剧作家积累、压缩、简化、集中之后而形成的，所以特别能打动观众。正因为如此，斯托尔不禁问道："如果奥赛罗的嫉妒是那么'自然'地发生，怎么会有如此强烈的、如此悲剧的、如此动人的效果？"① 由此可见，莎士比亚关心的，不是生活的真实，而是为了创造一种幻觉（illusion），这种幻觉的结果"是生活图景所不能给予的情感效果"。②

关于《奥赛罗》中的人物塑造技巧，斯托尔还有更进一步的发现。他指出，从人物的发展角度看，奥赛罗的性格变化有一种节奏，从高贵平静到嫉妒发疯，最后又归于高贵和平静。这种节奏是一种音乐的技巧，这种音乐技巧增强了幻觉的效果。而从人物关系角度看，则有一种绘画中明暗对照的技巧，正如聚光灯打在了主人公身上，同样也使人物服务于戏剧幻觉。一言以蔽之，莎士比亚戏剧作为一个整体，它追求的不是现实，而是一种更高的现实，它要使观众兴奋、出神乃至不能自已。现代人要体验到这一点很难，但伊丽莎白时代的观众感受到的则要强烈得多。

对于另一部重要悲剧《哈姆莱特》，斯托尔也下了一番工夫，做了详细的考察。他认为莎士比亚继承的是一个复仇剧传统，为了获得观众的支持，莎翁必然会屈从于当时流行的故事情节，不会有太大的创作自由。"剧作家即便倾向于做彻底的改动，也没有这个自由。……虽然可以讲得更好些，但故事一定要大体上一样，不然戏剧公司和观众都会失望；对改进的预期无疑是在风格和韵律上。"③ 虽然已经失传，但因为有基德的老剧《哈姆莱特》（UrHamlet），所以莎士比亚接手的是一个开头和结尾都已经固定的故事，故事的开头便

---

① Elmer Edgar Stoll, *Art and Artifice in Shakespeare*: *A study in Dramatic Contrast and Illusion*, Cambridge: Cambridge University Press, 1934, p. 20.

② Ibid., p. 31.

③ Ibid., p. 91.

是鬼魂嘱咐哈姆莱特要复仇，结尾则是复仇的完成，这是不能被改变的，所以，剧作家必须要拖延戏剧的节奏才能把故事讲得够长。

从这种历史主义理解出发，斯托尔指出被浪漫主义莎评家们视为哈姆莱特性格重要证据的自我谴责其实也是一种拖延戏剧节奏的技巧。因此哈姆莱特并不是浪漫派眼中的那个病态的忧郁症患者，而是一个高贵的英雄。因为当时的观众绝不会接受一个意志薄弱、耽于思索的拖延者作为悲剧的主人公。相反，在文艺复兴复仇剧中，复仇者四处游荡而又常常自我谴责已经是一种传统，不会给人物带来负面影响，观众也不会觉得这是一种病态。

斯托尔比较了哈姆莱特、基德的复仇剧《西班牙悲剧》中的霍罗尼莫（Hieronimo）以及古罗马塞内加的复仇剧，得出的结论是："自责的功能是提供一种借口，而不是要揭露人物的缺点。"① 也就是说，自我谴责是为叙事服务的，而不是为了心理学意义上的性格刻画。哈姆莱特谴责自己复仇的延宕在剧中出现了两次，一次出现在第二幕结束时，另一次出现在第四幕第四场，两次自责都出现了痛下决心之类的话，这不仅是一种自我满足，更是为了使观众满足，可以进一步拖延故事情节。而从这以后之所以没有了自我谴责，也是因为国王已经采取行动，情节上不再需要由自责来拖延了。

因此，自我谴责赋予延宕以动机，它们不仅解释了延宕，也拖延了剧情，起到了暂时过渡的作用。"它们提醒观众，主要任务并没有丢，虽然延迟了，但并没有抛弃；它们展示给观众，即便在延迟，主人公也是有意识和有责任，并且始终如一的。"② 所以哈姆莱特口中的所谓"遗忘"、"怠惰"等借口都是拖延戏剧节奏的技巧；他的自我谩骂和自我抨击也都是情节和戏剧效果的要求，而不能视为对主人公的贬抑，更不能把这些作为证据去进行性格分析。

---

① Elmer Edgar Stoll, *Hamlet*: *A Historical and Comparative Study*, Minneapolis: University of Minnesota Press, 1919, p. 16.

② Ibid., p. 17.

不仅如此，从这一角度解读《哈姆莱特》，也能更好地解释哈姆莱特的装疯。斯托尔认为哈姆莱特的疯言疯语的确是佯装的，不能从心理学角度过度解读。因为正如《奥赛罗》中形成的高贵的平静与嫉妒的狂怒之间的对比，《哈姆莱特》的装疯也在戏剧功能上形成了一种对比，即"一个高尚的王子在疯狂面具背后随意说着他想说的，却不会被认为流露了自己的真实思想"。① 这更像是一种具有反讽意味的伪装技巧。总之，哈姆莱特是一个戏剧人物，是一个高贵的主人公，并不是一个心理学分析的对象，也没有病态的忧郁。"心理学的、病态的、现实主义的哈姆莱特，这么说吧，完全是浪漫主义时代的发现或发明。"②

斯托尔的莎评往往有明显的针对性，其目标是统治莎评一百余年的浪漫主义莎评。以历史主义的还原性解读为出发点，斯托尔在《莎士比亚研究》中用大量篇幅分析了夏洛克与福斯塔夫这两个人物。通过这些分析，斯托尔试图向以往的浪漫派莎评家们证明，喜剧人物不应被寄予情感，更不应该被同情。于是，夏洛克不再是浪漫派眼中值得同情的主人公，而是一个典型的喜剧反派（comic villain）。斯托尔认为莎士比亚至少运用了三种方式来确保观众所理解的夏洛克是一个反派角色。

首先，是剧中其他人物对夏洛克的评价。斯托尔指出，除了夏洛克的好友杜伯尔之外，其他所有人对夏洛克都没有什么好的评价，这其中甚至包括夏洛克自己的仆人和女儿。相反，所有人对夏洛克的敌人巴萨尼奥和安东尼奥则都是充满赞美和褒奖之词。而且更重要的是，在莎士比亚的时代，剧中人物的褒奖或责难常常会"在紧要关头指导观众的判断"。③

---

① Elmer Edgar Stoll, *Art and Artifice in Shakespeare: A study in Dramatic Contrast and Illusion*, Cambridge: Cambridge University Press, 1934, p. 117.

② Elmer Edgar Stoll, *Hamlet: A Historical and Comparative Study*, Minneapolis: University of Minnesota Press, 1919, p. 12.

③ Elmer Edgar Stoll, *Shakespeare Studies: Historical and Comparative in Method*, New York: Frederick Ungar Publishing Co., 1960, p. 264.

其次,莎士比亚安排剧中场景顺序的方法也不利于夏洛克。斯托尔举了一个例子来说明这个问题。在第二幕,夏洛克的仆人朗斯洛特和女儿杰西卡被安排在夏洛克回家之前出场,并对夏洛克的吝啬进行了谴责。于是,当夏洛克在这一幕的第五场回家后抱怨朗斯洛特食量大、做事懒惰的时候,由于观众已经通过仆人和女儿的描述对夏洛克有了吝啬的基本认识,所以夏洛克对朗斯洛特的指责便显得十分可笑。这也是在当时的戏剧中非常流行、莎士比亚本人也多次使用的"第一印象"原则。

再次,从夏洛克本人的旁白和其他台词中也可以找到他是反派角色的证据。旁白往往出现在作为正面人物的主人公在场的时候。比如夏洛克这句旁白:"我恨他因为他是个基督徒,可是尤其因为他是个傻子,借钱给人不取利钱,把咱们在威尼斯城里干放债这一行的利息都压低了。"(第一幕第一场)斯托尔认为在当时的舞台环境中,这样的旁白能够清楚地表明夏洛克的坏人身份。

不仅如此,斯托尔还指出,从当时的戏剧传统角度去考察,夏洛克是守财奴、高利贷者、犹太人这三种喜剧反派角色的合体,又怎么可能是一个正面人物呢?而从当时的社会思想角度去考察,犹太人面临各种歧视和迫害,在喜剧中也必然是被嘲笑的对象。

斯托尔进而试图证明,在《威尼斯商人》中,按照莎士比亚的原意,对夏洛克的同情是不应该存在的。在论证这个问题时,斯托尔提出了四个喜剧原则。首先,对戏剧乃至对所有文学作品的解读说到底是对"强调重点"(emphasis)的解读;其次,喜剧之所以区别于悲剧也正是由于这种"强调重点"或传统的"隔离状态"(isolation);再次,喜剧遵从当时的风俗和偏见;最后,夏洛克戏中有大量的外部喜剧技巧保证他不可能同时被视为既"可笑"又"可怜"。[1] 这也就是

---

[1] Elmer Edgar Stoll, *Shakespeare Studies: Historical and Comparative in Method*, New York: Frederick Ungar Publishing Co., 1960, p. 303.

说，喜剧中的反派人物是被用来嘲笑的，是决不能被杂糅进同情的元素的。简单地讲，喜剧要确保不能激起观众的同情。

在这些原则的约束下，福斯塔夫也遵循同样的逻辑，回归到了18世纪的莫根（Morgan）对其进行感伤化解读之前的那个文艺复兴舞台上的胆小鬼。斯托尔认为，自从莫根宣称福斯塔夫不是一个懦夫，这个人物就被抽离出了具体的历史戏剧语境，成为浪漫主义莎评家们不断投入情感，并违反作者原意进行解读的一个对象。但不管是文本中所提供的证据，还是戏剧传统和历史观念中的种种迹象，都说明福斯塔夫就应该是一个懦夫。

福斯塔夫在盖兹山被王子捉弄便足以证明他是一个彻底的懦夫和胆小鬼，而这种对愚蠢的人的捉弄则是喜剧传统中的常用技巧。"它本身就是一个恶作剧的案例，这是一种古老的技巧，莫里哀、哥尔多尼、哥德史密斯、谢里丹以及伊丽莎白时代的作家们都以此为乐，菲尔丁、斯莫利特、狄更斯以及至今还存在的闹剧也都没有将其摒弃。"[1] 因此，斯托尔再次强调，莎士比亚戏剧不同于易卜生的现实主义戏剧，莎剧中的情节比人物更重要。人物的性格就是人物给观众的第一印象，性格并没有任何发展。福斯塔夫一开始在盖兹山表现出的懦夫形象就是他的真实性格，而不可能是他的伪装。而从喜剧传统来说，福斯塔夫和普劳图斯笔下的"吹牛的士兵"（miles gloriosus）有着千丝万缕的联系，这种传统一千多年来并没有发生太大变化，所以任何感伤主义的解读都是不可取的。

总之，在莎士比亚笔下，人物塑造是来自于传统并为戏剧效果服务的。莎士比亚追随的是古代戏剧家的足迹，常常追求一种夸张的对比效果。他的目的是要激起观众强烈的情感，而不是去摹仿现实。莎士比亚人物的现实是戏剧内部的现实，是在一个荒诞的前提下符合逻

---

[1] Elmer Edgar Stoll, *Shakespeare Studies: Historical and Comparative in Method*, New York: Frederick Ungar Publishing Co., 1960, p. 411.

辑的发展。在 20 世纪二三十年代，斯托尔的这些解读从伊朝戏剧传统
出发，企图还原一个当时观众眼中的莎士比亚，这对矫正浪漫主义个
人体验式批评感伤主义的错误倾向起到了至关重要的作用。但是，这
些观点也暴露了斯托尔在试图还原莎剧本来面目时的矫枉过正。客观
地讲，莎士比亚动人的语言、细腻的描绘以及他的不动声色和无动于
衷毕竟使他笔下的人物有了某种能够超越其时代的特质。斯托尔的解
读虽然将莎士比亚从浪漫主义的时代错误中解救出来，但同时也无视
莎士比亚的伟大特质，强行将其拉回到马洛等其他文艺复兴剧作家的
水平线上。

　　在《莎士比亚的艺术与技巧》一书的最后两章，斯托尔把莎士比
亚放在从古到今的喜剧与悲剧的对比中加以讨论，这使他的莎评上升
到了一种戏剧理论的高度。斯托尔认为文艺复兴时期的喜剧与悲剧虽
然在氛围上保留了古代传统，使二者判然有别，但在技巧上已经没有
太大区别，两者都会借助阴谋诡计、乔装误认等手段获得戏剧效果，
只不过喜剧中这些阴谋和误会带来的结果没有那么严重而已。斯托尔
指出，在文艺复兴戏剧中，喜剧和悲剧都会用挑拨离间者。悲剧中的
"恶棍只是更大胆的和更放肆的命运之神"[1]；而在喜剧中，这种误解、
乔装则更加常见，莎士比亚喜剧也不例外。不过莎士比亚喜剧还有一
个自己的特点，那就是为了使这些外在的形式更可信，会不断地变换
场所，把事情搬到更具传奇色彩的森林中，使人们更容易相信。[2]

　　斯托尔认为这些戏剧技巧是从传统中得来的，是非心理的技巧。
这种技巧与现代戏剧的对比很能说明问题，因为现代戏剧更像生活，
所以不如文艺复兴戏剧有感染力：

　　　　无论在喜剧或悲剧里，这种非心理的方法，——借助于误传

---

　　① ［美］斯托尔：《莎士比亚的艺术与技巧》，见杨周翰编选《莎士比亚评论汇编》（下），
中国社会科学出版社 1981 年版，第 139—140 页。

　　② 斯托尔的这一见解无疑预示了后来弗莱的绿色世界理论，参见第三章。

和误解——在效果上要比心理方法更为有力。……这种非心理的方法在悲剧里表现得更悲伤些，在喜剧里更欢乐些。……现代戏剧，表面上是更令人信服的，但在其他条件相等时，无论是在阅读中或在表演中，它们基本上都缺乏力量。就性格或戏剧情节来看，就人物所说的话或所做的事来看，它们都不那么感人。它们更像人生，但它们的对比没力气。①

文艺复兴时，不论悲剧还是喜剧，都是为了达到一种戏剧效果。"悲剧效果所需的是现实的幻象，喜剧效果所需的是讽刺或滑稽，夸大或变形：但二者都不需要抄袭生活。"②悲剧中要用激情和感情激起怜悯和恐惧，作家需要制造一种情境来唤起同情。喜剧则相反，要尽量避免同情，要突出受骗者和失败者，揭露他们的蠢行，使观众觉得可笑。像莎士比亚这样的戏剧大师有时会糅合两种效果，比如夏洛克和福斯塔夫就被无意间揉入了同情元素，其结果就是莎剧的喜剧效果不如莫里哀等人的作品强烈，因此才导致了浪漫派莎评家的种种误解。

总的来讲，斯托尔的这种戏剧理论是建立在喜剧基础上的。他所说的技巧问题，也基本上是来自于古代喜剧的技巧，只不过他认为在文艺复兴时期这些技巧也被用在了悲剧中。由于喜剧与悲剧没有本质上的区别，所以两者能够被放在一起进行讨论。在《莎士比亚研究》一书中，斯托尔还比较了莎士比亚与莫里哀的喜剧，他认为莫里哀和琼生属于同一喜剧传统，重复是他们惯用的技巧；而莎士比亚则属于另一个传统，这个传统有可能来自普劳图斯，也有可能来自假面剧。在这方面，应该说斯托尔的研究为莎士比亚喜剧研究奠定了一个比较文学的基础，他本人也因此成为比较文学研究的先驱之一。这也是为什么《莎士比亚研究》一书的副标题叫做"用历史的和比较的方法"。

---

① ［美］斯托尔：《莎士比亚的艺术与技巧》，见杨周翰编选《莎士比亚评论汇编》（下），中国社会科学出版社1981年版，第142页。

② 同上书，第143页。

斯托尔的戏剧理论还有一个重要问题,那就是戏剧的最终效果或作用。关于这一点,斯托尔总结道:

> 这是什么作用呢?就是创造出一种情况而不是发展已有的某种情况,是制造一个故事情节,而不是反映自然。这不是精确地、忠实地模仿生活,而是像一切艺术那样——在媒介与传统的范围内,在习惯与想象的范围内——用某种特殊方式模仿生活,迫使我们进行思考和感受。①

斯托尔进一步指出,这种戏剧的作用就是诗或文学本身的作用。这就触及了斯托尔莎评的一个根本问题,那就是文学与现实的关系问题。虽然在《莎士比亚的艺术与技巧》中涉及不多,但斯托尔在《莎士比亚研究》和《从莎士比亚到乔伊斯》(From Shakespeare to Joyce)两部专著中反复论述了这一问题。"文学反映的是一个时代的品味而不是这个时代本身,这两者常常差别巨大。……文学当然不是生活,也不是历史或历史的材料,而是一个卷轴,在这个卷轴上描绘的是作者和读者无拘无束的思想——这是一个生活中的生活,奇特却与事实相冲突。"② 文学不是对时代生活的记录,也不是对作者生活的记录,而是反映了时代的品味和作者的品味,因此文学作品不是历史的记录也不是无意识的自传。某一特定时代里,艺术与艺术之间的联系要大于艺术与现实之间的联系。并且,艺术如果想要在观众中获得影响,就不会太超前于观众的理解力。斯托尔的基本立场是站在当时的观众接受和作者意图的前提下考察戏剧功能和效果。从这个立场出发,他与后来的历史主义批评家也有很大的分歧。因为无论是坎贝尔

---

① [美]斯托尔:《莎士比亚的艺术与技巧》,见杨周翰编选《莎士比亚评论汇编》(下),中国社会科学出版社1981年版,第148页。

② Elmer Edgar Stoll, *Shakespeare Studies: Historical and Comparative in Method*, New York: Frederick Ungar Publishing Co., 1960, pp. 39 – 40.

还是蒂利亚德，都倾向于认为莎士比亚是一个对当时的思想有深入研究的学者，斯托尔则反对这种看法，他始终坚定不移地认为莎剧只能被当作戏剧来看待，而且这些戏剧的目的只是为了取悦当时的普罗大众。

总之，文学并不一定反映现实生活，因此也不能用心理或性格分析的方法去解释。斯托尔的这一观点不仅有利于改变当时的批评风尚，肃清浪漫主义莎评的影响，为历史主义登上莎评舞台扫清道路，而且至今也仍然对我们的文学研究具有一定的借鉴意义。但是，斯托尔的缺点也是很明显的。比如斯托尔认为哈姆莱特的自我谴责只是在拖延戏剧节奏，但这个解释显然无法说明为何《哈姆莱特》成为莎士比亚所有剧作中最长的一部。因此，回归文学传统的做法不仅割裂了文学与社会的联系，也排除了对文本意义进一步发掘的可能；所以，当斯托尔后来又否定莎剧中存在任何象征的时候，就等于走进了一条死胡同，限制了对莎士比亚的进一步解读。

二 许金

列文·路德维格·许金（Levin Ludwig Schücking，1878—1964），德国学者，专注于古英语文学和莎士比亚研究。虽然远在德国，但许金却与斯托尔并肩作战，志在肃清浪漫主义莎评的影响。他的莎评观点近似于斯托尔，主要从戏剧和舞台传统考察莎剧，认为当时剧作家的创作很大程度上受制于传统。但不同于斯托尔的比较方法，许金更注重在观众和时代环境的影响下考察莎士比亚的创作过程，也更强调莎剧技巧的原始性。

许金与斯托尔一样认为文艺复兴时的剧作家并不自由，并不像现代作家那样创作。对许金来说，观众和时代环境是最重要的。他也承认莎士比亚的戏剧中有超越同时代作家的艺术品质和才华，但他并不强调这种莎翁所特有的伟大品质，而是将其归因于16世纪末突然兴起的个人主义和莎士比亚的观众中有一定品位的中产阶级。下面我们就通过许金的代表作《莎士比亚戏剧中的性格问题》（Character problems in Shakespeare's plays，1922）① 来了解一下这位莎评家的主要观点。

在这本书中，许金主要从人物的表白和人物与行动之间的关系两方面来考察莎士比亚刻画人物性格的方法。

人物表白是戏剧中刻画人物的主要方法，对于技巧上比较古老的文艺复兴戏剧来说更是如此。"对莎剧人物的明智的解读都不应该从戏剧行动开始，而应从人物如何描述自己以及其他人物如何描述他们这样的问题开始。"② 根据这两种不同的描述方法，人物刻画可以分为两种，一是人物的自我表白，二是通过其他人物的表白反映出某个人物。但是不论哪种人物刻画，都不能按照现实主义的原则去理解。

前一种相对简单，许金称其为"直接的自我表白"。直接自我表白也可以分两种，即与人物性格协调一致的自我表白和有歧义的自我表白（ambiguous self-explanation）。前者最容易理解，哈姆莱特、李尔王、福斯塔夫等人的自白都是这种类型，能够直接反映出其人物性格。后者稍微复杂一点，许金在这里主要举了凯撒的例子来说明。凯撒的自白常常显得虚荣自负，因此有的批评家认为他是个卑鄙小人，有些则认为他是夸夸其谈的吹牛大王，但许金指出莎士比亚的凯撒仍然是一个伟大的英雄，他自己评论自己的话都是和他的性格完全一致的。

第二种人物刻画方法是通过其他角色的表白来刻画另一角色，这种方法更重要也更复杂。许金在这里提出了一个很有分量的观点，这个观点就是：当次要人物在表白中提到主要人物时，尤其是在戏剧开场不久的展示部分，决不能把这些表白当做次要人物的自我刻画，而应该看作是对主要人物的刻画。

在这种人物刻画中，比较简单的情况是其他人物评论目标人物时

---

① Character 一词的含义变化：布拉德雷用 character 一词指人物性格，但历史派显然不会同意。许多历史主义莎评家也用这个词，但都不是从性格角度，而是从角色功能、文艺复兴体液理论等方面来考察人物。

② Levin L. Schücking, *Character problems in Shakespeare's Plays*, London: George G. Harrap & Co. Ltd., 1922, p. 54.

与目标人物的直接自白一致。比如特洛伊罗斯说自己："你尽可相信我的一片真心：我的为人就是纯正朴实，如此而已。"（第四幕第四场）之后俄底修斯评价特洛伊罗斯时说他是"一个真正的骑士：他未曾经过多大的历练，可是已经卓尔不群；他的出言很坚决，他的行为代替了他的言辞，他也从不矜功伐能；他不容易动怒，可是一动了怒，他的怒气却不容易平息下来；他有一颗坦白的心和一双慷慨的手，他所有的都可以给人家，他所想到的都不加掩饰，可是他的慷慨并不是滥施滥与，他的嘴里也从不曾吐露过一些卑劣的思想。他像赫克托一样勇敢，可是比赫克托更厉害；因为赫克托在盛怒之中，只要看见柔弱的事物，就会心软下来，可是他在激烈行动的时候，是比善妒的爱情更为凶狠的。"（第四幕第五场）这与特洛伊罗斯的自我描述是基本上一致的，许金认为这种一致性说明特洛伊罗斯正是这样一个诚实正直的人，而不是以往的莎评家所认为的那个带有讽刺色彩的人物。

但是，更复杂也更能说明莎士比亚戏剧技巧的原始性的，是坏人对好人的评价。正如上面提到的，这种原始技巧会使好人在自我表白中意识到自己的好，坏人意识到自己的坏，所以当坏人评价好人的时候，还是会进行正确而公正的评价。这就是与现实主义人物刻画完全不同的地方。下面我们重点看一下许金对这个问题的分析。

起码有四个例子可以说明这个问题，我们先看前两个。在《皆大欢喜》和《李尔王》中都有一好一坏两兄弟，《皆大欢喜》中哥哥奥列佛陷害弟弟奥兰多，在《李尔王》中弟弟爱德蒙陷害哥哥爱德伽。独白是最能体现人物真实想法的，但奥列佛在独白中评价奥兰多说："说起来他很善良，从来不曾受过教育，然而却很有学问，充满了高贵的思想，无论哪一等人都爱戴他。"（第一幕第一场）更加寡廉鲜耻的爱德蒙在独白中也评价爱德伽说："一个忠厚的哥哥，他自己从不会算计别人，所以也不疑心别人算计他。"（第一幕第二场）为什么对好人恨之入骨的坏人会做出这样公正的评价？许金对此的解释是，"这两个例子都发生的第一幕，都属于戏剧的'展示部'。显然，作者觉得此时有必要再一次在观众面前清晰地陈述一下整个事件。与这个目标比，坏人的一点点心理矛盾就显得无关紧要了"。① 简单地说，为了不让观众误解，作者在进入剧情冲突之前要再一次提醒观众：好人一定是好人。

伊阿古评价奥赛罗的情况道理与此相仿，但要复杂得多。如果我们不去理会布拉德雷等人对伊阿古所作的心理动机分析，按照许金的原则忠于文本中的人物自白，那么会发现伊阿古憎恨奥赛罗的理由就是他自己说的那几种：野心受挫、嫉妒、怀疑奥赛罗勾引自己的妻子爱米利娅。但是在第一幕第三场，又是在自白中，伊阿古评价奥赛罗："那摩尔人是一个坦白爽直的人。"而且在第二幕第一场的自白中，伊阿古继续说道："这摩尔人我虽然气他不过，却有一副坚定、仁爱、正直的性格；我相信他会对苔丝狄蒙娜做一个最多情的丈夫。"这里矛盾就很明显了，如果伊阿古认为奥赛罗勾引爱米利娅并欺骗了自己的话，不可能还说他坦白爽直、坚定、仁爱、正直。许金在这里就毫不讳言，这种人物刻画是老式和幼稚的，并以此证明他的论断：这样的自白不是对说话者的性格刻画，而只能刻画说话者所指的那个目标角色。

另外还有个例子就是麦克白，麦克白在第一幕第七场说："这个邓肯秉性仁慈，处理国政，从来没有过失，要是把他杀死了，他生前的美德，将要像天使一般发出喇叭一样清澈的声音，向世人昭告我的弑君重罪。"在第三幕第一场又用"高贵的天性"和"无畏的精神"形容班柯。虽然这里不是次要人物对主要人物的刻画，但大体上还是可以归为上面那一类的情况。所以还是那句话，坏人在自己眼中还是坏人，而好人无论从哪个角度看也都是好人，即便在死对头眼里也是如此。这就是莎剧技巧原始性的体现。

下面有一个有意思的问题，在《哈姆莱特》第一幕第三场，雷欧

---

① Levin L. Schücking, *Character problems in Shakespeare's Plays*, London: George G. Harrap & Co. Ltd., 1922, p. 62.

提斯曾向自己的妹妹评论哈姆莱特对她的爱情："对于哈姆莱特和他的调情献媚，你必须把它认作年轻人一时的感情冲动，一朵初春的紫罗兰早熟而易凋，馥郁而不能持久，一分钟的芬芳和喜悦，如此而已。"如果按照许金的理论，这里正是开场后不久次要人物对主要人物的描述，因此必须看作是对主要人物的客观刻画。如果真是这样的话，就意味着正如雷欧提斯所说，哈姆莱特并不爱奥菲利娅，但是这会颠覆大部分批评家和读者对哈姆莱特的印象，因为在墓地那场戏哈姆莱特明确说过："我爱奥菲利娅；四万个兄弟的爱合起来，还抵不过我对她的爱。"（第五幕第一场）

于是许金提出了一个解释：哈姆莱特也许以前爱过，但是在剧中确实不爱奥菲利娅，奥菲利娅更是从来没有爱过哈姆莱特，因为奥菲利娅来自哈姆莱特的敌对阵营。莎士比亚可能从这个故事的来源和基德版本的《哈姆莱特》中继承了这一观点。不过单从文本中也可以推理出这个结果。首先哈姆莱特热切地希望回到威登堡大学，而且所有的独白中都没有提到奥菲利娅，这与恋爱的状态明显不符。另外，国王也曾说："恋爱！他的精神错乱不像是为了恋爱。"（第三幕第一场）更重要的是，在哈姆莱特刚说完"我爱奥菲利娅"那句话时，国王马上就评论道："啊！他是个疯人，雷欧提斯。"（第五幕第一场）在这段突然爆发的疯狂之后，哈姆莱特在单独与雷欧提斯对话时就再也不提奥菲利娅了，而且也看不出丝毫的悲伤，反而还说雷欧提斯的悲伤激怒了他自己。总之，种种迹象都表明，这两个人并不相爱。经过这样的解释，反观雷欧提斯对奥菲利娅的忠告，只能说他对哈姆莱特的评价还是客观的。因而许金进一步强调："戏剧中首次提到的，对于中心人物的性格刻画或行动来说十分重要的事物，决不会被允许为了次要人物的刻画而歪曲客观的表述。"①

---

① Levin L. Schücking, *Character problems in Shakespeare's Plays*, London: George G. Harrap & Co. Ltd., 1922, p. 71.

最后,莎剧中关于其他角色的表白还有一个原则,那就是"任何角色讲到的关于观众在舞台上看不到的事件的确定性陈述,都应该视为毫无疑问的正确"。① 比如有人怀疑《麦克白》中麦克白夫人的死,许金认为这是没有意义的推测。另外还有个更具争议的例子,就是《哈姆莱特》中奥菲利娅的死。王后在第四幕第七场对雷欧提斯说奥菲利娅死于意外,紧接着的第五幕第一场,两个掘墓小丑却说奥菲利娅是自杀的。时至今日,大部分批评家还都认为小丑说的是真的,理由之一是王后是个虚伪的人,掘墓小丑则是诚实的劳动人民,因此应该相信掘墓小丑的话。但许金认为,根据伊朝戏剧先入为主的原则,王后的意外说法在前,就等于已经告诉观众事实;另外,根据当时的人们对戏剧人物的理解,观众也一定是相信高贵的王后,而不会相信两个小丑说的话。

在人物刻画的问题上,与戏剧人物表白同样能体现莎剧技巧原始性的是人物和行动的关系,这也是许金在此书中论述的第二个重要问题。"现实生活中,性格是行动的基础,而气质(disposition)又是性格的基础。因此我们才可以从行动去判断一个人。"② 这也是现实主义文学的基本观念。许金认为,在生活中莎翁虽然很可能认同这一点,但其戏剧实践则与此完全不同。

这与当时的戏剧创作方法有关:伊丽莎白时代的戏剧创作为了达到好的演出效果,剧作家往往是一场一场地创作戏剧。甚至有些由几个剧作家合作创作的剧本会出现这样的情况:有的剧作家在根本不知道整个剧情的情况下也能写出其中的某几场戏。总之,场景是戏剧的基础,整部戏是建立在场景的叠加之上的,这就造成了场景的相对独立性和一部剧整体结构上的松散。因此伊朝戏剧并不一定是一个有机

---

① Levin L. Schücking, *Character problems in Shakespeare's Plays*, London: George G. Harrap & Co. Ltd., 1922, p. 83.

② Ibid., p. 146.

整体。①

在这个基本观点的指导下，许金注意到了几种人物与行动之间的矛盾，首先是一个被他称为插话式强化（episodic intensification）的情况。简单地说，插话式强化就是有时剧作家会加入一些破坏戏剧有机整体性的细节，但其目的是为了强化某种戏剧效果。这是一种建立在场景基础上的原始技巧，并不会像现代戏剧一样照顾整体上的前后一致。

比如《暴风雨》中普洛斯彼罗曾说："因着我的法力无边的命令，坟墓中的长眠者也被惊醒，打开了墓门出来。"但一个之前根本没人住的荒岛上何来坟墓？再比如《哈姆莱特》第一幕第一场霍拉旭说见到鬼魂时他正穿着当年挪威之战时的盔甲，但后面第五幕第一场却提到挪威之战发生在哈姆莱特出生那天。那么与哈姆莱特年龄相仿的霍拉旭怎么会认识挪威之战时国王穿的盔甲。对此批评家们只能费尽心机地解释说也许霍拉旭看到过以挪威之战为蓝本的国王的画像。从插话式强化的角度看，这些都是莎士比亚为了达到某种戏剧效果而有意插入的细节，并不需要过于认真地考证真假。

还有更能说明问题的，麦克白夫人在第一幕第七场说她曾哺乳过婴儿，麦克德夫却在第四幕第三场说麦克白没有孩子。为了解决这个矛盾，有人解释说麦克白夫人是寡妇再嫁，也有人说他们的孩子早夭。许金却说其实这些根本不重要，莎翁的目的只是为了表现在麦克白犹豫不决的时候，麦克白夫人的那种对罪恶的极度渴望和对麦克白迫切的驱策。所以她说，如果她也像麦克白一样发过杀人的毒誓的话，为了恪守自己的誓言，她会这样对待自己的婴儿："我会在它看着我的脸微笑的时候，从它的柔软的嫩嘴里摘下我的乳头，把它的脑袋砸

---

① 有机整体问题是文学理论中的一个重要问题，也是莎评中的一个重要问题。前面我们看到，斯托尔虽然认识到了莎剧中的不一致，但仍然认为莎剧是一个整体，有一种更高的一致性统领全剧。许金在此方面并没有与斯托尔达成共识，他似乎只见到不一致，并未见到莎剧整体上的一致性，不过这一点却使他的莎评有了打破莎翁崇拜的意味。后面我们会看到，从形式主义角度出发，奈特、克勒门等重要莎评家仍然坚持认为莎士比亚戏剧是有机整体。

碎。"（第一幕第七场）当一个母亲说出这样的话时，可以想见其戏剧
效果的强烈。至于麦克白夫人说曾经哺育过婴儿，完全是为了这个戏
剧效果服务，没必要计较是不是真的。总之，"莎士比亚的戏剧是处
于一个口语的环境中的，很少会注意所有细节上都一一对应。"①

　　一般情况下，插话式强化只会造成人物与行动之间的小矛盾，但
在《安东尼与克莉奥佩特拉》中出现了一种大矛盾，而这要归因于剧
作家在不同场景中根据不同的理念去刻画同一个人物。这个人物就是
克莉奥佩特拉。许金认为，在前三幕中，克莉奥佩特拉被莎士比亚描
绘成了一个高级妓女，聪明却虚荣、狡猾却粗俗、热情却淫荡，一点
也没有原著普鲁塔克笔下那个女王的高贵。但是在最后两幕中，这位
艳后的人格突然得到了提升，变得高贵起来，一点也没有了前几幕里
的种种缺点。如果按照前几幕里的性格发展下去的话，克莉奥佩特拉
根本不会落得和安东尼一起覆灭的下场，早就在厄运到来之前弃他而
去了。而且关键在于，这个性格变化并不是人物内在意识的自然发展，
因为如果是自然变化的话，人物应该会在某一关键时刻有一段独白向
观众交代自己的变化，但克莉奥佩特拉没有。以往批评家也意识到了
此问题，但为了能获得一个统一的解释，不是在前半部抬高她，就是
在后半部贬低她。

　　同样属于这种情况的还有奥菲利娅，前半部的奥菲利娅更世俗一
些，后面则出现了"美人鱼"一般的奥菲莉亚；还有《暴风雨》中的
爱丽儿，前面只能算是个温顺的中世纪魔鬼（good-natured medieval de-
mon），后面则成了精灵仙子（fairy）；凯列班也是，开始时愤懑而目
中无人，后来则成了懦夫；还有特洛伊罗斯，开始时并没有像后面那
么完美。如果要解释所有这些变化，只能回到上面提到的那个创作原
则，即场景才是莎剧的基础，一个场景加一个场景的写作才是莎剧的

---

① Levin L. Schücking, *Character problems in Shakespeare's Plays*, London: George G. Harrap &
Co. Ltd., 1922, p. 119.

创作方法，有机整体问题则不在剧作家考虑的范围。

除了插话式强化和创作人物的理念不同所引起的矛盾，还有几种情况也能导致人物与行动的不一致，比如有时莎士比亚会因遵守历史事实而造成人物与行动之间的矛盾，有时则囿于素材中既定的故事轮廓而使人物无法完全融入行动，因为莎士比亚很少会为了人物刻画的一致性而改变既定情节。每一种矛盾许金都做了冗长的分析，由于篇幅所限，我们在这里不再展开讨论。

总之，在总结莎剧中人物与行动间的矛盾的原因时，许金提出：首先，莎士比亚为了保证戏剧效果，是按场景来创作的，这样难免会出现矛盾。在试图理解莎剧时，我们不能把莎士比亚的戏剧视为现实主义艺术，不能用现实主义的一致性去要求它。因为这些我们所认为的矛盾在莎士比亚的时代并不一定被认为是矛盾。其次，即便是莎士比亚，也并不是一直都保持用最高的艺术水平和最佳状态去创作，而且莎士比亚也不是那种时时刻刻都追求完美的艺术家。许金的这个观点还是比较重要的，因为他纠正了浪漫主义以来认为莎士比亚完美无缺的那种流行观念。

另外，在论述人物与行动的矛盾这个大问题时，许金用相当长的篇幅讨论了哈姆莱特的性格问题，他认为哈姆莱特的性格就是典型的文艺复兴时期的忧郁病。这个观点还是比较有代表性的，不但可以和前面的布拉德雷相比较，更可以和下面我们即将讨论的坎贝尔的观点相比较，所以在这里有必要做一个简单的介绍。

在莎士比亚的《哈姆莱特》之前，在英国舞台上还有一个已经失传的《哈姆莱特》（Ur－Hamlet）版本，一般认为作者是基德。莎士比亚很可能是参考这个剧本写了自己的《哈姆莱特》，因为当时此故事的最早的来源——《丹麦史》——还没有被翻译到英国。许金推断了这个版本的情节，认为其最大的问题是结构松散，并认为莎士比亚在哈姆莱特身上加入了忧郁病这个时代特征。

与布拉德雷诉诸现代心理学的忧郁症不同，许金的忧郁王子完全是一个典型的文艺复兴时期戏剧舞台上的类型人物。忧郁病人物是文艺复兴时期英国的一种舞台人物类型,这种人物非常流行,甚至有时与绅士风度和贵族气质相联系,在戏剧舞台上也有先例,比如基德的复仇悲剧《西班牙悲剧》中的主人公以及马斯顿的复仇悲剧主人公安东尼奥等等。莎士比亚自己也创作过此类人物,最典型的就是《皆大欢喜》中的杰奎斯。这里要说明一下,许金所说的忧郁病的概念要比后来坎贝尔从文艺复兴时代心理学角度所研究的忧郁质性格范围要更大一些。在许金这里,忧郁指的是一种流行于文艺复兴时期的病态审美,不同于布拉德雷和浪漫派所说的那种心理状态,也不完全等同于中世纪体液学说的那种气质,这也是为什么这里称其为忧郁病,而不是忧郁质性格。

欧佛伯利 (Sir Thomas Overbury)① 出版于 1614 年的《性格特写》(*Character*) 一书中描绘了忧郁病人的主要特征:反复无常而特立独行、充满破坏性和自杀幻想、想得多做得少、茶不思饭不想、终日唉声叹气。除了这些特征以外,许金根据对戏剧传统的研究还补充了几点,比如敏感易怒、对性的厌恶等。

哈姆莱特几乎符合所有这些特征。许金认为,当这个人物身穿黑袍戴孝出场时,观众马上会认出来这就是当时的“忧郁绅士”,因为这在当时的观众眼中就像小丑穿花衣,国王披红袍一样容易辨认;在鬼魂向哈姆莱特吐露实情之后,他自己也说,以后要“不得不做出一些怪诞的神气。”(梁译,第一幕第五场)这句话也被许金视为哈姆莱特要转向忧郁的证据;另外,哈姆莱特的主要特质:软弱却易怒,想象力丰富、思维发达却带着病态,这些都是忧郁的症状;还有,由于出于厌恶,情色意象和生殖意象也被忧郁的人一再使用,这一点也在哈姆莱特身上有所体现。比如哈姆莱特说母后:“不再让

---

① 欧佛伯利 (Thomas Overbury, 1581—1613),英国诗人和作家,关于欧佛伯利的《性格特写》,可参考杨周翰先生的《忧郁的解剖》一书。

那肥猪似的僭王引诱您和他同床，让他拧您的脸。"（第三幕第四场）总之，"我们必须再次强调，解读哈姆莱特的出发点在于忧郁性格在意志上的病态软弱"。① 这种病态软弱是他的常态，但在兴奋的时候他也会暂时地行动起来，这就是为什么哈姆莱特有时并不畏惧行动的原因。

说到哈姆莱特的性格，莎评史家伊斯特曼曾说："在主观批评的杂草丛中，许金就是冷漠的哈姆莱特。"② 虽然不像斯托尔那样锋芒毕露，但许金的莎评也有比较明显的针对性。他经常先引述别人的观点再加以反驳，然后再论述自己的观点，这使得《莎士比亚戏剧中的性格问题》一书常常显得冗长而啰唆。但对于斯托尔和许金这样的莎评家，我们首先应该意识到的是他们的莎评写作于特定的时代。20 世纪的最初 20 年里，浪漫主义莎评的影响还无处不在，布拉德雷的《莎士比亚悲剧》更加强化了这一影响，这使得斯托尔和许金这样的早期历史主义莎评家很难有一个包容的心态，他们的著作也显示出了很强的论辩性质，而在某些问题上有矫枉过正之嫌。

与斯托尔一样，许金的莎评很大程度上揭示了莎士比亚的创作过程对其环境和传统的依赖，但许金对待莎士比亚的态度似乎不像英美批评家那么亲切，他指出了莎剧中由于遵循传统而导致的众多矛盾与不一致，使莎士比亚失去了浪漫主义者眼中的那种无与伦比的天才光环，某种意义上也使莎士比亚走下了神坛，一步步离开了浪漫派专门为他杜撰的那个词——"莎翁崇拜"（bardolatry）。③ 但是，许金与斯托尔的莎评有一个共同的问题，那就是，如何解释莎士比亚超越其时代的特质与能力，因为过分地强调传统对作者的影

---

① Levin L. Schücking, *Character problems in Shakespeare's Plays*, London：George G. Harrap & Co. Ltd.，1922，p. 167.

② Arthur M. Eastman, *A Short History of Shakespearean Criticism*, New York：Random House, 1968，p. 215.

③ Bardolotry 一词由萧伯纳最早提出，专指浪漫主义对莎士比亚的盲目膜拜，在萧伯纳那里带贬义色彩，后逐渐流行。

响必将抹杀作者的独创性。对于这一问题，斯托尔和许金都有所察觉，但都只是点到为止。所以，许金和斯托尔的莎评都不能、也无意解释这一问题。

第二节 伊丽莎白时代的心理学与人性论

历史主义莎评之所以声势浩大、影响深远，是因为 30 年代以后，他们的视野从舞台传统扩大到了伊丽莎白时代的方方面面，其成果涉及当时的社会经济、思想文化、宗教信仰、文艺理论，甚至迷信活动和历史语言学等等，还原了一个莎士比亚时代环境的全景图。我们考察历史主义莎评，不可能全面再现这幅全景图，只能是选取几个有代表性的方面和几位有代表性的批评家。下面要讨论的两位批评家，虽然专注于不同的历史背景研究，但由于其莎评不仅对历史环境有细致的研究，而且也能很好地结合莎士比亚文本，这就使他们成为历史主义莎评中很重要的代表人物。

一 坎贝尔

丽莉·贝丝·坎贝尔（Lily Bess Campbell，1883—1967），美国加州大学洛杉矶分校教授。坎贝尔的莎评是很典型的历史主义莎评，其前提是莎士比亚充分了解他那个时代的某种观念，并在创作时大量运用了这种观念；而莎评家的任务就是研究这种伊丽莎白时代的观念进而解读莎士比亚作品。坎贝尔出版于 1930 年的代表作《莎士比亚悲剧主人公——情欲的奴隶》（*Shakespeare's Tragic Heroes：Slaves of Passion*）一书就以伊丽莎白时代的心理学为基础来解读莎翁悲剧中的人物，是这一研究领域的代表作。

在此书的序言中，坎贝尔将 20 世纪以来的莎评的发展分为两条线索，一是由布拉德雷所代表的一半心理分析一半形而上学的莎评，将莎士比亚悲剧视为从性格产生的行动；另一条是道登（Edward

Dowden）教授在《伊丽莎白时代的心理学》（Elizabethan Psychology）①一文中开创的从伊朝思想入手理解莎剧的道路。后者被斯托尔等人所继承，注重作者意图研究。坎贝尔自认为也是此派的继承人，"我坚信莎士比亚考虑更多的是情欲（passion），而不是行动"，② 因此其研究的重点在于伊丽莎白时代关于情欲的思想和莎士比亚悲剧中这种思想的表现。

要理解情欲，首先要理解其理论基础，即中世纪和文艺复兴时期所流行的心理学。这种心理学起源于亚里士多德以及古代的名医希波克拉底（Hippocrates）和盖伦（Galen），它认为人的心灵离不开人的身体，而人的身体又是由构成自然界的四大元素所组成的。在人体内部，四元素也像在自然界中一样和谐共存并有条不紊地运动。于是，人与宇宙就形成了一个对应关系，即所谓的大宇宙（macrocosmos）和小宇宙（microcosmos），而且大宇宙中的日月星辰还会对作为小宇宙的人产生影响——关于这一点我们在后面讨论斯宾瑟和蒂利亚德时还会提及。

于是，为了说明伊朝心理学关于情欲的理论，坎贝尔首先就要说明当时人们所理解的人体的构成及其运转机制。根据这种小宇宙学说（microcosmography），人的组成可分为灵魂、肉体和精气（spirits）三部分。肉体由四元素组成，且与四元素相对应，有不同性质的四种体液（humours），即与气对应的血（blood），其性质为热和湿；与火对应的黄胆汁（choler），其性质为热和干；与水对应的黏液（phlegm），其性质为冷和湿；以及与土对应的黑胆汁（melancholy），其性质为冷和干。按照流传较广的说法，人的性情③即与四种体液的比例有关：

---

① 此文于 1907 年发表于 *The Atlantic Monthly*，后收入 *Essays modern and Elizabethan*（1910）一书。道登教授是维多利亚时代莎评家。

② Lily Bess Campbell, *Shakespeare's Tragic Heroes*: *Slaves of Passion*, Cambridge: Cambridge University Press, 1930, p. vi.

③ 性情并不是布拉德雷所说的性格（character），坎贝尔多次指责布拉德雷的批评方法，她自己也很少用 character 一词，而用 temperament（性情、脾气）比较多，所以这里也用性情一词。另外，四种体液组成的性情也与面容（complexion）有关。

即血液占主导的多血质（sanguine）、黄胆汁占主导的胆汁质（choler-
ic）、黏液占主导的黏液质（phlegmatic）以及黑胆汁占主导的忧郁质
（melancholy），其中多血质的性格是比较接近完美性格的。

关于人的灵魂，可被分为三种：一种是植物灵魂（vegetable soul），
像三角形，与生长有关。一种是感觉灵魂（sensible soul），像四边形，
与感觉、想象、判断、记忆有关，此外还涉及四肢活动以及体液和精
气在体内的运动；最后是理性灵魂（rational soul），像圆形，最为完
美，与理性相关，为人所特有。

而精气则是肉体与灵魂之间的纽带，可以传递感觉。它以血液为载
体，同时携带着热量，并通过维持热量来使各种体液保持平衡。精气的
运动是从肝脏经心脏最后到达大脑，期间在心脏和大脑得到两次净化，
根据净化前后的纯净程度不同，精气也分为三种，即天然精气（natural
spirits）、活力精气（vital spirits）和生命精气（animal spirits）。

那么，对于莎士比亚悲剧来说至关重要的情欲（passion）又是
什么？根据坎贝尔的研究，当时的各种学者普遍认为在灵魂层面，
情欲存在于感觉灵魂的欲望部分；而在肉体层面，情欲存在于心脏。
肉体层面的心脏比较好理解，那么，我们回到感觉灵魂，看看什么
是灵魂的欲望部分。如果细分的话，感觉灵魂的功能可分为认知
（knowing）和欲望（desiring），而欲望又分为趋利欲（concupiscible
power）和避害欲（irascible power）两种。所谓的情欲就来自这两种
欲望。①

关于情欲的分类，根据坎贝尔的研究，包括阿奎那在内的许多权
威都赞成下列的分法：

---

① 这两个词很难翻译，坎贝尔也并没有讲清楚到底是什么意思，不过道登教授讲得很清
楚：追求欲望的叫 concupiscible appetite；逃避邪恶的叫 irascible appetite。另外，Ruth Leila Ander-
son 在 Elizabethan *Psychology and Shakespeare's Plays*（1927）一书中讲得更清楚，见此书第 71—
72 页。

Concupiscible	Irascible
趋利欲	避害欲
Love-Hatred	Hope-Despair
爱—恨	希望—绝望
Desire-Aversion	Courage-Fear
渴望—反感	勇气—恐惧
Pleasure-Grief	Anger
欢乐—忧伤	愤怒

后面我们会看到，这个分类也成为了坎贝尔解释莎士比亚悲剧的前提之一。

理解了所谓的情欲，还要来看情欲与体液之间的关系。

前面提到，心脏是精气得到净化的地方，而精气又是通过控制维持血液中的热量来保持体液的平衡。那么，情欲既然在肉体层面也位于心脏，通过精气这一媒介，如果体液过量，就会引起相对应的情欲。至于这十一种情欲是如何与四种体液相对应的，坎贝尔自己也没有说清楚，不过可以肯定的是，黄胆汁（choler）对应的是愤怒。

但是，这些体液都是正常的体液（natural humours）。有一种情况会导致另一种体液的出现，这种体液对理解莎剧来说至关重要。当精气所携带的热量过多时，会燃烧正常的体液，从而产生超常体液（un-natural humour）。也就是说，过度的热量会导致超常体液，在这种情况下产生的体液不同于正常体液，它的过量也不同于正常体液的过量。这种超常体液又被称为体液焦遗（melancholy adust）。[1]

坎贝尔在这里援引托马斯·艾利奥特爵士[2]的话说：体液（melancholy）有两种，一种是正常的体液，一种是焦遗（adust）。后者又根

---

[1] 关于 melancholy 这个词的用法，这里同时可泛指体液，又可指黑胆汁及其对应的忧郁质。

[2] Sir Thomas Elyot（1490—1546），英国外交家和学者。

据被加热的体液的不同而分为四种（也有人说是三种），这种焦遗能破坏人的智力与判断力。

　　但是要注意的是，这种所谓的体液焦遗是一种统称，包括了至少三种超常体液，即黑胆汁焦遗（这里还是被叫作"melancholy adust"）、黄胆汁焦遗、血焦遗（sanguine adust）。有些人不同意艾利奥特关于四种超常体液的说法，认为黏液不会这样燃烧，[①] 因此没有黏液焦遗这一说。

　　总之，正常的体液虽然决定了人的性情，但在某种特定的情况下，精气中过度的热量会导致体液焦遗的出现，从而激起某种情欲（passion）。理解这一点对下面坎贝尔解读哈姆莱特的性格和心理非常重要。另外，情欲不仅应从其自身考察，也应注意情欲与人的种族、肤色、体液、气质、性别、年龄、命运等方面的关系，这些因素我们也会在坎贝尔后面的分析中经常看到。

　　在坎贝尔看来，《哈姆莱特》全剧都被一种情欲所笼罩，那就是忧伤（grief）。由于每个人物的性格脾气不同，这种情欲在每一个人物身上的表现又有所不同。坎贝尔认为这是一个关于三个年轻人复仇的故事，即哈姆莱特、福丁布拉斯和雷欧提斯，三个人都为自己的父亲的死而悲伤不已，也都有为父报仇的热望。但是，由于体液的关系，他们每个人的脾气秉性不尽相同，这就决定了忧伤的表现形式以及他们各自的行为方式不同。

　　福丁布拉斯是北方种族，其性格为黏液质或多血质，坚定而年轻，为了替父报仇不畏艰险；雷欧提斯则常年待在南方的法国，是胆汁质，血气方刚；至于哈姆莱特，则更复杂一些。哈姆莱特常常被认为是忧郁质的性格，优柔寡断小心谨慎。但是，坎贝尔否认了这种说法，他认为哈姆莱特在本质上应该与福丁布拉斯相仿，是忧伤的情欲使其改变，从而陷入了剧中的那种忧郁的状态。关于这一点，坎贝尔列出了几条理由：

————————

　　① 也许是因为黏液与四元素中的水对应，其性质是湿和冷，所以不能燃烧。

第一，哈姆莱特也是北方民族，而北方民族中具有冷和湿性质的体液比较流行，那么相应的，黏液质和多血质性情的人应该占大多数。第二，哈姆莱特称自己的身体是"太坚实的肉体"①，而王后形容哈姆莱特"胖得喘不过气"。②这些都不是忧郁质性情的人的特征，因为忧郁质的人不会胖，也不会有结实的身体。第三，第五幕第一场，哈姆莱特说道："虽然我不是一个暴躁易怒（splenitive）③的人，可是我的火性发作起来，是很危险的。"如果哈姆莱特是忧郁质，必然是暴躁易怒的，这是忧郁质的人特有的。如果他自己说自己不是这样的人，那么就不是忧郁质。

根据这些理由，坎贝尔的结论是，哈姆莱特本来的性格并不是忧郁质的，而是多血质的。多血质的人相对比较完美，待人和善、言语中充满巧智，更加适合有关哈姆莱特的所有细节。但是，在本剧开场的时候，哈姆莱特已经变得忧郁了。那么哈姆莱特的忧郁又是怎么来的呢？

这就要回到前面提到的体液焦遗理论了。根据这种理论，哈姆莱特虽然是多血质性格，但是，当忧伤袭来的时候，这种情欲并没有得到很好的控制，以至于其正常的体液和性情被改变了，产生了所谓的超常体液，即多血质的血液燃烧而产生的血焦遗（sanguine adust），正是这种体液焦遗破坏了哈姆莱特的正常理智，导致了他种种不正常的、类似于忧郁质性格的表现。

---

① too, too solid flash，见《哈姆莱特》第一幕第二场。这里有一个很有名的版本差别，第一对开本（first folio）作 solid（坚实的），第一和第二四开本（quarto）作 sullied（被玷污的），虽然对开本质量更好是不争的事实，但很多学者认为 sullied 更合理，比如剑桥版《莎士比亚全集》的主编著名莎学家威尔逊（John Dover Wilson），现已有不少莎剧版本将此处改为 sullied。

② 原文为 He's fat, and scant of breath。

③ 原文为 For though I am not splenitive and rash, yet I have something in me dangerous，见《哈姆莱特》第五幕第一场。这里有一点必须说明，坎贝尔和许金都提到了这个例子，但重点完全不同，乃至两人读出了相反的意思。但根据许金的说法，忧郁的人确实是敏感而易怒，而根据上下文，哈姆莱特对雷欧提斯莫名发火正好体现了这个特征。坎贝尔则明显是按照哈姆莱特原话的字面意思来理解，认为哈姆莱特并不易怒。另外，splenitive 一词来源于 spleen（脾脏）这个词，而脾脏正是主忧郁的黑胆汁所在的地方。

　　那么新的问题来了，同样面对忧伤这种情欲，为什么三个年轻人的表现和命运如此不同？坎贝尔认为:"莎士比亚在《哈姆莱特》中要回答的主要问题就是:当悲伤来临的时候，人们接受它的方式是什么?"① 也就是说，莎士比亚正是要通过这一悲剧考察忧伤这种情欲。"莎翁的特点就是从所有可能的方面去对待忧伤，在不同的角色中体现这种情欲的不同阶段，探讨这种情欲的生理与心理层面，以及当时的特定道德问题。……通过对忧伤这种情欲的研究，提出一种文艺复兴时期一直被关注的道德哲学的实用问题 (the practical problem of moral philosophy)，即对忧伤的慰藉和对罪恶的慰藉问题。"② 于是，莎士比亚悲剧在坎贝尔眼里成了对一种古老的中世纪学术的研究成果。

　　坎贝尔还援引托马斯·莫尔的说法，即忧伤能够对两种人产生三种结果。一种人面对忧伤会寻求慰藉，另一种人不寻求慰藉;不寻求慰藉的人又会有两种结果，一种是变得迟钝且记忆力减退;另一种是变得鲁莽而怒火攻心。莎士比亚正是将这三种不同情况分别用到了这三个年轻人身上。福丁布拉斯受到理性的指引，没有成为忧伤的受害者;哈姆莱特和雷欧提斯则都没有寻求慰藉，一个变得迟钝，一个变得鲁莽，最后都走向了毁灭。

　　哈姆莱特自己不愿寻求慰藉，而且还拒绝了别人对于慰藉忧伤的建议。王后在第一幕第二场曾试图用常识和哲学来安慰哈姆莱特:"你知道这是一件很普通的事情，活着的人谁都要死去，从生活踏进永久的宁静。"紧接着国王也用同样的思想安慰道:"固守不变的哀伤，却是一种逆天悖理的愚行，不是堂堂男子所应有的举动;它表现出一个不肯安于天命的意志，一个经不起艰难痛苦的心，一个缺少忍耐的头脑和一个简单愚昧的理性。既然我们知道那是无可避免的事，无论谁都要遭遇到同样的经验，那么我们为什么要这样固执地把它介

---

　　① Lily Bess Campbell. *Shakespeare's Tragic Heroes*: *Slaves of Passion*, Cambridge: Cambridge University Press, 1930, p. 110.

　　② Ibid., p. 113.

介于怀呢？嘿！那是对上天的罪戾，对死者的罪戾，也是违反人情的罪戾；在理智上它是完全荒谬的，因为从第一个死了的父亲起，直到今天死去的最后一个父亲为止，理智永远在呼喊，'这是无可避免的。'"（第一幕第二场）但是，哈姆莱特并没有理会这些建议，在随后的第一段自白中，还是任由自己的情欲倾泻。最终，哈姆莱特的情欲影响了他的记忆力，并且让理性失去了对意志的控制，使他变成了有惰性的罪人。①

同样受到情欲的困扰，雷欧提斯与哈姆莱特的反应完全相反，因此可以与哈姆莱特形成对照。雷欧提斯在听到自己妹妹的死讯后说了一段话，很好地反映了他与哈姆莱特的不同："太多的水淹没了你的身体，可怜的奥菲利娅，所以我必须忍住我的眼泪。可是人类的常情是不能遏阻的，我掩饰不了心中的悲哀，只好顾不得惭愧了；当我们的眼泪干了以后，我们的妇人之仁也会随着消灭的。"（第四幕第七场）正是这种人之常情的不能遏阻，使雷欧提斯的情欲驱使他走向狂怒，经历了从悲伤到仇恨再到复仇，终于成了愤怒的罪人。

由于有了福丁布拉斯的对比，哈姆莱特和雷欧提斯的情欲就更加明显。但与福丁布拉斯一样有参考意义的还有霍拉旭，"福丁布拉斯和霍拉旭两人是全剧中理性支配情欲的代表。"② 在戏剧的最后，是福丁布拉斯和霍拉旭两人作为幸存者留在了舞台上。所以说，命运（fortune）正是用情欲来左右人，因此，能够用理性制约情欲的人也能摆脱命运的束缚。"这不过再次证明了能够用理性平衡情欲的人不会成为命运的玩偶。而这也是悲剧的寓意所在。"③

至此，在 20 世纪莎评中，单是拿忧郁（melancholy）来说明哈姆莱特的性格的，我们就看到了三种不同的看法。对布拉德雷来说，这

---

① 从中世纪的道德哲学角度出发，坎贝尔将《哈姆莱特》中所有的主要人物都视为在情欲影响下的罪人，只是罪有轻重之分，有的致命，有的不致命。

② Lily Bess Campbell, *Shakespeare's Tragic Heroes*: *Slaves of Passion*, Cambridge: Cambridge University Press, 1930, p.147.

③ Ibid.

种忧郁是一种普通心理学意义上的心理状态，是特定的环境对特定人群产生影响的产物；对许金来说，哈姆莱特则代表了一种以忧郁病为特征的文艺复兴的舞台类型人物；而对坎贝尔来说，哈姆莱特的忧郁是莎士比亚对一种古老的中世纪学术进行细致研究之后得到的成果。

另外，坎贝尔关于《哈姆莱特》中的鬼魂的分析也值得一提。作为一种超自然现象，鬼魂的出现在当时主要有三种不同的解释。第一种解释主要来自天主教徒和超自然现象的支持者们，他们认为鬼魂是真实存在的，是在炼狱中的灵魂被允许暂时回到人间；第二种解释以詹姆斯一世（King James）的《魔鬼学》（Daemonology, 1597）一书为代表，认为鬼魂以及其他许多超自然现象都是魔鬼的伪装。当人的理性被野心、复仇等欲望所笼罩的时候，魔鬼尤其喜欢伪装成受害者最亲近的人，一步步诱使他们走向毁灭；另外还有一批人，以医生和现实主义者们为代表，他们认为大多数的所谓鬼魂都是人的幻觉和自我欺骗，或是黑胆汁这种体液在作怪。

那么，莎士比亚希望以鬼魂表达哪种观念呢？

首先，《哈姆莱特》中的鬼魂符合天主教徒所认为的鬼魂是炼狱中暂时回来的灵魂这一观念，比如要连续显灵三次以证明自己不是假象，作为一个好人的鬼魂要陈述自己的罪行等等。其中第一幕第五场说得很清楚："我是你父亲的灵魂，因为生前孽障未尽，被判在晚间游行地上，白昼忍受火焰的灼烧，必须经过相当的时期，等生前的过失被火焰净化后，方才可以脱罪。"

但是，第二幕第二场中哈姆莱特又说："我所看见的幽灵也许是魔鬼的化身，借着一个美好的形状出现，魔鬼是有这一手本领的；对于柔弱忧郁的灵魂，他最容易发挥他的力量；也许他看准了我的柔弱和忧郁，才来向我作祟，要把我引诱到沉沦的路上。"这段话分明就是在论述詹姆斯一世的《魔鬼学》中的观点。

另外，由于哈姆莱特这时已经被不正常的体液所控制，按照当时第三种观念，正是幻觉会出现的条件。而且霍拉旭刚开始听说时并不相信鬼魂，哈姆莱特自己也曾怀疑鬼魂的真实性。

因此坎贝尔的结论很有意思，"整个描写设计巧妙，展示了一个从不同角度看起来相当矛盾的现实。我深信，如果一个天主教徒、詹姆斯一世以及提摩西·布莱特①看了这个剧——当时他们很可能真的看了，每个人回家时都会更加坚定自己对鬼魂的信念。"② 也就是说，莎士比亚丝毫没有在这个问题上表现出自己的喜好与倾向，只是再现了当时关于鬼魂的所有的不同看法。在坎贝尔那里，莎士比亚更像是一位冷静的学者，而不是诗人。他以戏剧为媒介研究自己那个时代的关于情欲的心理学，并通过人物的塑造来展现不同的甚至是相互矛盾的思想。

应当指出，在解读完《哈姆莱特》之后，从《奥赛罗》开始，坎贝尔陷入了一种程式化的分析，先是引用古代和文艺复兴时期关于一种特定情欲的论述，然后引述莎剧文本，概述情节。这种分析在《哈姆莱特》那里就占了相当篇幅，但仍然能给我们带来不少惊喜，而这种惊喜在后面越来越少。每一部悲剧都被一种情欲所主导，《奥赛罗》是关于妒忌（jealousy）的悲剧，《李尔王》中充满了愤怒（anger），而《麦克白》则描写的是恐惧（fear）。

坎贝尔以其扎实的学术功底和严谨的治学态度，发掘了一种早已被人所遗忘的中世纪学术，使我们看到了莎士比亚那个时代的"心理学"对人的理解，并用这种学说解读莎剧，代表了历史派批评中的一个重要方向。但是，要理解坎贝尔的分析，首先要费一番功夫去了解文艺复兴时的这一整套"伪科学"体系。虽然历史主义批评都要做背景研究，但坎贝尔的研究由于结合了中世纪和文艺复兴道德哲学、悲剧观念、体液理论等众多学说而显得特别的冗长而烦琐，虽然坎贝尔很注意结合莎剧文本，但过多古老的学说所起到的

---

① Timothy Bright（1551？—1615），当时的一位医生和牧师。

② Lily Bess Campbell, *Shakespeare's Tragic Heroes: Slaves of Passion*, Cambridge: Cambridge University Press, 1930, p. 128.

作用也只是让我们更深入地了解了那个时代的思想而已，有时甚至为理解其具体莎评平添障碍。客观地讲，就《哈姆莱特》一剧来说，坎贝尔的还原性解读并不比琼斯的现代心理分析方法更能契合莎士比亚的文本。

不过，坎贝尔将莎剧视为莎士比亚对伊朝心理学情欲学说进行研究的结果，这种观点虽不一定可取，却纠正了自琼生（Jonson）以来对莎士比亚的一个普遍误解，那就是莎士比亚是一个"不学"的剧作家，虽然忠于"自然"，但"不太懂拉丁，更不通希腊文"。① 坎贝尔直言："莎士比亚远比想象的更为熟悉自己时代的知识，他是哲学的学生，是有目的的艺术家。"② 这个观点也是历史主义莎评中一个比较流行的看法。我们在后面会看到蒂利亚德也十分强调这一观点。

关于坎贝尔，还有一点值得一提，那就是她对布拉德雷的反驳。在这方面，坎贝尔代表了历史主义莎评对布拉德雷的态度。在 40 年代，她连续发表了两篇文章评论布拉德雷。一篇是 1947 年发表的《重读布拉德雷：40 年以后》，主要讨论的是布拉德雷关于莎剧"事件"中的三种"附加因素"（additional factors）；另一篇是 1949 年发表的《关于布拉德雷的〈莎士比亚悲剧〉》，主要讨论布拉德雷的人物性格分析。

由于篇幅所限，我们在这里只看一下坎贝尔如何分析布拉德雷所谓三种"附加因素"中的第一种——异常的思想状态。客观地讲，布拉德雷对三种"附加因素"（即异常的思想状态、超自然事物和偶然事件）的论述确实是其软肋，因为这几种因素和他的人物性格导致行为的理论有明显的矛盾，对此他采取的方法不是刻意削弱它们的作用

---

① ［英］琼生：《题威廉莎士比亚的遗著》，见杨周翰编选《莎士比亚评论汇编》（上），中国社会科学出版社 1978 年版，第 12 页。

② Lily Bess Campbell, *Shakespeare's Tragic Heroes: Slaves of Passion*, Cambridge: Cambridge University Press, 1930, p. vii.

便是将其强行纳入人物性格的影响之下。坎贝尔作为伊朝心理学的研究专家，正好抓住了这一弱点。

对于莎剧中的疯狂等异常思想状态，布拉德雷首先承认它们不是由性格产生的，但继而说道，这些状态在剧中作用不大，"麦克白夫人的梦游对于随后发生的事毫无影响。麦克白并不是因为看到空中有把匕首才去谋杀邓肯的……李尔的发疯，如同奥菲利娅的发疯，并不是悲剧冲突的原因，而和奥菲利娅一样，正是这种冲突的结果"。① 为了说明布拉德雷这些论断的错误，坎贝尔作了一个比喻："布拉德雷说这些状态'没有被当作任何具有戏剧意义的行为发生的根源'，这就好比说一个医生应该对病人发热视而不见，因为发热并不导致疾病。"② 在坎贝尔看来，正如上面所讨论的，按照伊丽莎白时代心理学的解释，莎士比亚悲剧中的人物是被情欲控制了理性，因而导致非正常状态。所以非正常状态在莎剧中至关重要，是理解莎剧人物的关键。而布拉德雷的失败"来自他不懂得伊丽莎白时代的思想"。③

最后还有一点需要说明，坎贝尔之所以能够成为历史主义莎评的代表人物之一，不仅仅因为她对伊朝心理学的研究，她还有一本讨论伊朝政治思想的重要著作，即《莎士比亚的"历史剧"：伊丽莎白时代政策的镜子》（Shakespeare's "Histories"：Mirrors of Elizabethan Policy, 1947）。在此书中她认为莎士比亚在历史剧中体现了一种保守的、富有宗教色彩的观念，反映了伊丽莎白时代的政治思想，是一种保卫皇权的说教。这种观点和后面要讨论的蒂利亚德的历史剧研究相似，但影响不及后者，所以在这里我们不再详细论述。

---

① ［英］安·塞·布雷德利：《莎士比亚悲剧》，张国强、朱涌协、周祖炎译，上海译文出版社 1992 年版，第 9 页。

② Lily B. Campbell, "Bradley Revisited: Forty Years After", *Studies in Philology*, Vol. 44, No. 2 (Apr., 1947), p. 177.

③ Ibid., p. 179

二　斯宾瑟

西奥多·斯宾瑟（Theodore Spencer，1902—1949），美国诗人和学者。虽然长时间执教于哈佛大学，但斯宾瑟似乎主要专注于诗歌创作，几乎没有写过什么学术著作。不过在 1942 年他做了一个关于莎士比亚的系列讲座，后来结集出版，成为一部完整的专著，这就是著名的《莎士比亚与人性》（*Shakespeare and the Nature of Man*）。也正是由于这本书的出现，使斯宾瑟从一位吝文惜字的诗人一跃成为历史主义莎评的代表人物之一。

在这本书开篇，斯宾瑟就确定了艺术研究中所表达的人类经验的三种方式，也就是他的三个研究目标，即研究艺术的知识、社会、情感等历史背景，研究艺术技巧和艺术媒介，以及把艺术作品放入其他人类经验的关系中去分析和判断。这三种研究统领全书的结构，我们不妨也以此为顺序展开对斯宾瑟莎评的考察。

背景研究是历史主义批评必不可少的基本功，历史主义批评家往往从历史背景中抽离出一种能够运用于作品解读的思想或知识。对斯宾瑟的研究来说，这种思想就是贯穿于所有莎剧的一个前提，即"16 世纪末，关于人性的冲突是当时伟大戏剧的最深层次的原因"。[①]

既然是冲突，那么关键问题在于，这种人性冲突的两个对立面分别是什么？斯宾瑟对此进行了详细的论述。冲突的一方面来自中世纪以来一以贯之的对于人性的乐观看法。这种看法认为，人是上帝的造物之链中的一环，位于存在巨链（the great chain of being）的正中间，上有天使和上帝，下有鸟兽和万物。而且人被上帝所创造也有明显的目的论意义，人的目的就是为了理解和敬爱上帝。但人的活动范围只限于月下世界，人在上帝的授权下统治着自然界的月下世界，整个世

[①]　Theodore Spencer. *Shakespeare and the Nature of Man*, New York：The Macmillan Company, 1961, Preface p. 4.

界都处于秩序井然的状态。但同样秩序井然的还有月上世界的宇宙和人类社会。因而秩序是所有事物背后的根源，而"自然"（nature）则是秩序的主宰。所以要理解人性，首先要理解自然。[①]

自然就是上帝在这个世界的代理人，它统治着由三个领域组成的整个已知世界。第一个领域就是宇宙。这个宇宙正是但丁在《神曲·天堂篇》中所描写的那个托勒密天文体系，严格地说是不包括月下世界的诸天（heavens）。它以地球为中心，由八个巨大的同心圆（一说九个）组成。每一个圆是一层天，也就是八层天，分别是月亮天（Moon）、水星天（Mercury）、金星天（Venus）、太阳天（Sun）、火星天（Mars）、木星天（Jupiter）、土星天（Saturn）和恒星天（Fixed Stars），而八层天之上是原动天（Primum Mobile），又被称为第一推动者（the first mover），其作用是推动其他天体转动，每一层天之间在转动时产生的摩擦就组成了天体音乐。原动天也就是宇宙的边缘，再往上就是上帝的居所，即最高天（Empyrean Heaven）。最高天已经不是自然所能统治的领域。

自然所统治的第二个领域，是由四大元素组成的月下世界（Sublunary World），也就是人类所生活的世界。这也是一个秩序井然的世界，最下层是没有灵魂的无机物，无机物之上是拥有生长灵魂（或植物灵魂）的植物，然后是拥有生长灵魂和感觉灵魂的动物，再往上就是拥有三种灵魂的人——关于人的灵魂问题我们在上一节讨论坎贝尔时已经讲得很清楚。人的上面还有没有肉体、作为纯粹理性存在的天使和纯粹实在（pure actuality）的上帝，这条等级序列就是所谓的存

---

① 这里有必要说明一下，斯宾塞显然是在文艺复兴的语境中使用 nature 一词的，而人性也是 human nature 这个词。也可以这样认为，人性就是人的自然状态。所以，自然与人性某种意义上是相通的，在文艺复兴人们的观念中，人性的恶与对自然秩序的违反联系在一起。这种人性即自然的观念一直流行到 18 世纪后期，直到浪漫主义的自然观将其取代。关于这一问题可参看《莎士比亚评论汇编》下篇第 286 页奈茨的论述。另外，关于莎剧中的自然观念，可参看丹比（J. F. Danby）的《莎士比亚的自然观——〈李尔王〉研究》（*Shakespeare's Doctrine of Nature: A Study of King Lear*, 1949）一书。

在巨链。但上帝与天使存在于诸天,所以,人就成为了自然第二领域
的中心,统治着月下世界中的万物。但同时我们可以看到,人处在存
在之链的中间,在动物中最高,但在有理性灵魂的存在中则最低,于
是人就有了相互对立的两重性,一是肉体性,二是神性,人的理想状
态应该是具有神性的理性控制肉体带来的情欲。

自然还有第三个领域,那就是国家和社会。这同样是一个秩序
井然的世界,同时受三种法规的约束,即约束万物的自然之法(law
of Nature)、约束全人类的公法(law of Nations)和约束一国之民的
民法(civil law)。比如英国的民法就是王政,国王就是自然法和正
义的代表。

在传统的观念中,自然的三个领域是一种对应关系,三者之间有
一种一致性,宇宙、人体、国家形成一种类比。宇宙被称为大宇宙
(macrocosms),人体被称为小宇宙(microcosms),国家则被称为政治
体(body politics)。更重要的是,这三个领域不仅仅是类比关系,而
且有实际联系,可以说是"一荣俱荣一损俱损",这种思想的背后便
是秩序观念。关于这一点,最著名的例子莫过于莎士比亚在《特洛伊
罗斯与克瑞西达》中通过俄底修斯之口说过的一段话:

> 诸天的星辰,在运行的时候,谁都恪守着自身的等级和地位,
> 遵循着各自的不变的轨道,依照着一定的范围、季候和方式,履
> 行它们经常的职责。所以灿烂的太阳才能高拱中天、炯察寰宇、
> 纠正星辰的过失,揭恶扬善,发挥它的无上威权。可是众星如果
> 出了常轨,陷入了混乱的状态,那么多少的灾祸、变异、叛乱、
> 海啸、地震、风暴、惊骇、恐怖,将要震撼、摧毁、破坏、毁灭
> 这宇宙间的和谐!纪律是达到一切雄图的阶梯,要是纪律发生动
> 摇,啊!那时候事业的前途也就变得黯淡了。要是没有纪律,社
> 会上的秩序怎么可以稳定?学校中的班次怎么会整齐?城市中的
> 和平怎么可以保持?各地间的贸易怎么可以畅通?法律上所规定

的与生俱来的特权，以及尊长、君王、统治者、胜利者所享有的
特殊权利，怎么可以确立不坠？只要把纪律的琴弦拆去，听吧！
多少刺耳的噪音就会发出来；一切都是互相抵触；江河里的水会
泛滥得高过堤岸，淹没整个的世界；强壮的要欺凌老弱，不孝的
儿子要打死他的父亲；威力将代替公理，没有了是非之分，也没
有正义存在。（第一幕第三场）

这段话曾被历史主义莎评家们无数次地引用来说明莎士比亚与当
时的秩序观念之间的关系。这种天人之间的类比和联系在文艺复兴时
期确实随处可见，对于斯宾瑟的莎评也十分重要。因为在当时的人们
看来，整个已知世界都是一个秩序井然的统一体，所以当人性中的恶
大行其道的时候，整个自然的三个领域都会受影响。这一点我们在蒂
利亚德那里还会看到更完整的论述。

不过值得一提的是，在这种基督教传统观念中，由于人的两重性，
人性中还是有一个基本的对立，即人的理性的高贵（dignity）与原罪
带来的低贱（wretchedness）之间的冲突，这也可以理解为人的神性与
肉体性的冲突；但是这一冲突可通过上帝的恩典与救赎来解决。所以
整体上，传统的自然观和人性论是一种乐观的理论。

然而更重要的是，16 世纪时出现了一种不可解决的新矛盾，也就
是我们所要阐述的文艺复兴时期人性冲突中的另一个对立面，那就是
对上述传统观念旧有秩序的怀疑。随着文艺复兴运动的发展，新的理
论不断产生。在新理论的审视下，自然的三个领域无一幸免。首先，
哥白尼于 1543 年出版了怀疑传统宇宙秩序的著作，提出了颠覆基督教
—托勒密天文体系的日心说，并且由于 1610 年伽利略的宣传，这种学
说进一步扩大了影响。其次，在第二个领域，法国的蒙田在人与存在
之链上低于人的动物之间画了等号，认为人不过是另一种动物而已，
从而打破了第二领域中的传统秩序。影响更大的打击来自第三个领域，
马基雅维利在这里打破了国家与正义之间的必然联系，认为人性的恶

使得人只能通过恐惧和武力来统治。这几种新的理论打破了传统观念中世界的和谐状态，其结果是形成了一种对人性的悲观看法。

16世纪末，新的观念已经从意大利和法国传到了英国，而此时伊丽莎白时代的辉煌已经接近尾声，新与旧的冲突与日俱增。"当莎士比亚作为一个艺术巨匠达到其巅峰的时候，这种冲突也达到了顶点。"① 于是，在这样一个时代，悲剧诞生的条件终于成熟了。因为在斯宾瑟看来，凡是悲剧的出现，必有两个条件：一是要有一套传统的信仰；二是要有一种违反传统信仰的意识。不论是之前的埃斯库罗斯，还是后来的易卜生，都逃不出这一规律。莎士比亚的时代更是如此，传统的观念认为人处在一个无所不包的秩序统一体中，而新观念对这种秩序的违反则随处可见。而莎士比亚本人，在这个大环境的影响下，经过早期喜剧和历史剧的练手，也开始在悲剧中表达一种对人性的更深刻的认识。

这就进入了斯宾瑟下一个要讨论的问题，也是其莎评的重点，即莎士比亚的技巧问题。当然，通观全书，虽然斯宾瑟也粗略考察了一下莎翁之前的戏剧发展脉络，但他所谓的技巧（craft）显然并不是斯托尔和许金等人眼中的技巧（artifice）或作剧法（dramaturgy），而是指的莎翁通过表象与真实之间的对比来表现他对人性问题的理解。在斯宾瑟看来，表象与真实这一对立贯穿于莎翁的整个戏剧创作生涯，但不同时期不同剧作中的具体表现却不一样，这一变化过程就是莎翁本人观念的不断发展过程。

英国戏剧的发展过程是一个不断世俗化、摆脱抽象概念的过程。到了马洛时，这一发展过程已基本完成，马洛的《帖木儿》和《浮士德》为莎翁戏剧奠定了基础。莎士比亚的早期作品主要还是受到了传统观念的影响，但在早期历史剧和喜剧中，霍茨波、庶子腓力普、茂

---

① Theodore Spencer, *Shakespeare and the Nature of Man*, New York: The Macmillan Company, 1961, p. 45.

丘西奥、俾隆等人物都能够认识到表象的虚假，在表象背后有人类现
实；亨利五世在阿金库尔大战前的演讲说明他意识到了国王的仪式徒
有其表；巴萨尼奥不被表象所迷惑，选中了藏有鲍西娅画像的铅匣。
这些都说明此时的莎士比亚已经在考虑表象与现实的问题。

　　悲剧阶段是斯宾瑟关注的重点，因为从《哈姆莱特》开始，莎士
比亚开始发现人的恶，而且将人性的冲突放入人物的自我意识之中，
开始描写灵魂的撕裂。于是，《哈姆莱特》是一部全新的悲剧，不同
于以往的任何一部莎剧。"在《哈姆莱特》中，莎翁首次将当时深入
人心的两种关于人性的观点表现得如此全面。一方面，是传统的应然
的人（man as he should be），正直、乐观、有序；另一方面，是实然
的人（man as he is），充满了黑暗与混乱。莎士比亚将这种对立的意
识放入了哈姆莱特这一个人物中，这也是哈姆莱特之所以伟大的原因
之一。……莎士比亚以往用表象与真实的差别作为戏剧手段许多次，
但从未像这样用过，从未如此接近他那个时代的思想和感受。"① 在
《哈姆莱特》中，之前作为背景一部分的传统观念现在成了主人公意
识的一部分。然而，当主人公哈姆莱特意识到了这种传统观念与实际
经验之间的矛盾时，这种意识便摧毁了他。

　　哈姆莱特在母亲改嫁之前，抱有传统的乐观的人性观念，在其他
人眼中是理想的文艺复兴贵族。正如奥菲莉亚所说，他是"朝臣的眼
睛、学者的辩舌、军人的利剑、国家所瞩望的一朵娇花；时流的明镜、
人伦的雅范、举世注目的中心"。（第三幕第一场）但是，在发现了母
亲的淫欲和叔父的罪行之后，哈姆莱特的整个信仰都崩塌了。并且，
这种罪恶的现实很快被哈姆莱特那个善于概括和总结的头脑推演到整
个自然的世界、国家、个人三个领域，三个领域中的秩序同时被毁灭，
并快速扩展至全剧。连奥菲莉亚也是这种罪恶现实在哈姆莱特头脑中

---

① Theodore Spencer, *Shakespeare and the Nature of Man*, New York：The Macmillan Company,
1961, p.94.

一般化的受害者。哈姆莱特心中有一个理想的爱情，那就是他的父母。正如鬼魂所说，"我的爱情是那样纯洁真诚，始终信守着我在结婚的时候对她所作的盟誓。"（第一幕第五场）但王后的再婚违背了这一理想婚姻，违背了自然之法，也直接导致哈姆莱特将两性关系都视为粗俗肮脏的、与理想对立的现实。

至于最受批评家关注的哈姆莱特的延宕问题，斯宾瑟并没有进行特殊的对待，而是将其放在全剧的表象与现实的大问题中点到为止，并将其归因于文艺复兴的社会思想环境。"哈姆莱特对表象与现实之间的差别的发现，在其头脑中造成了一个理想幻灭（disillusioning）的效果，以至于麻痹了他深思熟虑的行动。这是文艺复兴的一系列新问题、新心理现象的普遍症状，是之前的关于人的观念所没有探寻过的。"[1]

不过即便是在哈姆莱特的信仰崩塌之后，他的思想也是有发展变化的。为了说明哈姆莱特的变化，斯宾瑟对他的四段著名独白进行了精彩的分析。第一段在第一幕第二场，以"啊，但愿这一个太坚实的肉体会融解、消散，化成一堆露水"开始；第二段独白在第二幕第二场最后，以"啊，我是一个多么不中用的蠢材"开始。这两段独白在称呼上都以"我"指哈姆莱特自己，而且思想混乱，文法上也混乱，往往一个想法没表达完就有了新的痛苦的想法，反映了所有秩序的分崩离析。

第三个独白便是著名的"生存还是毁灭，这是一个值得考虑的问题"，这段独白有了新的变化。最明显的变化是，从这段独白开始，所有的代词都从"我"变成了"我们"，诸如"我们心头的创痛"、"我们求之不得的结局"、"当我们摆脱了这一具朽腐的皮囊以后，在那死的睡眠里，究竟将要做些什么梦，那不能不使我们踌躇顾虑"，

---

① Theodore Spencer, *Shakespeare and the Nature of Man*, New York: The Macmillan Company, 1961, p. 105.

以及"谁愿意负着这样的重担，在烦劳的生命的压迫下呻吟流汗，倘不是因为惧怕不可知的死后，惧怕那从来不曾有一个旅人回来过的神秘之国，是它迷惑了我们的意志，使我们宁愿忍受目前的磨折，不敢向我们所不知道的痛苦飞去？这样，重重的顾虑使我们全变成了懦夫，决心的赤热的光彩，被审慎的思维盖上了一层灰色，伟大的事业在这一种考虑之下，也会逆流而退，失去了行动的意义。"（第三幕第一场）根据斯宾瑟的解释，这时哈姆莱特的思想从个人过渡到了全人类，思考的是更普遍的问题，心理上哲学上也都更成熟，文法上也不再混乱。

第四个独白出现在第四幕第四场，哈姆莱特在这里拿自己和福丁布拉斯做了对比："瞧这一支勇猛的大军，领队的是一个娇养的少年王子，勃勃的雄心振起了他的精神，使他蔑视不可知的结果，为了区区弹丸大小的一块不毛之地，拚着血肉之躯，去向命运、死亡和危险挑战……相形之下，我将何地自容呢？"这也是一次痛苦的爆发，但相比较第一段和第二段独白的爆发，这次不论从语言上还是逻辑上都有了更多的秩序，反映了主人公情感上和理智上的成长。

由此可看出，哈姆莱特在剧末时和开始时完全不同，开始时在他身上还有理想世界与现实世界的对立，但这种对立在结尾时则已经被调和，没有那种心理的喧嚣，而是显得成熟而高贵。"这也是为什么当主人公的死亡不可避免时，我们会如此的感动，并且在某种程度上感觉到了一种荣耀。"①

与《哈姆莱特》不同，《奥赛罗》是一部个人悲剧。哈姆莱特的概括能力使其将世界视为一个整体，而奥赛罗则不太关注外部世界，而是专注于自己。莎士比亚在这部剧中对人本身的研究更加深入，善与恶、高贵与兽性的对比也更加强烈。奥赛罗是一位伟岸的英雄，是

---

① Theodore Spencer, *Shakespeare and the Nature of Man*, New York: The Macmillan Company, 1961, p. 109.

一个行动的人，只活在自己的世界里，但却把自己的整个世界连同神秘而浪漫的过去都给了苔丝狄蒙娜。所以，当他发现苔丝狄蒙娜并不值得爱之后，便陷入狂乱，变成嗜血的野兽。此时的奥赛罗视自己为表象的受害者，视自己的杀人行为为普世正义的手段，出于高贵的动机，这也是本剧最恐怖的地方。

客观地讲，以上斯宾瑟对于奥赛罗这个人物的分析比较老套、乏善可陈。不过，他对伊阿古的分析却值得一提。上面我们说过，在早期历史剧和喜剧中有一些人物能够"透过现象看本质"，是莎翁早期的试验品。而此时的莎翁看到了人性中恶的蔓延，意识到也许这类人本身也不过是假象而已，而伊阿古就是这类人的延续，是这类人犯错时的样子。

首先，伊阿古是一个表里不一的人，表象与现实、外表与内心之间并无任何关联。正如他自己所言："我要是做了那摩尔人，我就不会是伊阿古。同样地没有错，虽说我跟随他，其实还是跟随我自己。上天是我的公证人，我这样对他陪着小心，既不是为了忠心，也不是为了义务，只是为了自己的利益，才装出这一副假脸。要是我表面上的恭而敬之的行为会泄露我内心的活动，那么不久我就要掬出我的心来，让乌鸦们乱啄了。世人所知道的我，并不是实在的我。"（第一幕第一场）

其次，伊阿古是一个肆无忌惮的个人主义者，是一个完全理性的人，没有也不懂感情。按照文艺复兴时期的观念，这样的一个恶人也是一个不完整的人，因为他缺少人类所有的心理层面，而只有理性。而这也正是伊阿古可怕的地方，因为"从一方面来看，他代表了文艺复兴那种理性控制情欲的理性状态的人，但同时他却是一个十足的坏人"。[1] 换句话说，如果纯粹理性的人却有可能是一个十恶不赦的人，

---

① Theodore Spencer, *Shakespeare and the Nature of Man*, New York: The Macmillan Company, 1961, p.135. 关于理性控制情欲是文艺复兴观念中人的理想状态，可参考上一节中坎贝尔的论述。

那么理性的崇高便被消解了。这说明了在《奥赛罗》这里，莎士比亚对人性的恶的理解已经达到了很深的程度。文艺复兴时传统的对人性持乐观态度的观念已经被伊阿古的形象所颠覆。

在 20 世纪上半叶的莎评史中，《李尔王》的声誉不断提高，大有取代《哈姆莱特》成为莎士比亚悲剧代表作的趋势。像其他许多莎评家一样，斯宾瑟也认为《李尔王》是莎士比亚的最高成就，他认为此剧是所有莎剧中最深刻最宏大的作品，是莎翁戏剧创作的最高点，也是技巧发展的顶峰，因为这部作品最完整地反映了当时关于世界、国家、个人的观念。李尔的故事展现了大宇宙和小宇宙以及国家处在混乱中的可怕景象，"表现了人性中的恶是如何在善的表象下，将混乱带至王国与灵魂，并被反映在外在自然的混乱之中。"①

斯宾瑟指出，为了表现一幅混乱横行于世的图景，莎士比亚运用了两个技巧，即强化（reinforcement）与扩展（expansion）。这两种技巧表现在好几个层面，比如情节上，其他莎剧中往往是主线情节和支线情节形成对比与互补，但《李尔王》则不然，主线情节中的李尔和支线情节中的葛罗斯特都是不孝的受害者，一个被逼疯一个被刺瞎，两者形成对应关系，彼此强化。另外，自然界的暴风雨和人精神中的风暴也形成强化和扩展，甚至里根在康华尔刺瞎葛罗斯特时的煽动也是一种恶的强化。最后，考狄利娅的死则是对恶最终也是最大的强化。

斯宾瑟也注意到了《李尔王》中那种四处弥漫的恶，不过他在这里强调的是整个自然的崩塌，大宇宙与小宇宙一起经历暴风雨的洗礼，四种元素完全陷入混乱，一切都从秩序的约束下被释放出来。这比《哈姆莱特》和《奥赛罗》中都要来的猛烈得多，前者中的混乱被局限于丹麦，福丁布拉斯就没有受到任何影响，后者中则只限于奥赛罗本人。《李尔王》充分体现了文艺复兴自然观念中三个领域相互关联

---

① Theodore Spencer, *Shakespeare and the Nature of Man*, New York: The Macmillan Company, 1961, p. 136.

的思想，只要一个领域崩溃，另外两个也必然崩溃。之前的莎剧中从没有将这个思想表现得如此完整和彻底。当李尔王在暴风雨中挣扎时一位侍臣就说："在他渺小的一身（his little world of man）之内，正在进行着一场比暴风雨的冲突更剧烈的斗争。"（第三幕第一场）大宇宙的风暴反映在了小宇宙之中；与此相反，小宇宙的毁灭也会招致大宇宙的毁灭，葛罗斯特在试图自杀后说："啊，毁灭了的生命！这一个广大的世界有一天也会像这样零落得只剩一堆残迹。"（第四幕第六场）

　　表象与真实的区别在《李尔王》中也随处可见。高纳里尔和里根在爱的表象下是残忍与不孝，而考狄利娅在冷漠的表象下则是爱，而这种表象与真实的区别也正是后面整个自然大混乱的起因。同样值得注意的是，在将王国分给两个女儿之后，李尔作为国王的表象一个个都被剥去，但在这个过程中李尔也得到了净化，从而有了被救赎的可能。李尔在暴风雨中曾感慨道："衣不蔽体的不幸的人们，无论你们在什么地方，都得忍受着这样无情的暴风雨的袭击，你们的头上没有片瓦遮身，你们的腹中饥肠雷动，你们的衣服千疮百孔，怎么抵挡得了这样的气候呢？啊！我一向太没有想到这种事情了。安享荣华的人们啊，睁开你们的眼睛来，到外面来体味一下穷人所忍受的苦，分一些你们享用不了的福泽给他们，以显示上天是公道的！"[①] 斯宾瑟认为，这样的思想是李尔能够得到救赎、回到爱的世界的原因，同时也说明莎士比亚在《李尔王》中也并不是一味地描绘黑暗图景。而且，最后一幕时邪恶并没有征服李尔，因为直到最后一刻李尔也认为考狄利娅并没有死。

　　与《李尔王》相比，《麦克白》一开始即陷入黑暗、鲜血、骚乱之中，混乱不仅仅反映在自然世界和人的个体世界，而且与这两个世界完全融为一体，联系更加紧密。在麦克白犯罪的时候，列诺克斯说：

------

　　① 第三幕第四场，译文略有改动。

"昨天晚上刮着很厉害的暴风，我们住的地方，烟囱都给吹了下来；他们还说空中有哀哭的声音，有人听见奇怪的死亡的惨叫，还有人听见一个可怕的声音，预言着将要有一场绝大的纷争和混乱，降临在这不幸的时代。黑暗中出现的凶鸟整整地吵了一个漫漫的长夜；有人说大地都发热而战抖起来了。"第二幕第四场，洛斯也说道："你看上天好像恼怒人类的行为，在向这流血的舞台发出恐吓。照钟点现在应该是白天了，可是黑夜的魔手却把那盏在天空中运行的明灯遮蔽得不露一丝光亮。难道黑夜已经统治一切，还是因为白昼不屑露面，所以在这应该有阳光遍吻大地的时候，地面上却被无边的黑暗所笼罩？"这样的描写是以前的莎剧中所没有的，人违背自然秩序的非自然行为导致的混乱使动物都变得不正常了。

另外，麦克白身上还有一个特性是以前的莎剧中所没有的，那就是麦克白的罪恶有一个发展的过程。之前的莎剧中坏人就是坏人，从头到尾都是，但麦克白的邪恶是逐步深入的，这与李尔的逐步净化也是相反的。因此此剧也意味着莎士比亚对人性的恶有了更加深入的研究。不过，即便在这样的混乱中，最终还是出现了自然与秩序，这一点与《李尔王》的结局有些像。当麦克白被击败的时候，一切都恢复了秩序，连之前在马尔康身上颠倒了的表象与真实也恢复了正常。

《雅典的泰门》是最后一部悲剧，某种意义上，莎士比亚在这部悲剧中通过泰门在钱财尽失之后的恨世言论表达了对整个人类的失望，是莎翁悲观人性论的顶点。而在此之后，斯宾瑟认为莎士比亚达到了一种类似于禅宗思想中"见山还是山，见水还是水"的境界。尤其是在《冬天的故事》和《暴风雨》中，一种终极救赎和善的最终胜利得以回归。

斯宾瑟将莎士比亚放入那个正在变化的时代，似乎是在说，莎士比亚的伟大和复杂来自于他那个充满矛盾和对立的时代，但他同时也承认，莎士比亚虽然继承那个时代的观念，但同时超出了他的时代。《莎士比亚与人性》一书的第三个目标，就是把莎剧放入与人类整体经验的关系中考察。"因为秩序与混乱、国家与个人、表象与真理、对人性本真的追寻，这些都是人类思想的核心问题。"① 在这里斯宾瑟讨论了时代与伟大作品之间的关系，尤其是埃斯库罗斯、但丁、托尔斯泰等不同时代作家作品中对人性的反映，并与莎士比亚进行比较，而且还从时代思想背景出发对未来文学的发展进行了展望。不过总的来说，斯宾瑟对最后一部分的处理显得有些随意，其价值完全不能和前面对莎士比亚悲剧的分析相提并论，我们也没有必要详细论述。

　　斯宾瑟的莎评从文艺复兴人性论观念的发展入手，考察诗人自己对人性看法的发展以及每一个剧本在这一发展链条上的地位，虽然这种研究的真实性还有待考证，但却为我们展现了莎士比亚创作的一个可能的维度。更重要的是，斯宾瑟将莎士比亚与他所处的时代环境联系在一起，借助典型的历史方法，用时代的矛盾去对照作品，同时能够紧密联系文本，论证有理有据，使《莎士比亚与人性》一书成为历史主义莎评的代表作之一。

第三节　蒂利亚德

　　在今天，当人们将历史主义（historicism）这个词用于莎评的时候，不一定会想到斯托尔或者坎贝尔，但一定会想起一位批评家，那就是蒂利亚德。蒂氏已然成为了整个 20 世纪上半叶历史主义莎评的代名词，所以也是我们需要重点考察的一位莎评家。

　　尤·曼·怀·蒂利亚德（E. M. W. Tillyard，1889—1962），英国文艺复兴文学专家，主攻莎士比亚和弥尔顿，剑桥大学耶稣学院教授，他于 1942 年出版一本名为《伊丽莎白时代的世界图景》（The Elizabethan World Picture）的小书，以观念史的研究方法详述了伊朝的秩序观念，成为莎士

---

① Theodore Spencer, *Shakespeare and the Nature of Man*, New York: The Macmillan Company, 1961, p. 208.

比亚历史背景研究的经典。到了 1944 年，蒂利亚德凭借其代表作《莎士比亚历史剧》（Shakespeare's history plays）一书的出版在莎评界获得了巨大的声誉，其后又出版了《莎士比亚的问题剧》（Shakespeare's Problem Plays, 1949）、《莎士比亚的早期喜剧》（Shakespeare's Early Comedies, 1965）等书，形成了一个较为完整的莎评体系。

在 40 年代，当新批评已经开始占据文学研究的主要阵地，历史方法已稍显过时的时候，蒂利亚德几乎是凭一己之力将历史批评推向了一个新的巅峰。不过这个巅峰过后必然是来自各种新方法的指责与争议，这一点不免让我们想起了布拉德雷。下面我们还是遵循历史派莎评一贯的思路，先从《伊丽莎白时代的世界图景》这个背景研究入手，循序渐进，看看蒂利亚德是如何介绍莎士比亚的历史背景，又是如何将这种背景带入具体的莎评实践的。

《伊丽莎白时代的世界图景》这本书本来是《莎士比亚历史剧》一书中的第一章，讲的是莎士比亚历史剧的宇宙论背景（cosmic background），但因为蒂利亚德觉得有必要展开论述，所以便单独成书并先行出版。按照蒂利亚德的说法，"莎士比亚历史剧所表现的内战和混乱只有被放在一个秩序的背景（a background of order）中才可以被理解和评判"。[①] 这个秩序的背景就是伊丽莎白时代"关于世界构成图景的最普通的观念"，也就是宇宙论。由于蒂利亚德所研究的历史背景是当时的整个宇宙论，所以在一定程度上也包含了前面提到的坎贝尔和斯宾瑟的背景研究，可以说集伊朝历史背景研究之大成。

伊朝及文艺复兴时期的宇宙论是继承自中世纪基督教传统的，蒂利亚德分别从秩序、罪恶、存在之链、对应关系、宇宙之舞等几个方面做了一个总结，其中秩序与罪恶是关于宇宙的基本观念，而后面三者则是宇宙秩序的三种形象。关于文艺复兴时传统的秩序观念，我们

---

① E. M. W. Tillyard. *The Elizabethan World Picture*, New York：Vintage Books. 1960, preface, p. 9.

在斯宾塞那里已有所了解，但蒂利亚德显然研究得更详细。为了说明秩序观念的流行，蒂利亚德大量引述了莎士比亚、埃德蒙·斯宾塞、埃利奥特（Sir Thomas Elyot）、胡克（Hook）等人的著作，展示了当时人们对秩序的推崇和对混乱状态（chaos）的恐惧。

"世界秩序的观念对伊丽莎白时代的人们来说是一个基本事实，与之并列的还有一套神学上的罪恶与救赎观念。"① 罪恶来自于亚当的原罪，原罪使人连同自然一起堕落，救赎只能通过上帝的恩典和耶稣的受难。但中世纪时出现了另一种救赎观念，即通过反思上帝所创造的神圣秩序而达到救赎，"人的堕落使人失去了真实的自我。如果要重新获得关于自我的知识，他就必须反思自然，而他自己就是这自然的一部分。"② 某种意义上，对自然的反思就是反思自然的井然有序，在这种秩序中发现上帝的伟大。于是，这种救赎观更进一步强化了对秩序的崇拜。

在伊丽莎白时代的人们眼中，宇宙秩序的形式有三种形象：链、对应关系、舞。链就是前面提到过的"存在巨链"（The Vast Chain of Being）③，整个造物世界可以从上到下形成一个条链，依次是上帝、天使、人、动植物、无机物。人处在存在之链的正中间，所以也常常会表现出双重性；对应关系是大宇宙和作为小宇宙的人体以及作为政体的国家之间的相互对应，这种对应常常会以一些类比的方式出现，比如将伊丽莎白女王比为第一推动力，将血和自然界的水、呼吸和气、头发与草作类比等等，都是这种对应关系的体现；舞的形象与音乐相联系，是宇宙和谐的一种体现。上至天体，下至草木万物，都处在一种与音乐相通的和谐状态。总之，蒂利亚德眼中的伊丽莎白时代是一

---

① E. M. W. Tillyard. *The Elizabethan World Picture*，New York：Vintage Books. 1960，preface，p. 18.

② Ibid.，p. 20.

③ 美国观念史专家阿瑟·洛夫乔伊（Arthur Lovejoy）教授曾著《存在巨链》一书，从哲学角度详细考察了这一观念，开观念史研究之先河，对 20 世纪学术影响很大，对蒂利亚德也产生了一定影响。

个旧有秩序占统治地位的和谐一致的世界。

在进入蒂氏具体的莎剧分析之前，我们不妨来比较一下斯宾瑟和蒂利亚德的历史背景研究。斯宾瑟的书出版在前，所以蒂利亚德在刚写完《伊丽莎白时代的世界图景》时是读到过他的著作的。"当看到1942年纽约出版的西奥多·斯宾瑟教授的《莎士比亚与人性》一书时，我这本书已经在排版了，对此我感到遗憾。我们两人各自的研究都触及了同样的问题，所以我很希望对斯宾瑟教授的这本书有所引述。但在这里我只能总结一句，他在这一研究领域展示了渊博的知识和魅力。"① 不过如果仔细考察两个人的立场的话，会发现这段话不过是蒂利亚德对斯宾瑟的礼节性致敬，或者有可能他只看了《莎士比亚与人性》的第一章。

斯宾瑟著作中讨论自然三大领域的第一章确实和蒂利亚德的伊丽莎白时代的宇宙论讲的是同一个问题。宇宙诸天、以人为中心的月下世界、国家这三个领域也正是蒂利亚德所想象的伊丽莎白时代完整的世界图景。但是，斯宾瑟从第二章开始强调文艺复兴时期新思想新理论对这三个领域中的秩序的破坏，并以此作为阐释莎士比亚戏剧——尤其是悲剧——的重要思想背景。这是蒂利亚德所没有看到，或者更准确的说，是他有意忽视的。在蒂利亚德的背景研究中，只是有一小节讨论了马基雅维利的影响，但其结论是：斯宾塞和拉里②受到了马基雅维利的一些影响，莎士比亚有可能也了解马氏，但"我们无需过于注意马基雅维利，因为他的时代还没有到来。"③ 关于哥白尼，蒂利亚德说："最近的研究证明，伊丽莎白时代受过教育的人会有许多用方言写成的书，其中会介绍哥白尼的天文学，但同时他们又不愿用这新的知识去颠覆旧的宇宙秩序。"④ 总之，"伊丽莎白时代的伟大之处在于

① E. M. W. Tillyard. *The Elizabethan World Picture*, New York: Vintage Books. 1960, preface, p. 9.

② Sir Walter Raleigh (1554—1618)，英国文艺复兴时期作家、骑士、伊丽莎白女王宠臣，后被詹姆斯一世判为叛国罪，死在狱中。

③ E. M. W. Tillyard. *Shakespeare's History Plays*, London: Penguin Books, 1969, p. 30.

④ E. M. W. Tillyard. *The Elizabethan World Picture*, New York: Vintage Books, 1960, p. 8.

在包容了那么多新事物的同时并没有破坏旧有秩序的完整性。"① 马基雅维利和哥白尼这两位在斯宾瑟那里至关重要的新思想的代表就这样被蒂利亚德排除出了莎士比亚的视野,剩下的就只有旧有观念和旧秩序。

排除了哥白尼、蒙田和马基雅维利等人的不确定因素,那么影响莎士比亚的又是什么呢?除了当时众所周知的关于世界秩序的传统观念外,在蒂利亚德看来最重要的,是伊丽莎白时代流行的一系列政治思想。于是,蒂利亚德将斯宾瑟研究中的人性论背景转化成了政治思想背景,而焦点也从斯宾瑟重点关注的莎翁悲剧转向其历史剧。

在蒂利亚德之前,莎学家们普遍认同莎士比亚历史剧的内容直接来源于霍林谢德(Holinshed)的英国编年史这个观点。蒂利亚德并没有否认这个事实,但是,他指出霍林谢德的史书水平并不高,只有史实并无思想,且大多参考了霍尔(Hall)的著作。霍尔的著作不仅有史实,也有非常明确的政治思想,其主要价值在于:"作为英国史家,他是第一个完整地再现了教会势力松懈、中世纪衰落、民族主义兴起以后那种新的历史的道德化。"② 而且,霍尔也发展和确定了都铎神话(The Tudor Myth)。莎士比亚历史剧中丰富的政治思想显然没有霍林谢德的史书那么简单,于是蒂利亚德断定,相比霍林谢德,霍尔对于莎士比亚来说更重要,莎翁历史剧中的政治哲学也来自于霍尔。除了霍尔之外,拉里和戴维斯(Davies of Hereford)的著作也阐述了都铎模式的政治观念。另外,作为文学作品的故事集《执政官镜鉴》(A Mirror for Magistrates)、早期悲剧《高布达克》(Gorboduc)中也有与霍尔相似的政治哲学思想,也应视为莎士比亚思想的来源。

总之,这些政治思想并不存在于仅仅陈述史实的霍林谢德史书或编年史剧(chronicle play)中,而是一个在知识阶层内所流行的高级

① E. M. W. Tillyard. *The Elizabethan World Picture*, New York:Vintage Books, 1960, p. 8.
② E. M. W. Tillyard. *Shakespeare's History Plays*, London:Penguin Books, 1969, p. 49.

文化传统（high tradition）。它的主要内容可以概括为以下几点：

首先就是都铎神话思想，这种思想始于亨利七世御用史家维基尔（Polydore Vergil），并由托马斯·莫尔和霍尔加以完善。它将 16 世纪都铎王朝治下的英国视为一个黄金时代，将从理查二世到亨利八世的英国历史看成一种特定的模式，并认为这种模式体现了上帝的正义和惩罚。

其次，来自于拉里的历史重复模式可视为对都铎神话的补充。拉里将英国灾难的肇始定为亨利四世对爱德华二世的谋杀，并认为英王的罪行都会使报应降临在自己的孙子上。爱德华三世的罪行报在了其孙理查二世身上，亨利四世的弑君之罪则报在了亨利六世身上，亨利七世滥杀忠良报在了爱德华六世的夭折上。莎士比亚对这其中的一些观念也有所反映。另外，戴维斯（Davies of Hereford）的著作对于这套历史模式理论也有一定的贡献。

蒂利亚德试图证明，莎士比亚并不像以往莎评家所认为的那么肤浅，而是属于学识渊博的知识阶层。他从霍尔等历史学家的著作中吸取养料，并从《执政官镜鉴》和布道书（Homilies）这类文献中了解到当时关于秩序和叛乱的观念，并把这些都融入到了自己的历史剧中，使这些剧作充满了当时流行的政治思想。

蒂利亚德把莎士比亚历史剧分为两个四部曲和两个独立剧作。四部曲（tetralogy）最早用来指希腊酒神节上演的三部悲剧加一部羊人剧。早在 18 世纪，约翰逊博士和德国的施莱格尔就曾指出历史剧之间的联系，但当时还没有四部曲的说法。直到 20 世纪上半叶时，批评家们对莎士比亚历史剧的内部结构还没有达成共识，斯宾瑟就不赞成四部曲的分法，而是采用了两个三部曲的分法。很难说是谁第一个将莎士比亚历史剧分为两个四部曲的，但不管这一功劳属于谁，有一点可以肯定，那就是蒂利亚德的研究使两个四部曲的说法广泛地被人所接受。

蒂利亚德不仅将历史剧分为两个四部曲，还对两个四部曲的成因提出了一个大胆的假设："霍尔在他的编年史里特别给两个君王提出了适宜于编写剧本的标题，即《亨利五世的胜利》和《理查三世的悲剧》，并且对这两篇大肆渲染，这是和其余部分不同的地方；莎士比亚很可能从这里得到启发，因而组成两个四部曲，使这两个君王各自成为一个四部曲的终篇。"① 以理查三世为终篇的便是第一个四部曲，包括《亨利六世》上、中、下三部以及《理查三世》，写作时间较早，但描写的历史事件则发生在第二个四部曲之后；以亨利五世为终篇的第二个四部曲包括《理查二世》、《亨利四世》上、下和《亨利五世》。于是，这八部历史剧就形成了对英国整个 15 世纪历史的完整再现。《约翰王》和《亨利八世》则是两个单独的剧本。

　　两个四部曲中的每一部都构成一个具有完整主题和内在联系的有机体。比如关于第一个四部曲，蒂利亚德就认为莎士比亚受到了道德剧的影响，安排了一个主人公贯穿始终，这个主人公就是英格兰，或可称为道德剧中的共和国（Respublica）。"英格兰由于对自己不忠诚而几乎被毁灭，它向法国巫术投降，彼此之间三心二意。但上帝虽然惩罚它，却还怜恤它，结果由于神恩浩荡，英格兰被扼杀的优良传统再次伸张了，英格兰的健康恢复了。"② 这个主题显然也是一个中世纪道德剧主题，但同时也体现了霍尔的关于罪与罚、混乱与秩序的政治思想。

　　然后，蒂利亚德基本按照主题、情节、人物、风格的顺序逐一分析了四部剧作，其中不乏精彩论述。《亨利六世》上部可视为上帝对英格兰惩罚的开始，惩罚英格兰的首要原因是亨利四世对理查二世的谋杀。按照文艺复兴传统观念，国王是上帝在人间的代理人，谋杀国王就是对上帝犯罪，从此英格兰便带上了上帝的诅咒。亨利四世时就开始的内战就是报应的开始，亨利五世因为虔诚而免受上帝的打击，

---

　　① ［英］蒂里亚德：《第一个四部曲》，见杨周翰编选《莎士比亚评论汇编》（下），中国社会科学出版社 1981 年版，第 193 页。

　　② 同上书，第 206 页。

但五世早亡，从亨利六世开始，诅咒开始进一步应验。

具体到《亨利六世》上部，其主题是上帝对英国的考验。英国由于自己的罪恶而被上帝惩罚，惩罚的方式就是法国的巫术。英国伟大的战士塔尔博就是这种巫术首当其冲的受害者，而英国的内部纷争则使塔尔博得不到援助，孤军奋战而终于失败。贞德是法国巫术的代表，根据伊丽莎白时代人们的观念，巫术虽然强大，但最终的控制力量却是上帝。因此，贞德就不仅仅是一个巫婆，而是上帝行使意志的工具（a tool of the Almighty），连贞德自己也说："我是奉了天命来讨伐英国人的。"（第一幕第二场）

关于贞德，蒂利亚德在这里还提出了一个有趣的观点。贞德在上帝赋予她的恶灵（evil spirits）的协助下使英国贵族四分五裂，给了英格兰沉重一击。"然后恶灵便离她而去，她也被活捉并因实施巫术而处以火刑。也许我们注定会想到，她的恶灵被传给了另一个法国女人——安茹的玛格莱特。在玛格莱特不择手段的情人萨福克公爵的安排下，她取代了阿玛涅克伯爵的女儿，成了亨利六世的未婚妻。"① 萨福克的这个诡计发生在《亨利六世》上部的结尾处，于是在接下来的中部和下部里玛格莱特就成了英格兰王后，但这个女人很快就加入了英国贵族的内部纷争中，并加速了国家陷入内战的进程，从此搅得英格兰不得安宁。这也是为什么蒂利亚德认为贞德的恶灵被传给了玛格莱特。

《亨利六世》中部描绘了国家毁灭的第二阶段，国外的领土随着塔尔博的死丧失殆尽，战火烧到了英格兰本土。本来在上部中只是支线情节的英格兰贵族的不和在这部中成了主要事件，纷争的结果是护国公葛罗斯特公爵被废黜继而死亡，这直接导致了英国陷入了混乱状态。蒂利亚德指出，本剧的主题是政治阴谋，不同于上部中描写塔尔博一个人的命运，这部剧写了葛罗斯特的失势与约克公爵理查的崛起。

---

① E. M. W. Tillyard. *Shakespeare's History Plays*, London: Penguin Books, 1969, pp. 168 - 169.

根据莎士比亚一贯坚持的历史因果律,葛罗斯特公爵代表了秩序与正义,因此合谋加害他的四个人都会受到上帝的惩罚。萨福克公爵和波福红衣主教很快便各自殒命,而王后玛格莱特和约克公爵则在《亨利六世》下部中彻底反目,最终都难逃厄运。

另外,蒂利亚德认为该剧还讨论了一个贯穿莎士比亚历史剧的问题,那就是什么样的国王才是好国王,或者说,好的国王应该具备什么品质。对此蒂利亚德的回答是,完美的王者应有三种品质,分别是狮子的强力、狐狸的圆滑(diplomat)以及塘鹅(Pelican)的无私(disinterested)。亨利六世软弱无能,只有塘鹅的品质;葛罗斯特有狮子和塘鹅的两种品质,缺少狐狸的圆滑;而约克则具有狮子和狐狸的品质,只缺少塘鹅的无私。相比之下,约克最具有王者风范。

《亨利六世》中部结束时,国家已经到了混乱崩溃的边缘。而在《亨利六世》下部中,内战全面爆发,各种罪恶不断出现,混乱状态本身成了这部戏的主题。在开场后不久,内战的邪恶与恐怖就达到了一个高潮:第一幕第三场中,虽然只有12岁的鲁特兰苦苦哀求,但克列福还是以"你老子杀了我老子"为由,最终亲手杀害了他。前两部中还能找到的骑士风度已荡然无存。这个剧本中的主要人物是玛格莱特和华列克,但是为了为下一部《理查三世》做准备,莎士比亚在下半部着重塑造了理查这个角色。

值得一提的是,蒂利亚德对《亨利六世》下部的评价并不高,他认为这部戏形式松散且缺少活力,历史事件也比较混乱。"重要的事件就像从一片平庸的海洋中浮起的小岛一样,不能成为有机整体中的一部分。"[①] 对此,蒂利亚德的解释是,也许莎士比亚暂时感到了疲倦或厌倦,因此暂时脱离了霍尔的因果论。不过,在下一部《理查三世》中,霍尔模式却得到了完整且严肃的展现。

《理查三世》是当时的莎士比亚所能写出的最好的剧本。此剧重

①　E. M. W. Tillyard. *Shakespeare's History Plays*, London: Penguin Books, 1969, p. 190.

拾了《亨利六世》中部里的政治阴谋的主题，而与第一部相比，则有情节上的对应。第一部中，象征秩序的主人公塔尔博与法国女人贞德是死对头，这部剧里，象征混乱的理查和法国女人玛格莱特是死对头；贞德侮辱并打击了英格兰，使其一步步陷入混乱，而玛格莱特则用诅咒不经意间重建了英格兰的秩序。当然，四部曲之间的联系远不止于此，其中最重要的联系是那个固定的政治主题："关于秩序与混乱、关于政治上的等级分明和内战、关于罪恶与惩罚、关于上帝的仁慈最终调和其正义、关于上帝对待英格兰的这种方式的信仰。"①

蒂利亚德进一步指出，秩序原则是霍尔政治思想的主要内容，在这个四部曲中的每一部中都有展现，比如第一部中第三幕第四场，塔尔博向亨利六世宣誓效忠时的场景；比如第二部中当乡绅艾登遇上叛党杰克·凯德时所发表的一番关于自己地位的言论；再比如第三部中亨利六世那段著名的羡慕牧羊人和谐生活的独白。但是，整个四部曲中对这一原则最完整的展现还是出现在这部《理查三世》中，因为在这部剧中，英格兰终于回归秩序。这一点最终体现在里士满终场时的那一段总结性的台词中：

> 我们既已向神明发过誓愿，从此红、白玫瑰要合为一家。两王室久结冤仇，有忤神意，愿天公今日转怒为喜，嘉许良盟！我这句话，纵有叛徒听见，谁能不说声阿门？我国人颠沛连年，国土上疮痍满目；兄弟阋墙，阋下流血惨祸，为父者在一怒之间杀死亲生之子，为子者也毫无顾忌，挥刀弑父；凡此种种使得约克与兰开斯特两王族彼此叛离，世代结下深仇，而今两家王室的正统后嗣，里士满与伊利莎伯，凭着神旨，互联姻缘；上帝呀，如蒙您恩许，愿我两人后裔永享太平，国泰民安，愿年兆丰登，昌盛无已！仁慈的主宰，求您莫让叛逆再度猖狂，而使残酷岁月又蹈覆辙，在我国土上

---

① E. M. W. Tillyard. *Shakespeare's History Plays*, London: Penguin Books, 1969, pp. 200 – 201.

血泪重流！愿您永远莫让叛国之徒分享民食！今日国内干戈息，和平再现；欢呼和平万岁，上帝赐万福！（第五幕第四场）

首先，这段话反映了当时流行的秩序观念。其次，也点出了出现在霍尔的编年史里的一个主题，即里士满和伊利莎伯的联姻结束了所有的贵族纷争，象征着英格兰重归和平，甚至预示了伊丽莎白时代的繁荣昌盛。这也说明了莎士比亚确实受到了霍尔的影响。

当然，如果说是上帝使英格兰回归秩序的话，那么上帝所使用的工具就是邪恶的理查三世。蒂利亚德对理查三世这个人物也做了一番独到的分析："别人的罪恶只会产生其他罪恶，他则不是；他的罪恶如此之大以至于其性质变为吸收性的（absorptive），而不是传染性的；他成了国家（body politic）身上的一个巨大的溃疡，所有的污物都集中于此，以至于整个国家不得不联合起来加以抵抗。这不再是一个左右互搏式的战争，而是整个身体对抗一个罪恶。"[1] 换句话说，正是因为理查三世的罪大恶极，上帝重建英格兰的意志才得以实现。

总之，在蒂利亚德眼中，第一个四部曲是一个整体，它反映了英国历史中上帝意志的重要性。英格兰的命运掌握在上帝手里，是上帝毁灭了英格兰而又重新使其恢复秩序与繁荣。

很多莎评家都认识到，《理查二世》和后面的《亨利四世》风格并不相同。但蒂利亚德仍然认为，同上一个四部曲一样，第二个四部曲也是一个有机整体。为了证明这一点，他列出了一些理由。首先，也是最重要的，在人物的塑造上，理查二世与后面的哈尔王子是一对能够形成对比的人物，因为理查二世非常重视国王的表象，但实际上却不是一个王者。而哈尔王子正相反，外表放浪不羁，但实际上却是王者——这个观点倒是让我们想起了斯宾瑟关于表象与真实的说法。

其次，有一些文本也是能够形成前后对应的。比如，第一部中卡

---

[1]　E. M. W. Tillyard. *Shakespeare's History Plays*, London: Penguin Books, 1969, p.209.

莱尔主教的预言和最后一部中亨利王在阿金库尔大战前的祷告就形成了对应关系。《理查二世》第四幕第一场，在亨利四世要加冕的时候，卡莱尔预言道："要是你们把王冠加在他的头上，让我预言英国人的血将要滋润英国的土壤，后世的子孙将要为这件罪行而痛苦呻吟……啊！要是你们帮助一个王族中人倾覆他的同族的君王，结果将会造成这被诅咒的世界上最不幸的分裂。"后来还说道："我们后世的子孙将会觉得这一天对于他们就像荆棘一般刺人。"《亨利五世》第四幕中，亨利王在战前祈祷时说道："别在今天——神啊，请别在今天——追究我父王在谋王篡位时所犯下的罪孽！"蒂利亚德以此说明整个四部曲中关于叛乱和内战的主题是连贯的。像这样的对应还有几处，由于篇幅所限，我们不一而足。

　　关于第二个四部曲的成因，蒂利亚德也做了一个大胆的猜想。在莎士比亚即将创作第二个四部曲之前的 1595 年，一位叫丹尼尔（Dan-iel）的诗人出版了一部名为《约克与兰开斯特内战史》（History of the Civil War between the Houses of York and Lancaster）的史诗。这部史诗在历史观念、宇宙观念、政治思想上与莎翁的戏剧完全一致，说明莎翁对其应该有所借鉴。但是，第二个四部曲的成因却是："丹尼尔的史诗用了与莎士比亚相同的素材，即霍尔的史书，这激发了莎士比亚用戏剧去表现这些思想的念头；另外，丹尼尔的不足之处也刺激和激励了莎翁。"[1] 这个不伦不类的理由看上去有些牵强，并且也不合逻辑。但蒂利亚德之所以作这样的假设，有一个很重要的原因，那就是他认为在第二个四部曲中出现了史诗性特征。"第一个四部曲中，都铎神话和共和国这个道德剧观念为剧作提供了统一的动机，而第二个四部曲中则加入了史诗观念。"[2] 也就是说，这个四部曲提供了一个既反映中世纪生活又反映伊丽莎白时代的史诗图景，视野上更为广阔。

---

① E. M. W. Tillyard. *Shakespeare's History Plays*, London: Penguin Books, 1969, p. 242.
② Ibid.

《理查二世》是所有莎剧中最重视形式和仪式的一部作品，这也是这个剧本特殊的地方。如上所述，要将这部剧归入一个有机的四部曲对蒂利亚德来说确实是一个挑战，不过总的来说，他对本剧的解读还是能够令人信服的。

蒂利亚德首先指出了本剧的许多仪式特征。第一，全剧的戏剧行动都保持了高度的仪式化，倾向于象征性。比如场面宏大却不交手的比武大会、军队声势浩大的集结却不打仗等等。第二，即便在本该激情澎湃的时候，所有的感情也都被收敛。蒂利亚德在这里还注意到了一个文体细节，在理查和王后告别的场景中，莎士比亚放弃了常用的素体诗，换上了双韵体（couplet）：

King Richard：Go, count thy way with sighs; I mine with groans.

理查王：去，用叹息计算你的路程，我将用痛苦的呻吟计算我的路程。

Queen：So longest way shall have the longest moans.

王后：那么最长的路程将要听到最长的呻吟。

King Richard：Twice for one step I'll groan, the way being short, And piece the way out with a heavy heart.

理查王：我的路是短的，每一步我将要呻吟两次，再用一颗沉重的心补充它的不足。

而且这还不是特例，在约克公爵夫人向亨利请愿时，也用了大段的双韵体。我们知道，双韵体虽然也是抑扬格五音步，但相对于不押韵的素体诗要严格，因此直到18世纪那个理性年代才流行于文坛，且多用于哲理诗。而莎士比亚却在这些本该大量流露情感的时刻换上了这种诗体，不能不说是刻意为之。另外，《理查二世》中有大量的宇宙指涉，而且常常与形式有关，形成一种排比的效果。比如第三幕第四场，园丁将国家和花园这个植物世界进行类比。

那么莎士比亚到底为什么要这样做？熟悉英国历史的人应该知道，理查二世是统治英国二百余年的金雀花王朝的最后一位君主，被亨利·波林勃洛克推翻并囚禁，继而死于牢狱。在某种意义上，金雀花王朝的结束意味着中世纪传统的瓦解。根据蒂利亚德的说法，理查二世是代表了最后的中世纪秩序的国王，"我们实际上是在一个方式比结果更重要的世界，一个重视游戏规则、而非胜负结果的世界。""只有在中世纪，形式才在生活中这么重要。"① 也就是说，莎士比亚有意展示了一个中世纪的世界，故意强调了历史的真实。在莎士比亚眼中，理查二世的时代是一个遥远的、非现实的时代，理查二世本身则有一种神圣的尊严；而波林勃洛克则代表了一种新秩序，这种新秩序展示了一种旧秩序所没有的个人情感的真实性（sincerity of personal emotion）。"于是，《理查二世》虽被认为单一和简单，却是建立在一个对比之上。其中中世纪文雅的世界是一个主要的描述对象，但却被一个与现代更像的世界所威胁并最终取代。"② 通过这样一种解读，蒂利亚德将不和谐不一致的因素归因于更古老的中世纪传统，将其与后面的三部剧的联系总结为一种有意而为之的对比，就解决了《理查二世》在整个历史剧序列中的特殊性问题。

不仅如此，上面提到，第二个四部曲中出现了史诗特征，反映了更广阔的社会图景。蒂利亚德认为在这一点莎士比亚完全超越了霍尔、丹尼尔等人，甚至超越了大诗人斯宾塞，而《理查二世》就是这一宏大史诗的序幕，描绘的是片面的和古代的英国，而下一部《亨利四世》则正式开篇，描绘了英国生活的方方面面。

《亨利四世》分上下两部，但有些莎学家认为可合二为一视为一部作品，蒂利亚德也认同此说。理由是上下两部都有一个相同的道德剧模式，上部中王子受到了骑士美德的考验，必须在懒惰（sloth）和

---

① E. M. W. Tillyard. *Shakespeare's History Plays*, London：Penguin Books, 1969, p. 252.

② Ibid., p. 259.

骑士精神 （chivalry） 之间做出选择；下部则是王子要在王家法庭大法官所代表的王室与福斯塔夫所代表的七宗罪之间做出选择。上部由于霍茨波和福斯塔夫这两个人物的干扰要显得更复杂一些，不过这两个人可视为骑士精神中过度重视荣誉和毫无荣誉感的两个极端，而王子则代表了适度原则，要不断地排除这两人的干扰。

贯穿全剧直至《亨利五世》的最重要的人物无疑是哈尔王子。蒂利亚德对哈尔王子的评价非常高，认为他"拥有很强的能力，像奥利匹斯山一样高高在上，同时又成熟老练，知己察人，对人性有透彻的认识，是莎士比亚深思熟虑而得来的国王类型，是所有之前不完美的国王前行的方向，是莎翁多年思索与试验的完成。"① 所以，王子体现了文艺复兴完美统治者的抽象概念，是文艺复兴的"完人"。

与王子相对，另一位重要人物霍茨波曾被人认为是上部的主人公，因为他体现了浪漫主义的情感传统，而且言语中充满动人的诗句。但蒂利亚德否定了这种"浪漫主义莎评余孽"，认为莎士比亚不过是在讽刺霍茨波的冲动和对情欲的失控，并指出莎翁的用意在于用霍茨波来展现一个英格兰图景，"用一种新的、更细致的方式来实现'共和国'这个旧主题。"② 因为虽然与哈尔王子的文艺复兴绅士气质相比，霍茨波代表了英国北方的粗野，但同时他也体现了一些英国的正面品质，有非常贴近生活的一面。这里涉及了蒂利亚德对于莎士比亚人物塑造方法的一个基本认识，我们后面会详细阐明。

福斯塔夫无疑是莎士比亚历史剧中塑造的最著名的形象，蒂利亚德对这个人物的分析也很重要，因为他综合了许多莎学家的观点，可以说集历史派莎评之大成。在蒂氏看来，成功塑造福斯塔夫这个人物是莎士比亚的一个巨大成就。因为福斯塔夫是一个超越了时间的、拥有诸多功能的、复杂的综合体。

---

① E. M. W. Tillyard. *Shakespeare's History Plays*, London：Penguin Books，1969，p. 269.
② Ibid.，p. 284.

　　首先，虽然身为一个老年人，福斯塔夫却是活力的象征。这一点和李尔有些相像，即老年拥有孩童的激情，可以被称为永恒孩童（the eternal child）。但是不同之处在于，李尔最后因吸取教训而发生了改变，但福斯塔夫则是屡教不改、无可救药（incorrigible）。其次，福斯塔夫履行了戏剧中愚人（fool）的功能。盖兹山上被吓得连滚带爬逃走、索鲁斯伯雷之战中装死，在这些场景中福斯塔夫都使观众满足了充当欺凌者的本能。再次，与愚人的被动受愚弄不同，福斯塔夫还是戏剧中的骗子和冒险家，在这方面他既像普劳图斯笔下的吹牛士兵（Miles Gloriousus）又像琼生的伏尔蓬涅（Volphone）。

　　但是，不管是愚人还是骗子，都是固定的类型人物（stock character），福斯塔夫还有更抽象也更深刻的一个方面，那就是与秩序作对的暴政（misrule）或混乱（disorder）的象征。而且福斯塔夫完成这一功能并不是通过戏剧行动，而是通过一系列的学术象征（academic symbolism）体现出来的。举例来说，当福斯塔夫第一次出场见到哈尔王子的时候，他向王子问时间，王子加以训斥："见什么鬼你要问起时候来？除非每一点钟是一杯白葡萄酒，每一分钟是一只阉鸡，时钟是鸨妇们的舌头，日晷是妓院前的招牌，那光明的太阳自己是一个穿着火焰色软缎的风流热情的姑娘，我不知道为什么你会这样多事，问起现在是什么时候来。"（第一幕第一场）福斯塔夫马上道歉道："真的，你说中我的心病啦，哈尔；因为我们这种靠着偷盗过日子的人，总是在月亮和七星之下出现，从来不会在福玻斯，那漂亮的游行骑士的威光之下露脸。"（第一幕第一场）在《亨利六世》下部亨利评价牧人的独白中，以及《理查二世》理查在狱中的独白中，时间都是秩序的代表，所以在这里也不例外。而且将太阳与国王进行类比是典型的文艺复兴思维模式，"一个伊丽莎白时代的观众马上就会把福玻斯（Phoebus）和哈尔王子联系在一起，并意识到福斯塔夫是在试图破坏王子在白日里发光的王者职责。"①

――――――――――

　　①　E. M. W. Tillyard. *Shakespeare's History Plays*, London：Penguin Books, 1969, p. 288.

　　不过蒂利亚德继而指出，福斯塔夫虽象征混乱，但却是从传统的失序之王（Lord of Misrule）① 发展而来，是一个十足的喜剧角色，代表的是人类反抗秩序的永恒冲动，所以没有严肃到能够代表伊丽莎白时代关于混乱的观念。因为正如我们前面已经看到的，当时关于混乱与秩序的观念是与王公贵族的行为相联系的，因而过于同情福斯塔夫也是不必要的。19世纪英国那种建立在强大军事力量上的社会安定带来了对反抗秩序者的同情，但伊丽莎白时代的人们却从不会忘记混乱的威胁。也就是说，在伊丽莎白时代的观众眼中，福斯塔夫主要是秩序的破坏者，不但不会激起观众对他的同情，甚至会因为象征混乱而被人们所鄙夷。

　　关于福斯塔夫，最后蒂利亚德说道："最近发生的事件应该使我们更容易站在伊丽莎白时代的人们的立场上看待福斯塔夫。"② 这里要注意一下《莎士比亚历史剧》一书的出版时间：这本书首版于1944年，大概写作于德军飞机和火炮肆虐下的英国。这句话是蒂利亚德少有的将自己的政治环境与对历史剧的分析进行的联系，但也正是因为这种联系，使后来不少莎评家和莎评史家认识到了蒂利亚德的局限性，因为蒂利亚德显然由莎士比亚所描写的英国内战的恐怖景象联想到了正在发生的第二次世界大战，所以才强调伊丽莎白时代人们对一个秩序井然的世界的渴望，这就说明了蒂利亚德的莎评并没能摆脱二战时的英国国家政治意识形态。

　　在总结自己的历史剧研究时，蒂利亚德曾反思说道，年轻时曾经一度接受过一个比较流行的看法，即认为莎士比亚年轻的时候，在不断增强的英国自我意识的影响下，认为政治题材是自己真正想表达的题材，并经过一系列的练习与发展终于成功塑造了完美的国王亨利五

---

　　① Lord of Misrule，中世纪传统狂欢节的主持人，来自农神节（Saturnalia）传统，于1541年曾被亨利八世废除，恢复后又被信奉新教的伊丽莎白一世废除。可参考巴博尔（C. L. Barber）的神话仪式莎评代表作《莎士比亚的节庆喜剧》（Shakespeare's Festive Comedy）。

　　② E. M. W. Tillyard. *Shakespeare's History Plays*, London：Penguin Books, 1969, p. 291.

世，但后来却发现行动中的人并不是自己的想要表现的，继而开始对自己塑造的政治英雄失望，这才走向更加成熟的悲剧。这种观念最终被蒂利亚德所否定，他认为历史剧是独立的戏剧体裁，并不附属于或劣于悲剧。所以，作为20世纪最有影响的历史剧莎评，蒂利亚德的研究大大提高了历史剧的地位，也使两个四部曲的区分深入人心，成为莎学界的定论。

不仅如此，蒂利亚德的莎评也有一种类似于布拉德雷的全面性，也许这就是两部伟大的莎评著作经久不衰的原因之一。蒂利亚德虽然坚持了历史方法，但始终没有放弃其批评中的审美维度。在《莎士比亚历史剧》中，我们随处都可以看到他对文体风格的讨论，对人物的精彩分析，甚至对诗歌韵律的观察等等。他还认为，"伊丽莎白时代的人们死板地、学究式地、演绎地去塑造人物，但这并不意味着他们没有能力去处理第一手材料。"① 这就使他的莎评在某种程度上超越了历史主义的狭隘观念，也跳出了坎贝尔等人死板的学术研究，达到了一种更包容的态度和胸怀。

蒂利亚德对后世莎评的影响之大也可以和布拉德雷相提并论。像《莎士比亚悲剧》同时意味着浪漫主义莎评的顶峰与衰亡，《莎士比亚历史剧》也把历史主义莎评推向一个前所未有的高度，而在此之后，蒂利亚德就受到了来自多方面的质疑。60年代时，由于对莎士比亚时代环境的变动不居和不确定性的认识，越来越多的批评家意识到蒂利亚德在莎剧中寻找明确意义的做法具有狭隘性。1964年，甚至出现了一本与蒂利亚德观点完全相反的著作，那就是波兰莎评家柯特（Jan Kott）的存在主义莎评代表作《莎士比亚——我们的同时代人》（Shakespeare：Our Contemporary）。先后经历了纳粹德国和苏联集权统治的柯特看到了莎士比亚的荒诞与虚无，认为其历史剧描写的也是一个无动于衷的、无目的的国家机器。自此，将莎士比亚放入一个具有

---

① E. M. W. Tillyard. *Shakespeare's History Plays*, London：Penguin Books, 1969, p. 280.

不确定性的背景中考察成为一种趋势，蒂利亚德的时代也终于一去不复返。到了 20 世纪后期，蒂利亚德死板保守的政治观念又激起了新历史主义等左翼批评家的不满，他本人也成为格林布拉特等新历史主义者眼中的旧历史主义的代表人物。

第三章 形式主义批评：意象、象征、原型

　　历史主义莎评在 20 世纪上半叶最强劲的竞争对手就是形式主义莎评。形式主义莎评产生稍晚，在 30 年代突然崛起，于 40 年代同时席卷莎士比亚批评的大本营——英国和美国。

　　就整个文学批评界来说，崇尚科学精神的剑桥大学是新的批评风尚在英国的主要阵地。在这里，利维斯开始提倡一种文本细读方法，而瑞恰兹、燕卜逊等文学批评家们则开创了一种以语义分析为基础的全新的文学批评。由于瑞恰兹的《实用批评》（Practical Criticism，1929）一书的影响，这种批评在英国被称为"实用批评"，"实用批评"后来也就成为美国"新批评"一词的英国版本。在美国，兰色姆及其学生布鲁克斯、泰特、维姆萨特、沃伦等人自 30 年代开始，掀起了一场批评界的革命。他们提倡文学批评的独立自主，主张批评家进入大学，并认为作品文本是批评的对象，借助反讽、隐喻、张力等概念进行文本细读和分析。在英语世界，新批评的影响一直持续至今。不过 50 年代加拿大批评家弗莱的原型批评也可以被视为一种形式主义批评的新发展。弗莱试图在文学作品内部进行理论化的尝试，确实取得了令人称道的成果。

　　作为英语世界最重要的作家，莎士比亚批评完全融入了这一文学研究的变迁，现代莎评目睹并参与了形式主义批评发展的全过程。在

英国,艾略特、利维斯、燕卜逊等人都发表了不少莎评文章,对莎评发展产生了巨大影响。利维斯的好友奈茨更是形式主义莎评的代表人物;在美国,新批评代表人物布鲁克斯对《麦克白》的分析堪称莎评经典;另外,弗莱的莎评专著可以说代表了20世纪喜剧莎评的最高水准。这些都是我们在本章要考察的对象。

在方法上,形式主义莎评大都提倡文本细读方法,其中很多人将莎剧视为诗歌,并提倡有机整体论。他们从语言、意象、象征、主题乃至神话、仪式、原型等方面入手,对莎士比亚作品进行了深入细致的研究。由于形式主义批评在教学中的可操作性,其批评实践虽已退出莎士比亚评论的前沿阵地,但在大学教育中的影响一直持续到今天。

第一节　意象批评

形式主义批评中最先出现的是意象批评。意象批评可以追溯到1794年沃尔特·怀特尔(Walter Whiter)[①]的《莎士比亚评论一例》(A Specimen of a Commentary on Shakespeare,1794),在此文中怀特尔通过意象研究了莎翁的联想(association of ideas)和想象,开创了莎士比亚的意象和想象研究。20世纪30年代,意象批评在斯珀津的示范下开始复兴,随后便成为形式主义莎评的重要阵地,后来莎评家对莎剧象征意义的研究也是建立在意象研究的基础上。

一　斯珀津

20世纪莎评史中一个有趣的现象就是女性批评家的比例非常高,而且所取得的成就丝毫不亚于男性批评家,坎贝尔教授就是一个很好的例证。作为伦敦历史上第一位女教授,卡洛琳·斯珀津(Caroline F. E. Spurgeon,1869—1942)同样也是一位为莎士比亚评论做出了开

---

① Walter Whiter,1758—1832,英国哲学家和文学批评家。

创性贡献的批评家。

从 1930 年起斯珀津开始发表关于莎士比亚意象研究的论文，而且很快就产生了影响。1935 年她出版了研究专著《莎士比亚的意象及其意义》（Shakespeare's Imagery and What it Tells Us），更进一步奠定了她作为意象派莎评代表人物的地位。要研究意象，首先要明白意象究竟是什么？但是关于意象的概念斯珀津谈得并不多，我们只知道她将所有的明喻和隐喻都视为意象，而且意象不仅仅是视觉的，所有的想象性图景或经验都可以成为意象。意象"不仅来自作者的感官，也来自其思想和情感。"① 意象可以大到占据整整一个戏剧场景，比如《理查二世》中的花园意象；也可以小到仅仅一个词。②

既然所有意象都是一种比喻，那么其核心就是类比（analogy）。在斯珀津看来，这种类比是诗人的一种神秘的直觉和感受，没有必要进行理性的长篇分析：

> 我倾向于相信类比——即事物之间的相似性——是隐喻的可能性与现实的基础，正是在类比中藏有整个宇宙的秘密。发芽的种子和飘零的落叶可以作为我们所看到的人类生死过程的另一种表达方式，这一事实伴随着一种伟大的神秘感令我感到震撼，而这种神秘，如果我们能够理解的话，足以解释生和死本身。③

对于斯珀津来说，莎士比亚戏剧中的意象大部分是作者无意识的流露，因此她认为意象有两个基本功能：一是可以体现作者的情感和

① Caroline Spurgeon. *Shakespeare's Imagery and What it Tells Us*, Cambridge：Cambridge University Press, 1935, p. 5.

② 斯珀津对意象的定义是有问题的。维斯瓦纳坦教授指出意象可以分为三种：感觉的（sensuous）、观念的（ideational）、类比的（analogical），并且指出斯珀津在自己的书中只强调了其中的类比意象，但在后面是实际研究中，却不加区分地讨论了所有这三种意象。这样的批评还是比较中肯的。参见维斯瓦纳坦 Shakespeare Play as Poem, 第 157 页。

③ Caroline Spurgeon. *Shakespeare's Imagery and What it Tells Us*, Cambridge：Cambridge University Press, 1935, p. 6.

兴趣，以及对生活的观察，乃至某些生活经历；二是可以为戏剧提供背景、传达剧作的氛围和情感。《莎士比亚的意象及其意义》一书即按照这两个功能分为两个部分，第一部分考察了莎剧中普遍出现的一般意象，并以此为依据讨论莎士比亚本人的情趣、品味；第二部分考察单个剧中的主导意象，讨论意象作为背景和氛围的功能。

在意象的这两个功能中，斯珀津显然更看重第一个功能，因为她认为诗人会通过意象无意识地表达自己。"我坚信一个事实，那就是不论是小说家还是戏剧家，都可以从其作品中找到作者的个性、脾气和思想特质。"[1] 在这种观念的指引下，斯珀津将她的意象研究引入了对莎士比亚本人感官、爱好、思想、甚至外貌的探寻。

在得出结论之前，斯珀津做了一项值得尊敬的工作，她用统计学的方法将所有莎士比亚以及马洛和培根等人[2]作品中出现的意象进行统计、做卡片、分类、最后又制成图表。在那个没有计算机的时代，这一浩瀚工程的艰辛是今天所难以想象的。经过整理，斯珀津指出，莎士比亚最常用的意象可以分为几类。首先，最常见的一类是自然意象；其次是室内生活和习俗意象；再次，各种阶级和类型的人物，以及一些想象和幻想类意象也占据了一定的比例。

自然意象可以分为几大类，其中有一类被斯珀津称为"园丁视角"的意象最为引人注意，这类意象展现了植物、花园和园艺等内容；其次出现的是关于天气及其变化的意象，包括季节变化、云、雾、风、暴风雨等等；再次是与大海、船只、航海、河流有关的意象；最后，动物意象也是自然意象中的常客，这其中尤其以鸟类以及与鸟类运动有关的意象居多。在讨论这些意象时斯珀津指出，园丁和花园意象表现了莎士比亚对植物生长、嫁接、施肥、成熟、腐坏等知识的了

---

① Caroline Spurgeon. *Shakespeare's Imagery and What it Tells Us*, Cambridge: Cambridge University Press, 1935, p. 4.

② 斯珀津为了证明莎士比亚的意象能够反映莎士比亚本人的个性，还研究了马洛、培根、马辛杰（Massinger）等人的意象，并与莎剧中的意象作对比，以证明莎士比亚意象的独特性以及意象研究方法的合理性。

解；天气意象显示了诗人在乡下时对天气的观察；航海与河流意象则说明莎翁虽不太可能真正出过海，但却一定在埃文河及伦敦见到过无数的船，也许还和小酒馆中的水手有过交谈。

有关室内生活和习俗的意象构成了莎剧意象的第二大类别，这其中最常出现的是身体和身体运动的意象。"没有哪个剧作家能够在描写快速轻盈的动作的数量和生动程度上接近莎士比亚，这类动作有跳动、雀跃、俯冲、跑动、滑动、攀爬、舞蹈等等。"① 斯珀津认为这样的描写背后一定有作者类似的生活经验，所以莎士比亚应该是一个在身体上和思想上一样苗条和灵活的人。

更进一步，斯珀津从莎剧中的意象入手，开始推测莎士比亚的五官感觉。比如她认为莎士比亚会被颜色的变化所吸引，喜欢日出而不喜欢日落；莎士比亚不喜欢噪音，他喜欢的声音有回声、葬礼的钟声和鸟叫声；而且他一定是一个嗅觉灵敏、不喜欢臭味和死尸味道的人。此外，斯珀津还通过意象推测到，莎士比亚喜爱园艺，对嫁接也很感兴趣，也可能喜爱游泳。他可能对狩猎不太了解，但他的敏感却使他常常站在猎物一边，对被猎杀的对象充满感同身受的同情。

在这些意象研究的基础上，最后斯珀津竟然总结出了一个莎士比亚的肖像画，画中的这个人身体轻盈、动作敏捷、目光犀利、头脑健全、诚实善良、和蔼可亲、充满同情心、喜欢身体的快速运动、对生活习惯十分挑剔，不喜欢脏物和异味、敏感且善于观察、有勇气又有幽默感。总之，这个莎士比亚完完全全是一副维多利亚绅士的派头。虽然总的来说，斯珀津对意象的梳理是值得称赞的，但不得不说，这样的结论实在有些荒唐。所以说，在莎剧总体意象的问题上，斯珀津越是向前探索，离有价值的结论就越远。

虽然斯珀津自己更看重意象的第一个功能，但具有讽刺意味的是，

---

① Caroline Spurgeon. *Shakespeare's Imagery and What it Tells Us*, Cambridge：Cambridge University Press, 1935, p. 50.

她对意象第二个功能的研究才是她在莎评史上产生巨大影响的原因。在《莎士比亚的意象及其意义》一书的第二部分,斯珀津重点考察了意象作为背景与隐含意义(undertone)的功能,以及单个剧作中的主导意象。前面提到的自然、动物以及日常生活意象是所有莎剧中共有的,因此斯珀津根据这些意象来推测莎士比亚本人的生活。但是,她还发现,每个单独的莎剧中还有一些意象会作为此剧的特点而重复出现,她认为这种意象的作用在于为戏剧提供背景和画外音。对于这样的意象,斯珀津没有一个固定的称呼,有时称其为重复意象(recurrent imagery 或 iterative imagery),有时又称为主导意象(dominating imagery),还有时称为象征性意象(symbolic imagery)或连续意象(running imagery)。我们在这里不妨统一称其为主导意象。

主导意象的发现可以说是斯珀津对莎评最重要的贡献,因为这个发现成了后来很多莎评的基础。斯珀津曾多次强调这种象征性的主导意象,或者说通过意象表达的连续的象征(continuous symbolism)是莎翁艺术的特点,为莎士比亚戏剧所独有。"据我所知,没有其他作者,尤其是其他戏剧作家曾像莎士比亚这样不断地使用连续重现的象征。"① 主导意象在莎剧中能够激起情感、提供氛围、强化主题,是莎士比亚戏剧艺术的有机组成部分。

斯珀津认为,在早期剧中,这种意象更多是作为背景起到提供氛围的作用,与主题联系不够紧密。历史剧可以视为一个整体,其中的主导意象比较简单,一般是自然意象。这些自然意象可以有几种不同的表现,比如在花园或果园中各种植物的生长,以及由于疏于照看而产生的野草、害虫,还有因为没有施肥而出现的衰败、腐烂,或者对树木不合时宜的修剪等等。出现这样的自然意象,原因在于整个王室被视为一棵树,王公贵族是其枝叶和果实。所以,关于树的种植、嫁

---

① Caroline Spurgeon. *Shakespeare's Imagery and What it Tells Us*, Cambridge: Cambridge University Press, 1935, p. 354.

接、连根拔起、在风雨中飘摇等等都被赋予了象征意义，内战的混乱
也就可以用花园的荒芜来形容。从《亨利六世》三部曲到《理查三
世》，再到《理查二世》，这些自然意象都不断出现，并越来越清晰，
而且在《理查二世》中达到顶峰，到了《亨利四世》系列时则比较少
见了。另外，除了植物和花园这个主导意象，历史剧中还有二级主导
意象，比如天体、屠夫、动物、航海、太阳与国王以及飞翔等意象都
重复出现于一部或多部历史剧中。莎士比亚历史剧中这些意象的使用
确实是值得注意的，斯珀津的总结也比较到位，但她的解释却很幼稚，
她认为莎翁这么做的原因是因为他自然地将生活中最熟悉的意象和他
最爱的国家联系在一起。斯珀津对莎士比亚喜剧和传奇剧中的主导意
象也进行了总结，她认为，在喜剧中，主导意象主要作为氛围来体现
每部作品的特质；传奇剧——尤其是《冬天的故事》和《暴风雨》
中，意象的使用更细腻，意象常被用来说明一个观念或思想，而不是
表现具体的图像。

悲剧中的主导意象是我们关注的重点，意象在这里出自与主题相
关的情感，更复杂微妙，也更生动。斯珀津自己也认为，在她所有的
研究中，悲剧中的意象与主题联系最为紧密。这些意象被悲剧主题的
情感决定，情感越强烈，主导意象的重复就越明显。举例来说，《罗密
欧与朱丽叶》中的主导意象是光以及各种光的表现；《哈姆莱特》中的
主导意象是各种溃疡、瘤和其他疾病；《奥赛罗》中则是有关运动的意
象以及相互捕食中的各种动物；《李尔王》中是受痛苦折磨的人体。

对于悲剧意象的研究，斯珀津还是停留在意象的梳理上，疏于解
决具体问题。比如关于哈姆莱特的延宕，斯珀津说道：

> 对于莎士比亚形象化的想象来说，哈姆莱特的问题，主要的
> 不是意志与理智问题，不是思想过于哲学化，或者气质不适宜于
> 迅速行动。莎士比亚在形象的想象中看到的问题，根本不是每一
> 个个人的问题，而是更大、甚至于更神秘的问题。个人"对这种

状况"显然是不负责任的,正如一个病人承担不了不治的癌症的责任一样。但这一状况在它的发展过程中无私地、无情地消灭了他和别人,也不管他们有罪,还是无辜。这就是哈姆莱特的悲剧,也许这也是生活的主要悲剧性的神秘之处。①

　　这段评论是斯珀津的研究中少有的对莎评中具体问题的讨论,但从中我们可以看到她似乎无意于解决具体问题。悲剧像病症一样,是一个无私又无情地消灭一切的发展过程,这是一个很精彩的论述,但它已经上升到了悲剧概念的层次。而问题却在于,将戏剧中人物和行动的具体问题等同于对悲剧概念或生活的悲剧性的讨论,也就等于消解了哈姆莱特的延宕等具体问题。

　　要明白为什么斯珀津的意象研究总是流于肤浅,就要明白"物象"(subject-matter)这个概念,因为斯珀津一再强调她对意象本身的关注仅仅停留在物象上。什么是物象?subject-matter 和 object-matter 两个词相对应,既然意象可视为类比,我们不妨将 subject-matter 理解为比喻中的本体,或语言学中的能指。也就是说,斯珀津关注的只是表面意义上的意象,并不深究其喻体或象征意义,这种"为意象而意象"的方法也是为什么斯珀津的意象研究总是不能深入的一个重要原因,而后来试图从莎士比亚意象中发掘象征意义的批评家则更关注意象的 object-matter,即喻体或所指。

　　虽然形式主义莎评是 20 世纪的产物,意象研究又是形式主义莎评的一个重要方面,但斯珀津的研究方法本质上却处在 19 世纪传统的笼罩之下。斯珀津从意象入手,最终指向的却是作者的生活画像,从这点看,她不仅视文学作品为作者个性的体现,而且还把作品与作者的生活经历相联系,这种观念实际上与将 19 世纪小说视为作者"深隐自

---

① Caroline Spurgeon. *Shakespeare's Imagery and What it Tells Us*, Cambridge: Cambridge University Press, 1935, pp. 318 – 319.

传"的观念一脉相承，其背后依然是一种浪漫主义批评传统。不仅如此，斯珀津对意象所采用的统计、图表、归纳的研究方法也与 19 世纪实证主义方法有一定关系。所以如果我们想要一睹作为 20 世纪产物的形式主义莎评的风采，恐怕还要到布鲁克斯这样的新批评家（new critic）那里去寻找。

斯珀津的结论虽然幼稚，但她对莎剧意象的总结影响极大，尤其是她对每部作品中的主导意象的探索，为我们打开了一扇理解莎士比亚的新的大门，令人耳目一新，在不同程度上启发了形式主义阵营中的其他莎评家，像奈茨和奈特这样的重要莎评家也常常从她那里汲取灵感。另外，斯珀津虽然意识到了她所关注的大部分主导意象都是象征性意象，但却常常止于意象的罗列，很少深入地发掘其象征意义。不过后面我们很快将看到，新批评派的布鲁克斯是如何在斯珀津的发现的基础上更进一步，深入地发掘莎剧意象中的象征意义，同时也充分证明了斯珀津意象研究的潜在能量。

二　克勒门

20 世纪莎评史中女性莎评家们巾帼不让须眉，为莎士比亚评论的发展做出了巨大贡献。其实在莎评史上还有个有趣的现象，那就是除了英美的盎格鲁—撒克逊批评家以外，德国人对莎士比亚的兴趣明显比其他任何民族都大得多，并且催生了一大批优秀的莎评家，从最早的歌德、莱辛、施莱格尔等人，到 19 世纪的格维努斯（Gervinus），一直到前面讨论过的许金，都是鼎鼎大名的莎评家。这里有另一位德国人进入了我们的视野，那就是慕尼黑大学教授沃尔夫冈·克勒门（Wolfgang Clemen，1909—1990）。

作为德国莎评的代表人物之一，克勒门著有《莎士比亚的独白》（Shakespeare's Soliloquies）、《莎士比亚的戏剧艺术》（Shakespeare's Dramatic Art）等书，但最重要的，还是他的《莎士比亚意象的发展》（The Development of Shakespeare's Imagery）一书。这本专著的英文版出版的时候已经是 1951 年,① 但仍然是意象派莎评继斯珀津之后最重要的成果。我们下面主要讨论的就是这本《莎士比亚意象的发展》。

克勒门纠正了斯珀津对戏剧语境和意象功能的忽视,他声称自己的研究目标是"追溯莎剧中意象的发展过程,并将其视为更复杂的莎士比亚戏剧艺术演化的一部分。"② 在这一基础上,还要"展示莎士比亚的意象是如何越来越有机地融入戏剧结构的形式之中。"③ 我们在斯珀津那里其实已经看到了这种意象在莎剧中的发展,比如她认为在喜剧中意象多是作为外在氛围,而悲剧中则与主题联系紧密。但遗憾的是斯珀津并没有沿着这一发现继续前进,只是停留在了对意象的梳理上。克勒门则对这一问题进行了深入细致的研究,并能够有意识地把意象纳入戏剧结构中考察,这就是他最大的贡献。

在克勒门看来,莎士比亚的早期喜剧注重修辞,风格上显得造作且看重形式上的对称,情节上多用两条平行线索,在意象的使用上与戏剧结构常常是脱节的,意象独立于戏剧结构之外,大多都是起到修饰的作用。在这种情况下,明喻和奇喻(conceit)被大量使用,意象常常被不必要却又煞费苦心地详细展开。简单地说,莎士比亚在早期喜剧中是为了追求修辞效果而使用意象,不能使意象融入戏剧有机体,因此许多意象也显得多余和不必要。

克勒门认为早期莎剧意象的这种风格不能仅仅被看成是诗人年轻时的不成熟,而是来自于当时的修辞学和诗学传统的影响。这种传统的影响不仅表现在对奇喻的使用上,还表现在意象的内容和对爱情的描写上。早期喜剧大量涉及爱情,但表现爱情时很少直接描写人物的情感,而多是停留在人物对爱情的观念上,用各种传统的意象去比喻爱情。这样,我们看到的就全是关于爱的"理论",而非个人经验。

---

① 这本书的德文版出版于 1936 年。

② Wolfgang Clemen. *The Development of Shakespeare's Imagery*, London: Methuen & Co. Ltd, 1977, p. 217.

③ Ibid. , p. 74.

"在这些剧作中爱情是一个可以像理论一样被学习和研究的社会游戏。"① 从意象的内容上也能看出传统诗歌的痕迹，这些意象多来自十四行诗，比如太阳、星星、月亮、玫瑰、珍珠、金银等等，而这些意象本身就是一种装饰物。于是，早期莎剧中出现了大量的诸如"美丽的太阳"、"闪烁的星星"、"和蔼的月亮"、"浴着朝露的玫瑰"等等描写。

　　与上述观点相联系，克勒门还有一个看法，那就是早期的莎士比亚更像是一个诗人，而不是成熟的戏剧家，后来的莎士比亚则完成了从诗人到戏剧家的转变。但是克勒门也指出，这并不意味着早期喜剧和历史剧的风格就比悲剧和传奇剧低劣，而只能说明早期的莎士比亚有着与后来完全不同的追求，或者说，他对戏剧理想风格的理解不同。早期的莎士比亚追求的是一种中世纪诗学的风格，这种风格的特点就是"铺张"（amplification），意象大多要服务于修辞效果；后期的莎翁则更重视意象与戏剧结构及情感的融合。所以同时还应指出的是，莎士比亚从这种铺张华丽的风格转变到后期的注重意象的直接情感表达，这个过程也不仅仅是诗人自己的艺术技巧的发展，也是整个诗歌向着更个人化的表达发展的历史进程的一部分。

　　这个整体上的变化从莎士比亚的中期剧作中就开始了。在从《亨利六世》系列到《罗密欧与朱丽叶》的中期戏剧中，意象与情境（situation）的关系变得更加紧密，意象和戏剧氛围以及主题之间也变得越来越和谐，同时，意象还更倾向于与使用意象的人物相符合。总之，意象与戏剧结构的关系越来越密切，意象的生成也更加自然，而不像早期那样常常是从外部插入现成的（ready-made）意象。

　　这一时期的戏剧中，意象还多了一个功能，那就是预示戏剧行动。这一功能早在《亨利六世》系列中就开始出现，但并不成熟，比如第

---

① Wolfgang Clemen. *The Development of Shakespeare's Imagery*, London：Methuen ＆ Co. Ltd, 1977, p. 36.

三部中爱德华说:"但在我们的鸿运如日方中的时候,我看到一片不祥的乌云要在灿烂的太阳到达西方的舒适的卧榻以前向它袭击。"(第五幕第三场)这句话预示了后来的戏剧行动,但却是生生插入对话中的,显得有些突兀和不自然。而在《威尼斯商人》中,莎士比亚对这个技巧的运用已经比较得心应手了,到了《约翰王》中,这种意象更加明显了,庶子腓力普多次用意象暗示了未来的戏剧行动,最典型的在第四幕最后,"广大的混乱正在等候着霸占的威权的迅速崩溃,正像一只饿鸦眈眈注视着濒死的病兽一般。能够束紧腰带,拉住衣襟,冲过这场暴风雨的人是有福的。"(第四幕第三场)这几个意象出现的时机正合适,预示了最后一幕的悲剧事件。总之,意象预示未来行动这个特点会越来越多地出现在后来的莎剧中,并将在悲剧中成为一个非常常见的戏剧功能。

与此同时,中期戏剧中意象与语境的关系也更加紧密,语言与意象的联系更紧,最终使意象开始表现抽象观念。《亨利四世》下篇第四幕第五场的一段对白能很好地说明这一问题,这场戏中亨利四世对哈尔王子说:"我的尊严的乌云,只有一丝微风把它托住,一下子就会降落下来;我的白昼已经昏暗了。"[①]"尊严的乌云"(cloud of dignity)就是具体和抽象很好的结合。克勒门认为,如果是早期莎剧的话,这里一定会说:"我的尊严就像一片乌云"或者"我的尊严,一片乌云",用明喻来表现同样的意象。但此时的莎士比亚则多会选择类似"尊严的乌云"、"遗忘的尘土"(dust of oblivion)、"浮华的潮浪"(tide of pomp)等等这样更紧凑的隐喻为其表达方式,使具体与抽象更紧密地联系。相应的,这里的"一丝微风"(so weak a wind)也有两层含义,一是具体的风,另外还有一层意思指奄奄一息的亨利四世的最后一丝呼吸。这个意象的模棱两可正是"含混"

　　[①] 原文为: My cloud of dignity is held from falling with so weak a wind that it will quickly drop: my day is dim. 朱生豪先生翻译成了明喻:"我的尊严就像一片乌云",因此译文有改动。

（ambiguity）的基本特征，于是，"含混就逐步成为了一个创作意象的重要因素。"① 最后，在乌云意象的带领下，"我的白昼已经昏暗"（my day is dim）这个意象就自然而然地随着联想出现了。总之，通过这么一小段我们就能看出来中期戏剧意象的主要发展方向：抽象与具体相结合、内容上更加精简、含混开始出现、不同部分之间由联想和暗示相联系。

如果说在中期戏剧中只是偶尔出现的话，上述这几个特点在莎士比亚的悲剧中得到了完整的发展和体现。在创作悲剧时，莎士比亚的戏剧技巧达到了一个新的高度。"这意味着每一种风格元素、每一句诗行都与戏剧整体相关联。意象也是如此，意象成为了戏剧结构的内在组成部分。"②

在莎士比亚悲剧中，意象与戏剧之间的联系是多方面的，意象的功能也更多元。悲剧的表达更倾向于含蓄和含混，而意象本身也比直白的语言更适合这样的表达。比如《科利奥兰纳斯》中，米尼涅斯对两位护民官说："你们现在的行动，都是出于一时的气愤，就像纵虎出柙一样，当你们自悔孟浪的时候，再要把笨重的铅块系在虎脚上就来不及了。"（第三幕第一场）这句话表面上看是站在护民官的立场上说的，但实际上则是为自己的好友科利奥兰纳斯说话。这种含混出现在对白中时，其隐含意义能够被观众所洞悉，但并不一定能被剧中人物所察觉，这就制造了一种对白中的张力，这种张力使得意象成为戏剧结构中的一个重要环节。

在悲剧中，莎士比亚不再刻意地去"寻找"意象，意象的产生更加自然。要说明悲剧中的意象与以前莎剧中的不同，不妨看一下《麦克白》和《亨利四世（下）》中都出现的一个意象——睡眠。麦克白在第二幕第二场曾说：

---

① Wolfgang Clemen. *The Development of Shakespeare's Imagery*, London: Methuen & Co. Ltd, 1977, p. 80.

② Ibid. , p. 89.

　　我仿佛听见一个声音喊着:"不要再睡了! 麦克白已经杀害了睡眠,"那清白的睡眠,把忧虑的乱丝编织起来的睡眠,那日常的死亡,疲劳者的沐浴,受伤的心灵的油膏,大自然的最丰盛的菜肴,生命的盛筵上主要的营养。

再来看《亨利四世》下篇中亨利四世失眠时说的话:

　　睡眠啊! 柔和的睡眠啊! 大自然的温情的保姆,我怎样惊吓了你,你才不愿再替我闭上我的眼皮,把我的感觉沉浸在忘河之中? 为什么,睡眠,你宁愿栖身在烟熏的茅屋里,在不舒适的草荐上伸展你的肢体,让嗡嗡作声的蚊虫催着你入梦,却不愿偃息在香雾氤氲的王侯的深宫之中,在华贵的宝帐之下,让最甜美的乐声把你陶醉? 啊,你冥漠的神灵! 为什么你在污秽的床上和下贱的愚民同寝,却让国王的卧榻变成一个表盒子或是告变的警钟? 在巍峨高耸惊心炫目的桅杆上,你不是会使年轻的水手闭住他的眼睛吗? 当天风海浪做他的摇篮,那巨大的浪头被风卷上高高的云端,发出震耳欲聋的喧声,即使死神也会被它从睡梦中惊醒的时候。啊,偏心的睡眠! 你能够在那样惊险的时候,把你的安息给予一个风吹浪打的水手,可是在最宁静安谧的晚间,最温暖舒适的环境之中,你却不让一个国王享受你的厚惠吗? 那么,幸福的卑贱者啊,安睡吧! 戴王冠的头是不能安于他的枕席的。(第三幕第一场)

　　对比这两段关于睡眠的描述可以发现,亨利王的意象被完全展开,一大段的篇幅中有一系列的排比和各种充满诗意的语言,无疑能给人留下深刻的印象,其修饰效果不言而喻。但问题在于,这么一大段独白描述一个睡眠意象,如果从戏剧整体的角度看,则有破坏戏剧节奏和离题之嫌,显得有些突兀了。反观麦克白的睡眠意象,不仅篇幅上精简得多，而且也能更好地契合戏剧结构。麦克白的罪行最可怕的地方，就是他是在睡眠中杀害了邓肯。这里又提到"麦克白已经杀害了睡眠"，不仅与他杀害邓肯的罪行相对应，更进一步讲，"麦克白所犯的罪不仅仅对邓肯不公，也损害了睡眠的神圣性。于是，'被损害的'睡眠像一种真实的力量从谋杀者的意识中崛起。所以这个含义丰富的意象并没有偏离主题。"① 这也是为什么克勒门一再强调莎士比亚的悲剧意象能更好地融入戏剧结构之中。

悲剧中已经很少出现那种为追求修饰效果而像亨利四世一样将一个意象完全展开的情况，相反，对于不必要展开的意象会倾向于压缩（condensation）和暗示（suggestiveness）。我们可以比较不同剧中用果子成熟坠地比喻人的气数将尽的三个例子，首先还是《麦克白》中，第四幕第三场中马尔康说："麦克白已经成熟得摇摇欲坠。"② 《理查二世》中有同样的意象，却是这样表达："最成熟的果子最先落地，他正是这样；他的寿命已尽。"③ 《威尼斯商人》中也有，是这样说的："最软弱的果子最先落到地上，让我也就这样结束了我的一生吧。"④ 相比之下，《麦克白》中的意象显然更简洁明快，这一点和莎剧早期意象的铺张和展开形成了鲜明的对比。

总的来说，克勒门认为莎士比亚悲剧中意象的使用方法开始变得多元，所以很难说莎士比亚的意象朝着哪个固定的方向发展或进化，或者某个剧中的意象使用比另一个剧中的好。为了进一步了解悲剧中的意象如何有机地融入戏剧整体，我们不妨分别看一下克勒门对《奥赛罗》和《李尔王》这两部悲剧的论述。

---

① Wolfgang Clemen. *The Development of Shakespeare's Imagery*, London：Methuen & Co. Ltd, 1977, p. 101.

② 原文为：Macbeth is ripe for shaking, 朱生豪先生译为："麦克白气数将绝，天诛将至"。见《麦克白》第四幕第三场结尾。

③ 原文为：The ripest fruit first falls, and so doth he；His time is spent. 见《理查二世》第二幕第一场。

④ 原文为：The weakest kind of fruit drops earliest to the ground；and so let me. 见《威尼斯商人》第四幕第一场。

　　前面提到，在早期喜剧中意象主要为戏剧氛围服务，人物所使用的语言和意象与人物的性格没有什么内在联系；中期剧中出现了福斯塔夫和夏洛克这样生动的人物，有了个性化的语言，但总体上这种个性化技巧的使用并不多见；在悲剧中，语言和意象的个性化得到了完整的发展，而在《奥赛罗》中，这种现象得到了最完整的体现，这一点可以在奥赛罗和伊阿古两个人身上看得很清楚。

　　伊阿古是一个理智的人，语言上很少指涉自己，客观中立。他在使用意象的时候缺乏奥赛罗那样的天马行空的想象，常常刻意寻找一些意象来表达，并且在独白中很少使用意象，这反过来也说明他每次在对白中使用意象时都是出于实用的目的，希望通过意象来影响对方。与这种有意识的意象选择相对应，伊阿古在使用意象时多用明喻，而且见什么样的人说什么样的话。比如第一幕第三场他对罗多维科和第二幕第一场他对凯西奥说话时都是有目的地使用意象，用意象去"毒化"对方，以影响对方从而促成自己的诡计。总之，伊阿古对意象的使用与他工于心计的特点十分相符。

　　反观奥赛罗，他的语言中常常用"我"来指向自己，总是在谈论自己的生活和情感以及内心经验。在意象的使用上他常常是无意识地自然流露，有极其丰富的想象力，而且多用隐喻来表达。奥赛罗在使用意象时从不考虑对别人的影响，只顾自说自话，任自己的情感得到宣泄。总之，奥赛罗对意象的使用是动态的，充满诗歌的活力，他善于将意象感官化，把抽象观念变成可触、可见、可感的具体意象。

　　在意象内容的选择上，两个人也大不相同。伊阿古用到的意象大多来自纯粹的物质世界，而且是低层次的物质，或者低等级的动物。奥赛罗则多使用更高层次的意象，比如天堂、天体、大海、风等动态轻盈的意象。即便提到同一意象时，两人的不同也十分明显。比如对于战争，伊阿古视其为一个"行当"（trade of war），一种生意。在提到凯西奥当副官的事时，他认为自己战功卓著，但"现在却必须低首下心，受一个管账的指挥。这位掌柜居然做起他的副将来。"① 当奥赛罗提到战争时，他说的是"永别了，威武的大军、激发壮志的战争"和"长嘶的骏马、锐厉的号角、惊魂的鼙鼓、刺耳的横笛、庄严的大旗和一切战阵上的威仪。"（第三幕第三场）

最后值得一提的是，奥赛罗的意象随着他本人心态的变化也在发展。在第四幕第二场奥赛罗开始怀疑苔丝狄蒙娜的时候，出现了这样的语言："我的心灵失去了归宿，我的生命失去了寄托，我的活力的源泉枯竭了，变成了蛤蟆繁育生息的污池！忍耐，你朱唇韶颜的天婴啊，转变你的脸色，让它化成地狱般的狰狞吧！"（第四幕第二场）这段话中有典型的奥赛罗意象，比如天婴（cherubim），但同时出现了蛤蟆、地狱这样令人感到不适的意象。这并不是一个偶然现象，当怀疑和嫉妒在奥赛罗的心中发芽之后，他的语言中开始大量出现和天空、天堂有关的意象，但同时也开始出现以前没有的蛤蟆、乌鸦、猴子、毒蛇等伊阿古才会使用的低级动物意象，两种意象同时出现反映了奥赛罗的心理的张力和矛盾，另一方面也说明了伊阿古对奥赛罗的"毒化"开始出现效果，直至把奥赛罗带入毁灭的深渊。总之，这种意象的变化完全是合情合理的个性化发展，而且与戏剧的整体效果完美地结合在了一起。

说到意象在戏剧中的重要作用，另一部不得不提的莎剧便是《李尔王》。此剧是所有莎剧中意象最丰富的一部，在整个莎剧意象发展的链条上处于核心地位，因此克勒门对此剧也是情有独钟，提出了一些独到的观点。这其中最重要的就是关于"内在戏剧"的观点（inner drama）。克勒门认同布拉德雷对《李尔王》中恶的普遍性的论述，也像斯宾瑟一样意识到了这部剧中人类世界与自然世界之间的紧密联系，但他对这种联系有新的解读。在克勒门看来，从第二幕到第四幕，戏剧人物的世界崩塌，自然意象接管了戏剧，并且从戏剧中独立出来，自成一个世界，甚至取代了其他戏剧元素的功能。在这几幕里，李尔心理转变的

---

① 第一幕第一场，译文略有改动。

过程也是完全通过意象来展现的，这是莎剧中前所未有的情况。

　　对待传奇剧，克勒门的研究方法显然遇到了一些困难，他承认很难像概括早期和中期戏剧那样对传奇剧做总体上的概括，因为意象的类型、模式、功能都更加多元。比如《暴风雨》中的意象，不是像以往那样预示戏剧行动，反而回顾前面的行动，不断回顾第一幕中海上风暴的场景。克勒门对待传奇剧的态度在这里也显得有些矛盾，一方面他同意蒂利亚德和奈特等人的观点，认为传奇剧不能说明莎士比亚想象力的下降，或对艺术技巧的兴趣不如从前。但另一方面他也承认，传奇剧中的意象分布更加不均匀，有的戏剧场景中很少，有的则到处都是；而且总体上看，传奇剧中的意象的数量在减少。不仅如此，这里的意象不像悲剧中那么有活力，而且早期剧中那种意象的铺张也有回头的趋势，尤其是最后的《辛白林》一剧。

　　克勒门的研究不仅是典型的意象研究，也是典型的莎士比亚发展研究，这种研究建立在莎士比亚的剧作年表（chronology）的基础上，探索莎剧整体发展的内在逻辑。维多利亚时代的莎评家斯温伯恩和道登教授便做过代表性的研究，他们将莎剧创作分为几个阶段，试图通过莎剧创作顺序窥见莎翁本人精神的发展历程。到了 20 世纪，这种研究有了更大的发展。正如斯宾塞追溯了人性观念在莎剧中的发展，克勒门的研究也抛弃了对莎士比亚本人精神发展的探索，而是转向更为具体的意象问题，这也是莎士比亚批评不断走向深入的一个体现。

　　克勒门始终是把莎剧当做戏剧来看待的，他甚至认为莎士比亚戏剧中意象的发展过程就是逐渐摆脱诗歌特征而融入戏剧整体的过程。"莎士比亚越是朝着一个自觉的戏剧艺术家发展，就越是为了戏剧目的而使用意象。于是意象也就逐渐失去了它们纯粹的'诗歌的'和外在的性质，变成了戏剧元素的一部分。"[①] 这一点在形式主义阵营的莎

---

　　① Wolfgang Clemen. *The Development of Shakespeare's Imagery*, London：Methuen & Co. Ltd, 1977, p. 81.

评家中是不多见却又极其难得的。克勒门的影响虽然没有斯珀津大，但其价值在于，他坚持一种有机整体理论，坚持将意象放入戏剧语境中考察。而且，克勒门也抛弃了斯珀津的统计方法和意象分类，而是选取剧中的典型意象，为意象研究带来了新的活力。

意象派作为形式主义莎评中的一个重要阵地，还有一些批评家及其著作产生了深远的影响，比如罗伯特·海曼（Robert B. Heilman）的《伟大的舞台：〈李尔王〉中的意象与结构》（This Great Stage，Image and Structure in King Lear，1963），以及阿姆斯特朗（E. A. Armstrong）的《莎士比亚的想象：联想和灵感的心理学研究》（Shakespeare's Imagination：A Study of the Psychology of Association and Inspiration，1946）等等，尤其是后者通过对意象束（Image Cluster）的研究进而探寻莎士比亚的想象，也影响了一批莎评家。但是限于篇幅，我们不在这里一一考察。

第二节　从意象到象征

在意象研究的基础上，形式主义莎评家们转向了对莎士比亚戏剧文本中的主题和象征的研究。这些人中既有包括利维斯和奈茨在内的英国《细察》派或剑桥派莎评家，也有包括兰色姆和布鲁克斯等人在内的美国新批评派的批评家。由于既反对布拉德雷的性格分析，又反对历史学术研究对莎评的入侵，这些批评家们在五六十年代有时又被其他莎学研究者们冠以"新批评家"（new critics）[①] 的称号。他们的莎评受到瑞恰兹和燕卜逊等人的影响，强调从语言入手研究莎士比亚，是典型的形式主义莎评，也是真正的 20 世纪文学批评发展的产物。

在这里我们主要讨论几位典型的形式主义莎评家，即剑桥派莎评

---

① 参考 O. J. Campbell 的 Shakespeare and the New Critics 一文，见 Joseph Quincy Adams Memorial Studys（1948），以及 William T. Hastings 的 The New Critics of Shakespeare：An Analysis of the Technical Analysis of Shakespeare 一文，见 The Shakespeare Quarterly（Jul.，1950）。

的代表奈茨、利维斯、特雷弗西等人，以及美国新批评派的兰色姆和
布鲁克斯。此外，艾略特的莎评也会有所涉及。在阐述这些批评家的
观点之余，为了更好地理解形式主义莎评，我们还会在这一章中讨论
一下历史主义莎评与形式主义莎评在某些问题上的对立。

一　利维斯与《细察》派莎评

20 世纪上半叶的英国，牛津与剑桥这两座最具影响力的大学却
有着不同的学术传统，甚至在许多领域产生了对立。牛津大学在 20
世纪初是新黑格尔派哲学的主要阵地，安·塞·布拉德雷的哥哥，
哲学家弗·赫·布拉德雷（Francis Herbert Bradley，1846—1924）就
是其主要代表人物。与此同时，剑桥大学则浸润在科学与分析哲学
的氛围中。因此，讲求细读和语言分析的形式主义莎评在剑桥生根
发芽，并对布拉德雷的浪漫主义莎评传统进行了猛烈的抨击，也是
情理之中的事。

30 年代，剑桥大学的利维斯教授（F. R. Leavis，1895—1978）创
办了著名的《细察》（Scrutiny）杂志，提倡文本细读的方法，在英美
文学研究领域影响深远。不仅如此，在利维斯的周围还团结了奈茨
（L. C. Knights，1906—1997）、特雷弗西（D. A. Traversi，1912—2005）
等莎评家，这些莎评家以《细察》为阵地，不断著书立说，使剑桥成
为三、四十年代英国莎评乃至文学批评发展的桥头堡，因此这派莎评
有时也被称为《细察》派莎评、剑桥派莎评或利维斯派莎评。

文学评论刊物《细察》由利维斯和奈茨等人创办于 1932 年，在
1952 年停刊，不过在 1963 年出过一次增刊。利维斯在这期增刊中发
表了《回首》（Retrospect）一文，回顾了《细察》杂志办刊 20 余年
的主要成就。在此文中利维斯提到，对于莎士比亚批评而言，《细察》
最大的成就便是“对布拉德雷的驱逐”，“许多人为《细察》中的莎士
比亚批评做出了贡献，他们的批评都有同样的精神和动力。它确实引
发了对布拉德雷的驱逐，而且是通过以更精巧和智慧的莎评方法，让

学术界明白布拉德雷的方法是多么的无用和错误。"①

利维斯本人也在《细察》上发表过几篇莎评文章,其中以评论《奥赛罗》的《魔鬼般的智慧与高贵的主人公:或感伤主义者的奥赛罗》(Diabolic Intellect and the Noble Hero:or the Sentimentalist's Othello)较为著名。在此文中利维斯认为,布拉德雷对奥赛罗的解读是浪漫主义的感伤化解读,即认为奥赛罗的性格是高贵的,是不易轻信他人的,也不容易产生嫉妒心理。布拉德雷的立论建立在奥赛罗的自我描述上:"(我是)一个不容易发生嫉妒的人,可是一旦被人煽动以后,就会糊涂到极点。"(第五幕第二场)坚持奥赛罗的高贵性格、认为他不易轻信他人并产生嫉妒是浪漫主义莎评的传统,但坚持这一点就必须解释奥赛罗为何会上伊阿古的当。既然奥赛罗不易上当,那么悲剧的发生只能归因于伊阿古的诡计太巧妙和他的智慧太高明。换句话说,要维护奥赛罗的高贵性格,同时又要承认他对伊阿古完全的信任和受骗,那么就必须承认伊阿古有高明的、恶魔般的智慧。

于是,在著名的《莎士比亚悲剧》一书中,布拉德雷将大段的篇幅花在解读伊阿古的性格特征上,并认为伊阿古是整个悲剧情节的策划者,而伊阿古的性格又导致了他的行为,因此是来自外部的恶导致了悲剧的发生,而伊阿古的"行动中的性格"则是此剧的核心所在。但利维斯指出,《奥赛罗》的主人公就是奥赛罗,伊阿古虽然是剧中的重要人物,但仅仅是一个必要的戏剧手段而已。"悲剧内在于奥赛罗与苔丝狄蒙娜的关系中,而伊阿古只是在一个戏剧行动中促成悲剧发生的必要机制而已。"②

在将关注的重点从伊阿古转回奥赛罗之后,利维斯认为问题的焦点在于奥赛罗是否容易心生嫉妒。在利维斯看来,奥赛罗的嫉妒是在伊阿古实施自己的诡计之后迅速发生的,根本没有经过复杂的徘徊与

---

① F. R. Leavis. "A Retrospect", *Scrutiny*, Spring, 1963, p. 12.

② F. R. Leavis. "Diabolic Intellect and the Noble Hero:or the Sentimentalist's Othello", *Scrutiny*, December, 1937, p. 264.

挣扎。"我们在伊阿古的快速成功中看到的不应该是他恶魔般的巧智,而应该是奥赛罗早已准备好的回应。"① 因此,奥赛罗的悲剧并非由伊阿古的恶魔般的心计所导致,而是奥赛罗自己的原因。从性格上讲,利维斯承认奥赛罗是一个勇于行动的人,但他同时也是一个自负的自我中心主义者(egotistic),并且常常沉迷于自我满足的自我表演(self-approving self-dramatisation)当中。这种勇于行动的自我中心主义是高贵的,但由于缺乏自我认知,这种高贵的性格在新的婚姻关系中却是无用的,甚至是危险的。

正如伊阿古所指出的,奥赛罗并不真正了解苔丝狄蒙娜,也从未相信过她,正如奥赛罗自己的不自知。当伊阿古开始实施自己的骗局时,奥赛罗虽然还保持着这种高贵的自我表演,但是"这种自我理想化已变成了盲目,高贵也不再真实,变成了一种迟钝和残忍的利己主义的伪装。自尊变成了愚蠢,极度的愚蠢,一种疯狂和自我欺骗的激情。"② 因此,奥赛罗的不自知是贯穿始终的。更重要的是,即便当奥赛罗认识到自己的错误之后,也并没有产生相应的自我发现。而"布拉德雷对奥赛罗的认识正如奥赛罗的自我认知一样,眼中除了高贵外什么也看不到。"③ 换句话说,布拉德雷不了解奥赛罗,正如奥赛罗不了解自己;而奥赛罗的顾影自怜也并不能成为我们对其进行感伤化解读的理由。

总之,利维斯认为布拉德雷是带着浪漫主义的眼罩在读文本,在这种情况下,他不是曲解文本证据就是根本无视文本证据,强行将奥赛罗解释成他心目中的样子。利维斯抛弃了布拉德雷的印象式批评和感伤主义,他比布拉德雷更重视文本证据,引用大量文本证明自己的观点。而且更重要的是,利维斯将莎士比亚戏剧视为"诗剧"(poetic

---

① F. R. Leavis. "Diabolic Intellect and the Noble Hero: or the Sentimentalist's Othello", *Scrutiny*, December, 1937, p. 264.

② Ibid., p. 270.

③ Ibid.

drama），并由此认识到："如果在诗剧中人物讲的是诗，那么我们应该注意他说的事实，而不能因此得出他是诗人的结论。"① 也就是说，奥赛罗口中的诗实际上是莎士比亚的诗，是莎士比亚为了营造浪漫氛围的技巧，而不是奥赛罗的性格。不过应当指出的是，虽然论点建立在这些形式主义莎评的基本认识上，但利维斯在批评方法上并没有太大的创新，回答"奥赛罗是什么样的人和他为什么会被骗"这个问题还是利维斯在此篇论文中的首要任务。

最后值得一提的是，在《魔鬼般的智慧与高贵的主人公》一文的结尾部分，利维斯反驳了历史主义莎评家斯托尔对《奥赛罗》的解读及其莎评方法。虽然斯托尔同样是布拉德雷的反对者和对立面，但利维斯认为，斯托尔的方法与布拉德雷的同样错误，只不过是从一个极端走到了另一个极端而已。斯托尔强调戏剧带给观众的"情感效果"，认为奥赛罗的轻信来自戏剧传统，可以给观众带来强烈的心灵震撼。而在利维斯看来，不论是布拉德雷还是斯托尔，其理论前提都是承认奥赛罗之前的言行说明他是个高贵的、不易轻信别人的人，所以后来他被伊阿古欺骗就成了一个难以解决的问题，只不过这两位批评家解决这一问题的方法不同而已。于是利维斯指出："但实际上，正如莎士比亚所展示的，关于奥赛罗的事实并非如此难以捉摸，普通人的生活经验也不会把它变得难以接受；奥赛罗的历史也不该成为他容易吃醋的证明，而事实上，应该被视为他在这方面的潜质。"②

作为《细察》派批评家的领袖，利维斯对前人的反驳为《细察》派莎评开辟了道路，而除了利维斯的亲自垂范之外，《细察》派莎评家中有两位卓有成就的重要人物，一位是特雷弗西，另一位则是奈茨。特雷弗西著有《走近莎士比亚》（Approach to Shakespeare, 1938）和《莎士比亚的最后阶段》（Shakespeare's Last Phase）等书，其中前者是

---

① F. R. Leavis. "Diabolic Intellect and the Noble Hero: or the Sentimentalist's Othello", *Scrutiny*, December, 1937, p. 266.

② Ibid., p. 283.

特雷弗西的代表作,此书于 1938 年出版后又于 1956 年出版了增订版,并改名为《一种莎评方法》(An Approach to Shakespeare),而且篇幅增加了将近一半,内容也更加完善。

　　与利维斯一样,特雷弗西也是从反对布拉德雷和浪漫派莎评开始,虽然他承认浪漫派莎评有自己的价值,但同时认为 20 世纪的莎评家必须要超越这种批评。因此在特雷弗西看来,批评家的目标应该是"抽离并定义戏剧中那些寻求自我表达的经验(experience),正是这些经验让这些剧作变得独特而有价值"。① "经验"是特雷弗西里的莎评中的一个关键词,其实就是指作者的经验。由此可以看出,虽然不断提到"现代批评"这个词,但同历史主义莎评一样,特雷弗西对传统文学批评的改造并不像美国新批评派那么彻底,作者意图在这里依旧占据着重要地位。不过特雷弗西也进一步指出,"显然这种经验似乎会通过剧中的语言和诗句来找到最直接的表达。"② 因为"语句是思想和情感、神经的敏感和自觉的情绪的最直接的产物。确实,语句和思想,语句和情感,形成了诗歌创作中的个人成长的一部分;在最伟大的诗歌中,个人经验的发展和语句的形式表达是不可能分离的。"③ 于是,特雷弗西采取的方法是通过不同作品中语言特点的变化来追寻莎士比亚个人经验的发展历程。因此,"莎士比亚诗歌艺术中有一种不断增长的对个性化词汇的复杂需求,这种艺术的发展便是在对这种需求的越来越灵活的回应中呈现出来的。这位诗人试图控制自己的经验、并将其投射到戏剧创作中的持续努力,最能体现在他为适应自身情感的变化而进行的诗歌结构的不断调整中。"④

　　在有机整体论问题上,特雷弗西与美国新批评一样,强调每一部戏剧作品都是一个有机整体。不过他认为了解莎士比亚自身的情感和

---

①　D. A. Traversi. *Approach to Shakespeare*, London: Sands: The Paladin Press, 1938, p. 13.

②　Ibid.

③　Ibid.

④　Ibid. , p. 14.

经验，能够帮助我们更好地理解莎剧的人物和情节等其他戏剧要素，而这种情感和经验则是通过戏剧作品的语言特征得以体现的。因此，从语言入手是研究莎剧的必由之路。"简单地讲，我们处理的是诗歌创作，其中的任何部分都不能被割裂出来；解读这种创作的关键在于每一部分背后的情感，而理解这种情感最便捷的渠道便是诗歌的语言特征。"① 不仅如此，特雷弗西还将莎士比亚戏剧的语言特征放入整个伊丽莎白时代的历史背景中去考察。"诗人的语言中只有一部分是他自己的创造"，② 文学传统和当时所有人民的生活方式决定了剩下的那部分。而莎士比亚的重要性就在于，他不仅继承了之前的文学传统对诗歌语言的规定，而且经过一系列的发展走向成熟，并最终改造了这个传统，将整个伊丽莎白时代的文学带入了一个新的阶段。

特雷弗西认为莎士比亚在早期创作中创新性不足，并倾向于华丽的诗风。不过特雷弗西进一步指出，这种华丽的诗风（Euphuism）是文艺复兴时期对个体的发现和中世纪基督教信仰之间的冲突在语言上的反映，此时的莎士比亚在很大程度上还受制于这种传统，不能将意象与情感进行完美的结合。不过从十四行诗开始，这种风格已经开始得到有效的控制。特雷弗西认为十四行诗的创作标志着莎士比亚转向复杂和成熟，个人的情感经验在这里表现为语言上的模糊与含混（ambiguity）。"终极的含混存在经验自身之中，也存在于同时实现和摧毁了人生价值的时间中；它不取决于词汇的兴趣，而取决于情感的处境。"③

在随后出现的《特洛伊罗斯与克瑞西达》、《哈姆莱特》、《一报还一报》这三部问题剧中，十四行诗中的那种新的情感开始出现在戏剧中，它们与语言结合且带有实验性质。"这种情感背后的经验极其丰富，并变得越来越复杂，但对它们的排列却不规则，以至于与其复杂

① D. A. Traversi. *Approach to Shakespeare*, London: Sands: The Paladin Press, 1938, p. 15.
② Ibid., p. 19.
③ Ibid., p. 48.

性并不和谐。"① 在这一时期,莎士比亚的艺术进入了一个阶段,在这个阶段中,莎士比亚"对特定经验元素的敏锐理解在创造意象的复杂性中并没有伴随着相应的对秩序和意义的觉察"。②

在《一报还一报》之后创作的《奥赛罗》、《麦克白》、《李尔王》以及《安东尼与克里奥佩特拉》都是莎士比亚的成熟悲剧。在这一阶段,莎士比亚对经验的表达更为复杂,但同时也更加克制,语言更多变,意象的范围更广阔,而意象之间的联系则更加意味深远,情感与事件之间的结合也更顺利,没有早期的那种明显的隔阂。特雷弗西认为《奥赛罗》是莎士比亚的第一部成熟悲剧,因为其中的意象将爱与恨的主题相连,并且其中的联系已经大于两者间的对立。③而不同于 20 世纪大部分莎评家的判断,特雷弗西对《李尔王》的评价并不高,认为这是一部不完善的作品。在《麦克白》中,莎士比亚戏剧朝着一种从诗歌经验中自然而然生发出来的"象征主义"(symbolism)发展。因此,后期剧最明显的特征便是这种"象征主义"。从这一点出发,特雷弗西认为,莎士比亚后期剧以《冬天的故事》为代表,而不是备受好评的《暴风雨》,因为这部剧作延续并发展了悲剧中的象征成分。总之,在特雷弗西看来,莎士比亚的成就在于,他的戏剧是"个人经验的无与伦比的综合体",是戏剧与诗歌的完美融合所形成的诗剧(poetic drama),其中的象征成分甚至还预示了后来玄学派诗歌的产生。④

利维斯和特雷弗西在一定程度上都为形式主义莎评在 20 世纪的发展做出了贡献,但在《细察》派莎评家中,成就和影响最大的却是奈茨。奈茨在剑桥大学接受教育,之后在多所大学担任教职,但并未在剑桥执教。不过由于与利维斯关系密切,参与创刊并曾长期协助利维

---

① D. A. Traversi. *Approach to Shakespeare*, London: Sands: The Paladin Press, 1938, p. 52.
② Ibid.
③ Ibid. , p. 80.
④ Ibid. , pp. 151 – 152.

斯编辑《细察》杂志，因此无论在观点上还是在工作上，奈茨都是利维斯的亲密战友。比起利维斯，奈茨更加猛烈而无情地攻击布拉德雷的批评方法。早在1933年，奈茨便出版了一本名为《麦克白夫人有几个孩子?》（How Many Children had Lady Macbeth?）的小册子，这本小书产生了巨大的影响，在某种程度上标志着20世纪莎评的一次转向，即从对情节与人物的关注转向语言与诗本身。小册子的内容来自前一年度奈茨在莎士比亚协会所作的演讲，题目则来自利维斯的建议。作为一篇长文，它被分为两部分：第一部分以反驳布拉德雷的人物性格分析方法和阐述自己的批评纲领为主要任务；第二部分则以《麦克白》为例展示了奈茨自己的批评方法。

我们在讨论许金的时候碰到过麦克白夫妇是否有孩子的问题，许金认为这是莎士比亚为了达到强烈的戏剧效果而无意间制造的一个小矛盾。关于麦克白夫人有没有孩子这个问题布拉德雷也确实讨论过，但不是在《莎士比亚悲剧》的正文中，而是在长达一百余页的"后记"里。而且，布拉德雷在这里一再强调麦克白夫妇有没有孩子并不重要，重要的是麦克白渴望要一个孩子；同样，布拉德雷还认为即便麦克白夫人有过孩子，这个孩子是她和前夫所生的还是已经夭折也不重要，重要的是当麦克德夫说"他没有孩子"这句话时的具体语境和效果。① 所以如果说布拉德雷讨论的是麦克白夫人有几个孩子的问题，那实在是冤枉了这位大莎评家。但是，从有没有孩子到有几个孩子，这个问题显然离文本越来越远，也越来越无聊。因此这个题目本身就是奈茨和利维斯对布拉德雷的一种戏仿，这种戏仿虽然歪曲了原意，但却收到了不错的轰动效应，而这恐怕也正是奈茨和利维斯所追求的效果。

奈茨认为，布拉德雷这类当时流行的莎评把莎士比亚当成"人物

---

① A. C. Bradley. *Shakespearean Tragedy*, London：Macmillan and CO.，Limited，1937，pp. 488 - 492.

刻画大师",把莎剧当做现实主义小说,对戏剧人物进行性格分析,这种批评方法已经到了不得不纠正的程度。这种错误倾向不仅统治了莎士比亚批评,而且从著名的阿登版《莎士比亚全集》的注释可以看出,它还侵入了莎士比亚学术研究;更要命的是,连中小学生都开始学习如何欣赏这种人物分析。① 但是问题在于,人物刻画与情节、韵律、结构一样,只是一部作品的一个方面,不应该被过度强调。紧接着奈茨进一步指出,莎士比亚戏剧首先应该是戏剧诗(dramatic poems),是用语言传递给读者的一种完整的体验。所以,"唯一有益于莎士比亚研究的方法是将其剧作视为戏剧诗,考察其语言的用法从而得到一个完整的复杂的情感反应。然而大部分的莎评关心的却是他的人物、女主人公、对自然的爱或他的各种'哲学'。总之,没有人关心写在纸上的文字,而这才是批评所应该考察的。"② "写在纸上的文字",而不是剧院里的演出,这可以被看做是 19 世纪莎剧适合演还是适合读那场争论在 20 世纪的延续;但是,强调莎剧的诗歌属性,把莎剧当做戏剧诗,③ 则是 20 世纪许多形式主义莎评家们的基本立场,这一观点我们会在各种形式主义莎评中不断看到。

　　既然莎剧是诗,那么正确对待莎剧的方法是什么?奈茨这样阐述了他心目中理想的莎评方法:

　　　　我们要从印在纸上的诗行开始,就像我们读其他诗歌时一样。我们必须阐明意义(用瑞恰兹博士的四重含义),解决歧义;我们必须评估意象的种类和性质,确定被特定人物激起的情感的"准确程度";我们必须斟酌每一个词,探索其"触手状的根茎"

---

① L. C. Knights. *Explorations*, New York: George W. Stewart, Publisher, INC, 1947, p. 18.
② Ibid. , p. 20.
③ 奈茨从反对布拉德雷出发,提出应把莎剧视为戏剧诗,但凯瑟琳·库克(Katherine Cooke)在《布拉德雷及其对 20 世纪莎评的影响》(A. C. Bradley and His Influence in Twentieth-Century Shakespeare Criticism)一书中认为,布拉德雷也是把莎剧视为戏剧诗的,所以奈茨对布拉德雷的反驳的不对的。这一观点目前已得到了许多学者的认可。

（tentacular roots），决定每个词如何控制文本中的韵律活动同时又被其控制。简言之，我们必须决定为什么诗句"是这样的而不是那样的"。①

在这段话里我们看不到人物和情节，只看到了词语、意象、韵律以及用诗的四重含义解决歧义这些形式主义莎评的关键词，可以说，奈茨的这段话就是形式主义莎评的成立宣言。具体到莎评实践上，奈茨的批评方法可以被称为一种主题研究（thematic study）的方法，下面我们就通过他对《麦克白》的解读了解一下这种批评方法。为了强调莎士比亚作品的诗歌属性，奈茨甚至拒绝使用"戏剧"一词，而宁可选择"陈述"（statement）这个并不准确的概念："《麦克白》是一个关于邪恶的陈述。"② 奈茨认为，莎士比亚用到了三个主题来表现邪恶，即善恶价值的颠倒倾覆、违背自然的混乱以及具有欺骗性的表象，而全剧所有的文字与意象的细节都是为这几个主题服务的。

这三个主题在第一幕里已被暗示出来，三女巫开场时说的"美即丑恶丑即美"（一幕一场）便是很好的例子。随后，在这三个主题的统摄下，奈茨几乎是逐幕逐场地分析了全剧。限于篇幅，我们在这里只看其中比较精彩的一个场景的分析。第四幕第二场，麦克德夫出逃之后，在他的城堡中，麦克德夫夫人、他的儿子以及洛斯之间有一场对话，以往的批评家，尤其是布拉德雷强调的是这场戏带给观众的怜悯之情，但奈茨认为它的意义并不在此。

首先，三个人物一开始讨论的话题便集中在麦克德夫是不是叛徒；如果是叛徒的话，又是背叛了谁，是他的夫人还是麦克白？另外，他的逃跑是明智的还是出于恐惧？而且，麦克德夫夫人还如此说自己的儿子："他虽然有父亲，却和没有父亲一样。"然后，她不断和自己的

---

① L. C. Knights. *Explorations*, New York：George W. Stewart, Publisher, INC, 1947, p. 31.
② Ibid., p. 32.

孩子打哑谜,而孩子却又不断地提问。在奈茨看来,所有这些话都在表现一个贯穿全剧的主题,即虚假的表象和困惑。

其次,这场戏还展示了恶的扩散。除了激起怜悯,麦克德夫的孩子被杀的意义还在于这场杀戮是对自然秩序的违反;而且还有更重要的一点,洛斯在表达时局险恶的思想时对麦克德夫夫人说道:"现在这种时世太冷酷无情了,我们自己还不知道,就已经蒙上了叛徒的恶名;一方面恐惧流言,一方面却不知道为何而恐惧,就像在一个风波险恶的海上漂浮,全没有一定的方向。"最后一句表达"没有方向"的原文为"Each way, and move——"。奈茨认为这几个词语的节奏正是海浪的节奏,而且最后的停顿还标志着海潮的浪头正要转向,所以这里是全剧的一个转折点。至此,全剧的浪潮都开始朝着不利于麦克白的方向推进。相应的,当刺客出现以后,麦克德夫夫人和孩子都结束了困惑,表现出了与麦克德夫一致的坚定立场。麦克德夫的儿子认定了刺客是"蓬头的恶人",麦克德夫夫人则回答刺客说:"我希望他不在什么该诅咒的地方至于让你们这样的人找得到。"①

在奈茨看来,整个这个场景中都没有人物性格的塑造,只有语言与全剧主题的一致。所以他认为全剧是一个整体,每个人物的台词都不能视为对这个人物本身的性格塑造,而要视为读者对全剧整体印象和全剧主题的一部分。

至于主题到底是什么,《麦克白夫人有几个孩子?》一文问世近30年后,奈茨终于回答说:主题是一种思想。在总结1959年出版的《莎士比亚的主题》(Some Shakespearean Themes)一书时,奈茨提到,人物性格刻画不是莎士比亚的目的,他的目的是"思想"。"莎士比亚用对性格和人物的分析来探索思想:这里的思想并不是'抽象的思想',而是具有个人意义的关注和主题,这些主题不是靠逻辑与抽象来表达,

---

① 〔英〕莎士比亚:《马克白》,梁实秋译,中国广播电视出版社2002年版,第137页。

而是靠对最伟大的生活的揭示和对这种揭示的想象性理解。"① 莎士比亚的作品并不是哲学思想的戏剧性展示，而是一种想象性结构（imaginative structure）；莎士比亚的成就是一种哲理的诗思（poetic thought），他关注的是"我们所熟知的生活环境中所包含的价值问题。"② 莎翁无疑用到了当时的思想，但不能像历史主义批评家那样把莎剧仅仅看做是莎士比亚对当时思想的研究成果，因为这样做反而会降低莎剧的深度。莎士比亚不仅仅是在运用当时的思想，而且经过他的个人生活体验之后，又把这些思想生动地重新融入作品中。因此这种思想不是外在于作者的，而是有生命的，是情感与理智的融合，是生活意象的生动传达。

这里有必要讨论一下奈茨对待历史研究和历史主义莎评的态度。因为作为"新批评家"代表之一，奈茨的态度有助于我们对形式主义与历史主义这两大莎评阵营之间的关系有更深入的了解。奈茨受到了历史主义莎评的影响，或者准确地说，是莎学中历史背景研究的影响，这一点是毋庸置疑的。在解读《李尔王》时，奈茨曾详细讨论了伊丽莎白时代的自然观念，并坦言自己受到了历史主义莎评家丹比（John F. Danby）研究的影响。在一篇名为《历史学术与莎剧解读》（Historical Scholarship and the Interpretation of Shakespeare）的论文中，奈茨表达了他对莎士比亚历史学术研究的看法。上文已经指出，学术（尤其是历史研究）与批评之间的对立与融合是 20 世纪上半叶整个文学批评领域中的一个重要问题，这个问题反映在莎评中就是狭义的莎学（Shakespeare scholarship）和莎评（Shakespeare criticism）之间矛盾关系，更具体地说，就是历史主义莎评和形式主义莎评之间的张力。奈茨站在批评家的立场上评价历史学术研究，他意识到了历史学术研究侵入莎士比亚批评的危险，他认为将莎士比亚放入伊丽莎白时代的环

① L. C. Knights. *Some Shakespearean Themes*: *And An Approach to 'Hamlet'*, Stanford: Stanford University Press, 1959, p. 147.

② Ibid., p. 148.

境中进行考察的意图是值得肯定的，但问题在于，"用'学术'来和'批评'作对的主张有时太过分了，用'相关知识'的积累来代替对作品生动的同情是有危险的。寻求'理想的'当时的意义会有可能遮蔽艺术的本质，还会使特定的作品，比如莎剧，显得乏善可陈。"① 所以，奈茨虽然指出主题是一种思想，但同时还认为要想理解莎士比亚思想的发展，首先要先理解其艺术，客观的批评一定是以作者的艺术为出发点的。批评就是要区分作品、评判作品，并通过对诗歌中具体文字的考察，帮助读者达到一个对整个作品的整体理解。正如奈茨在《麦克白夫人有几个孩子？》中指出的，好批评家与坏批评家的区别不过在于，好批评家指向作品内部，而坏批评家指向作品之外，将外来因素融入作品欣赏。②

关于奈茨，最后还有一点值得一提。在 80 年代以后，由于新历史主义等带有意识形态和文化研究色彩的批评方法异军突起，奈茨的一部早期著作被重新发现，并被部分莎评史家视为马克思主义莎评和莎评中的"社会—文化"研究的先驱，③ 这就是 1937 年出版的《琼生时代的戏剧与社会》（Drama and Society in the Age of Jonson）。在这本书中，奈茨一反其在《麦克白夫人有几个孩子？》中的形式主义立场，大谈伊丽莎白时代的经济与社会发展情况以及戏剧与社会之间的关系，又一次证明了他对历史学术研究的兴趣和对文学批评与历史学术之间关系的矛盾态度。

三　艾略特与新批评

就在利维斯和奈茨等人在英国提倡形式主义莎评的同时，美国本

---

① L. C. Knights, '*Hamlet' and other Shakespearean Essays*, Cambridge：Cambridge University Press, 1979, pp. 220 – 221.

② L. C. Knights. *Explorations*, New York：George W. Stewart, Publisher, INC, 1947, p. 32.

③ R. S. White. "Shakespeare Criticism in the Twentieth Century", *The Cambridge Companion to Shakespeare*, Margreta De Grazia and Stanley Wells ed. Cambridge：Cambridge UP, 2001, pp. 279 – 96.

土形成的形式主义文论——新批评也在迅速发展。相对于以利维斯为首的《细察》派批评家们，新批评对传统文学批评的改造更加彻底，他们将英美文学研究进一步理论化和体制化，独创了许多专业术语，产生了巨大的影响。新批评派的几位主要成员并没有专门论述莎士比亚的专著，但兰色姆和布鲁克斯等人在不同场合对莎士比亚的评论还是引起了广泛的关注。

不仅如此，作为新批评的重要先驱之一，托·斯·艾略特（T.S. Eliot）也在莎评史上占有一席之地。艾略特虽然不是专业的莎评家或莎士比亚研究者，但他对莎士比亚始终抱有浓厚的兴趣。他不仅为奈特的著名莎评文集《火轮》作序，也曾为巴克和哈里森主编的《莎士比亚研究指南》梳理过早期莎评史，而且更重要的是，艾略特自己有两篇关于莎士比亚的论文非常著名。《哈姆莱特及其问题》（Hamlet and his Problems）一文问世于 1919 年，以当时的批评氛围来看，其观点可谓惊世骇俗，矛头直指余波尚存的浪漫主义莎评；而且正是在这篇论文中，艾略特提出了他那著名的"客观对应物"理论。

自浪漫派莎评以来，《哈姆莱特》一直被认为是莎士比亚的最高成就，20 世纪莎评要发生转向，《哈姆莱特》自然首当其冲，艾略特就是 20 世纪首先向《哈姆莱特》发难的代表性人物。在艾略特看来，之前的浪漫派莎评家都是把自己投射在哈姆莱特这个人物身上，但《哈姆莱特》并不是关于这位王子自己的故事，而是一个由不同的原材料叠加而成的故事。在此文前半部分，艾略特的口吻很像斯托尔，而且他在开篇也确实称赞了斯托尔对改变当时的莎评风气所起的重要作用。在考察了哈姆莱特原故事的变迁以及莎士比亚版本的《哈姆莱特》对原故事的改编之后，艾略特认为莎士比亚的《哈姆莱特》改变了原故事中的许多细节，因而冲淡了原本的复仇动机，将这部戏变成了一个关于母亲的罪过对儿子的影响的剧作，但问题在于，"莎士比亚没能把这一动机成功地融进原先剧作的那些'难以驾驭的’材料中去”。① 也就是说，在这部剧中，作者的许多想表达的东西并不能完全被塑造成艺术，以艺术的形式表现出来，所以许多地方变得让人难以捉摸。因此，哈姆莱特“远非莎士比亚的杰作，而确确实实是一部艺术上失败了的作品”。②

在此基础上，艾略特抛出了他著名的“客观对应物”理论。“用艺术形式表现情感的唯一方法是寻找一个‘客观对应物’；换句话说，是用一系列实物、场景，一连串事件来表达某种特定的情感，要做到最终形式必然是感觉经验的外部事实一旦出现，便能立刻唤起那种情感。”③ 这是一种在成熟的艺术中才有的外界事物与情感的精确对应，而哈姆莱特的问题就在于他的情感无从找到对应物。因此，对于哈姆莱特的延宕等重要问题，艾略特也提出了自己的解释：“哈姆莱特面对的困难是：他的厌恶感是由他的母亲引起的，但他的母亲并不是这种厌恶感的恰当对应物；他的厌恶感包含并超出了她。因而这就成了一种他无法理解的感情；他无法使它客观化，于是只好毒害生命、阻延行动。”④ 进一步讲，由于莎士比亚改变了此剧的复仇主题，从而陷入了一种自己难以处理的两难境地，因为这超出了他力所能及的范围。

在另一篇叫做《莎士比亚和塞内加的斯多葛主义》的论文中，艾略特借莎士比亚来说明作家与作家所处时代的社会思想之间的关系。对这种影响关系的考证是历史主义莎评所采用的最普遍的方法之一，这篇论文的题目会让人觉得这是一篇典型的历史主义莎评论文，但实际上，艾略特从一开始就与历史批评的这种做法撇清了关系：

　　我要提出一个在塞内加的斯多葛主义影响下的莎士比亚来。

---

①　[英] 托·斯·艾略特:《传统与个人才能：艾略特文集·论文》，卞之琳等译，上海译文出版社 2012 年版，第 178 页。

②　同上。

③　同上书，第 180 页。

④　同上书，第 181 页。

不过，我并不认为莎士比亚是受到塞内加的影响的。我之所以这样提出，主要是由于我认为，继蒙田的莎士比亚、继马基雅维里的莎士比亚之后，一个斯多葛主义的，或是塞内加的莎士比亚几乎是会必然地被提出来的。我只是希望在"塞内加的莎士比亚"出现之前，先来做一番消毒工作。这样一来，如果就此防止了他的出现，那么我的野心就算实现了。①

因此，艾略特所关注的并不是塞内加如何影响了莎士比亚，或者莎士比亚是不是信仰塞内加的斯多葛主义。在艾略特看来，莎士比亚的作品体现出塞内加的斯多葛主义是自然而然的事，这只能说明当时社会上流行这种思想，而并不能说明莎士比亚本人具有这种思想。由此艾略特探讨了一个更深刻的问题，那就是诗人是否有自己的思想和作家与传统之间的关系问题。

艾略特认为诗人的任务就是创作诗歌，诗人并不负责思考，"所谓'思考'的诗人，只能说他能够表达跟思想等值的感情。……其实既有精确的感情，也有朦胧的感情。要表达精确的感情，就要像表达精确的思想那样，需要有高度的理智力。"② 诗人写诗只是自己的本分，而诗中反映了某种思想只能说明当时社会上这种思想正在"流通"，恰好被诗人捡到了，成了诗歌的装饰。不难看出，艾略特在这篇文章中的观点与《哈姆莱特及其问题》和他的另一篇著名论文《传统与个人才能》在逻辑上保持一致。在写作那两篇论文时，艾略特的主要目标是浪漫主义批评，因此在对文学传统的看法上他与斯托尔的观点起码在表面上有许多类似的地方，而且他在不同场合对斯托尔的观点也多有赞赏。不过，诗人对文学传统的利用在艾略特这里只是为了说明诗人创作的非个性化和非情感化倾向，而不是像历史主义莎评

① ［英］托·斯·艾略特：《传统与个人才能：艾略特文集·论文》，卞之琳等译，上海译文出版社 2012 年版，第 157 页。
② 同上书，第 166 页。

那样试图回归传统中去寻找诗人创作的真相。艾略特认为诗人并没有思想，只是碰巧反映了一个时代的各种思想碎片，这就与后来的历史主义莎评产生了根本分歧。因此，到了写作《莎士比亚和塞内加的斯多葛主义》的20年代后期，艾略特已经在这些重要问题上与后来的历史主义莎评分道扬镳。于是，《莎士比亚和塞内加的斯多葛主义》这个题目本身也有了戏仿历史主义莎评的味道。

兰色姆是新批评的元老级人物，也是新批评重要的奠基人，布鲁克斯、泰特等人都是其弟子，但兰色姆的观点在新批评中又有其独树一帜的一面。出身美国南方的兰色姆对农业社会有一种乡愁，诗歌是这种乡愁的一个重要组成部分。在兰色姆看来，现代社会强调事物客观、定量、抽象的方面，而忽视其主观、定性、具体的方面，理性与科学已经统治了我们认识这个世界的方式，而诗歌则能够对抗科学，找回科学入侵之前的人类认知方式。"我们生活于其中的这个世界不同于我们在科学话语中所描述的那个世界或者说那些世界，科学世界是生活世界经过了约简，它们不再鲜活，而且易于驾驭。诗歌试图恢复我们通过感知与记忆粗略认识到的那个更丰富多彩也更难驾驭的本原世界。根据这一假定，诗歌提供一种知识，这种知识有着迥然有别于其他知识的本体个性。"[①] 这种对诗歌的认识赋予诗歌一个重要的功能，那就是诗歌能让人重新认识这个世界。为了强调诗歌的这种功能，在《纯属思考推理的文学批评》一文中，兰色姆用一套散文与诗的对立理论说明诗歌的特质，这就是著名的"结构"（structure）与"肌质"（texture）理论。

在兰色姆这里，有一套二元对立的价值体系，其中传统农业社会与现代工业社会、诗歌与散文、文学与科学、结构与肌质都是对立的。结构与肌质的区别也就是诗与散文的区别。不过正如韦勒克所指出的，

①　[美] 约翰·克劳·兰色姆:《新批评》，王腊宝、张哲译，江苏教育出版社2006年版，第192页。

在兰色姆这里，结构 "不是指作为总体或系统而言的语言结构这层意思，而是作为理性论证的意思"，① 用兰色姆自己的话说，结构就是 "诗歌的逻辑核心，或者说诗可以释义而换成另一种说法的部分"，② 它是 "诗的表面上的客体，可以是能用文字表现的任何东西。它可以是一种道德情境，一种热情，一连串思想，一朵花，一片风景，或者一件东西。"③ 而肌质则是附加在这种结构上的成分，是不可被转述的、让诗之所以成为诗的东西。

在论述这两个概念时，兰色姆用了两个比喻，一是将结构和肌质的关系比为政府和公民之间的关系，二是将其比为房子和装饰之间的关系。他认为诗是民主政府，而散文——不管是数学的、科学的、伦理的、还是实用的，则是极权政府。在民主政府中，公民能自由发展自己的性格，而极权政府统治下的公民则只是国家的机能部分。在这个比喻里，政府的行动就是结构，而公民的性格则是肌质。另一个比喻更容易理解，房子的墙就是结构，而装饰则是肌质，"涂抹的东西，糊的纸，挂的画幔，都是肌质部分"。④

在不断阐发这套二元对立理论体系的时候，兰色姆非常喜欢引用莎士比亚来说明问题。在《纯属思考推理的文学批评》中，他就引用莎士比亚来说明结构与肌质的区别。在《麦克白》第一幕第七场，当麦克白夫人提到将邓肯的守卫灌醉时说道，当他们的 "记忆化成一阵烟雾，理智之府变成酿酒之具"，这样的话显然与诗歌的逻辑要义无关，兰色姆指出，这种细节就是诗歌中逻辑要义之外的另一个主体，"这种主体，不存在于纯粹合乎逻辑的散文之中"。⑤ 而在引用了《爱的徒劳》结尾的一首诗之后，兰色姆得出了另一个结论，即 "诗的总

---

① ［美］雷纳·韦勒克：《近代文学批评史》（第六卷），上海译文出版社 2009 年版，第 299 页。
② 赵毅衡选编：《"新批评"文集》，百花文艺出版社 2001 年版，第 94 页。
③ 同上书，第 93 页。
④ 同上书，第 97 页。
⑤ 同上书，第 95 页。

价值，比它各部的价值大。"①

　　虽然兰色姆后来很少再提结构和肌质两个词，但其基本观点不仅没有改变，反而更加深入和细化。1947 年，兰色姆在《肯庸评论》上连载了两篇论文，较为系统地阐释了他的诗学观点，第一篇论文名为《形式分析》（The Formal Analysis），第二篇则名为《目的因》（The Final Cause）。在这两篇重要的论文中，兰色姆用来论证观点的所有例证都出自莎士比亚剧作。因此可以说，莎士比亚作为诗歌语言的典型案例对兰色姆文论体系的构建起到了至关重要的作用，而兰色姆也因此成了一位重要的莎士比亚批评家。

　　在《形式分析》一文中，兰色姆重申了科学与诗的对立，他认为由诗人的直觉、纯真和智慧所保持的，蕴含在诗歌语言中的"人类本质"（human substance）是对抗逻辑和科学的最后防线。在此基础上，兰色姆再次反复强调了诗歌与散文的区别，即诗歌包含不可被转述的元素，诗歌语言不是诉诸逻辑，而是诉诸情感。作为案例，兰色姆在这篇论文里详细分析了《裘力斯·凯撒》第三幕第二场中安东尼的一段公开演讲：

　　　　要是你们有眼泪，现在准备流起来吧。你们都认识这件外套；我记得凯撒第一次穿上它，是在一个夏天的晚上，在他的营帐里，就在他征服纳维人的那一天。瞧！凯歇斯的刀子是从这地方穿过的；瞧那狠心的凯斯卡割开了一道多深的裂口；他所深爱的勃鲁托斯就从这儿刺了一刀进去，当他拔出他那万恶的武器的时候，瞧凯撒的血是怎样汩汩不断地夺门而出，好像急于涌到外面来，想要知道究竟是不是勃鲁托斯在这样无礼地敲门；因为你们知道，勃鲁托斯是凯撒心目中的天使。神啊，请你们判断判断凯撒是多么爱他！这是最无情的一击，因为当尊贵的凯撒看见他行刺的时

────────────

① 赵毅衡选编：《"新批评"文集》，百花文艺出版社 2001 年版，第 105 页。

候，负心，这一柄比叛徒的武器更锋锐的利剑，就一直刺进了他的心脏，那时候他的伟大的心就碎裂了；他的脸给他的外套蒙着，他的血不停地流着，就在庞贝像座之下，伟大的凯撒倒下了。啊！那是一个多么惊人的陨落，我的同胞们；我、你们，我们大家都随着他一起倒下，残酷的叛逆却在我们头上耀武扬威。啊！现在你们流起眼泪来了，我看见你们已经天良发现；这些是真诚的泪滴。①

　　安东尼正是用这段话成功地策反了广场上的听众，让他们从支持勃鲁托斯的刺杀行为变成了反对他。针对这段话，兰色姆专注于其修辞手法所传达的情感效果，几乎是逐字逐句地列出了十点极其细致的解读，为新批评的文本细读方法提供了一个非常好的案例。限于篇幅，我们可以探讨其中比较重要的几点：第一，兰色姆指出，这段话中的"要是你们有眼泪，现在准备流起来吧"和"啊！现在你们流起眼泪来了"形成了前后对应，说明它达到了预期效果；第二，安东尼提到凯撒的外套时成功将其变为了一个"具有本质意义的外套"（substantival mantle），它承载着凯撒的历史功绩，成功激起了听众的情绪；第三，凯撒在多人的攻击下身中数刀毙命，但安东尼将重点集中在其中的三刀，并将其生动地展示给听众；第四，凯撒的血"夺门而出"，想知道是不是勃鲁托斯在敲门，这是很好的隐喻，强化了勃鲁托斯背叛的卑鄙，比仅仅描写流血更富含诗性本质（poetic substance）；第五，"这是最无情（unkindest）的一击"是最简单不过的一句话，但兰色姆认为这句话很有代表性，因为它代表了一类诗句，即那种虽然"可以被当做单纯的逻辑转述来读，但放在具体语境中则变得具有本质意义（substantival）"的诗句。而且作为形容词的 kind（温情的）和作为名词的 kind（种类）在这里合二为一，因为变得无情（un-

---

① 译文有改动。

kind）正是变成了不能同情自己同类的怪物。于是，这个词也包含了下面的"负心"（ingratitude）一词。①

通过这些解读，兰色姆令人信服地展示了诗歌语言的魅力与效果。而《目的因》一文中，兰色姆再次总结了安东尼的演讲，认为其包含着一连串的"本质意义上的客体"（substantival object），正是这些客体激起了听众强烈的情感，而情感则在一种修辞模式中起作用，与"思维工作"（thought-work）② 是对立的，甚至能够毁灭"思维工作"。但是，人类的情感并不一定都是这样宏伟崇高且具有毁灭性的，而是可以与诗歌的客体融为一体的。为了说明这一点，兰色姆又引用了《仲夏夜之梦》第二幕第一场中奥布朗的一段话进行了分析。随后他又抛出了一个新的概念，即"珍贵客体"（precious object），并以此代替了之前一再提及的"本质意义上的客体"。"不管我们对本质意义上的客体的反应是宏伟的激情还是节制的甚至是随意的情感，对我们来说它们都占据了一个位置，我用'珍贵客体'这个称呼来暗示这种位置。"③ 不难看出，"珍贵客体"与兰色姆之前所说的"肌质"有异曲同工的地方。正如肌质与结构相对立，珍贵客体与具体客体（specific object）相对立。珍贵客体是"被爱"的，不同于普通客体的"被使用"。但此时的兰色姆似乎倾向于认为，珍贵客体并不是诗歌语言的唯一实践方式，越好的诗人能够越少地使用"珍贵客体"，因为他们可以将摆脱它，随时随地地触及人类的本质。在这里兰色姆试图用《哈姆莱特》第四幕第五场克劳狄斯的一段话说明这一问题，不过限于篇幅，我们不再详细讨论。作为诗人出身的批评家，尽管对许多概念的使用比较随意，但兰色姆还是用莎士比亚作为例证讨论了文学批

① John Crowe Ransom. "The Formal Analysis", *The Kenyon Review*, Vol. 9, No. 3 (Summer, 1947), pp. 449 – 455.

② 兰色姆在这里对概念的使用非常随意和混乱，根据后面的行文来看，thought-work 即是他之前所讲的结构，而 substantival object 和后来提到的 precious object 则大致相当于于肌质。

③ John Crowe Ransom. "The Final Cause", *The Kenyon Review*, Vol. 9, No. 4 (Autumn, 1947), p. 643.

评中的一些基本问题，为新批评乃至形式主义文论的发展开辟了道路。

在新批评的另一位主将克林斯·布鲁克斯（Cleanth Brooks，1906—1994）的代表作《精致的瓮》（The Well Wrought Urn，1947）中，有一篇名为《赤裸的婴儿与男子的斗篷》（The Naked Babe and the Cloak of Manliness）的长文，这篇文章分析了《麦克白》中的象征性意象，不仅代表了布鲁克斯本人的水平，也堪称美国新批评派在文学批评实践中的典范之一，此文也自然成了莎评史中的名篇。在这篇文章里布鲁克斯充分体现了他的文本细读的功力，证明了新批评的方法完全可以胜任对莎士比亚这样的文艺复兴大诗人的解读。下面我们就仔细考察一下布鲁克斯是如何做到这点的。

布鲁克斯首先指出了《麦克白》中的两个非常难以解释的意象。一个是第一幕第七场，麦克白在开场的独白中表达他行凶的疑虑时提到，邓肯的美德会带来人们对他的怜悯，而这"怜悯像一个赤身裸体在狂风中飘游的婴儿，又像一个御气而行的天婴（cherubin）。"赤身裸体的婴儿在风中游走，这个意象完全让人摸不着头脑。正如布鲁克斯所说："这个婴儿是自然的还是超自然的———一个平凡、无助的新生儿，当然连蹒跚行走都不会，怎么谈得上在疾风中阔步呢？难道他是能在疾风中阔步的小赫拉克勒斯吗？但是，既然他有力量，而非柔弱无助，怎么可能成为典型的受怜悯的人呢？"①

还有一个意象也同样使人困惑。在第二幕第三场麦克白描述邓肯之死的惨状时说："这儿躺着邓肯，他的白银的皮肤上镶着一缕缕黄金的宝血，他的创巨痛深的伤痕张开了裂口，像是一道道毁灭的门户；那边站着这两个凶手，身上浸润着他们罪恶的颜色，他们的刀上凝结着刺目的血块。"且不说"黄金的血"如何奇特，这里还有一个汉语翻译无论如何都表达不出来的双关语意象，"他们的刀上凝结着血块"

① ［美］克林斯·布鲁克斯：《精致的瓮：诗歌结构研究》，郭乙瑶等译，上海人民出版社2008年版，第29页。

的原文为 their daggers unmannerly breech'd with gore，breech 意为给…穿上裤子，而 gore 既有"淤血"也有"布"的意思。于是，刀上凝结着血块同时也有了给刀穿裤子的意义。给刀穿裤子是指给刀上鞘么？但刀入鞘和穿裤子之间的类比却并不算高明。而且作为一个双关语，上鞘的刀怎么看出沾满了淤血呢？

那么莎士比亚通过这样的意象到底要表达什么？布鲁克斯认为："整个问题的关键在于莎士比亚的意象与剧作的整体结构之间的关系。"① 因为这两个意象都是"更宏大的象征"的一部分。为什么有更大的象征？因为给刀穿裤子的意象是不断重复的衣服意象之一，而婴儿的意象在《麦克白》里也是多次出现。

我们先来看衣服的意象。上面提到过，在考察莎士比亚悲剧中的意象时，斯珀津讨论了《麦克白》中的衣服意象，她认为不合身的衣服体现了麦克白的可悲与滑稽。布鲁克斯显然受到了斯珀津的启发，但他并不认同斯珀津的结论。他认为衣服意象的关键并不在于合身不合身，而在于麦克白偷窃了并不属于自己的衣服。

刚开始时，班柯评价麦克白道："新的尊荣加在他的身上，就像我们穿上新衣服一样，在没有穿惯以前，总觉得有些不大适合身材。"（第一幕第三场）虽然没有穿惯，但这个新衣服是麦克白自己的，是他靠自己的双手挣来的。但麦克白并不满足于此，野心使他觊觎别人的衣服。所以，当在麦克白面对罪恶退缩时，麦克白夫人时说道："莫非希望被你揣在衣服里灌醉了么？"② 这就预示着他的野心最终必会使他抛弃自己的衣服，穿上邓肯的衣服。

不仅如此，布鲁克斯还指出，与衣服意象相联系的还有一系列关于遮盖的意象，比如麦克白夫人在第一幕第五场请黑夜和浓烟掩盖自

_____

① ［美］克林斯·布鲁克斯：《精致的瓮：诗歌结构研究》，郭乙瑶等译，上海人民出版社 2008 年版，第 31—32 页。

② 原文为：Was the hope drunk, Wherein you dress'd yourself? 朱生豪先生译为：难道你把自己沉浸在里面的那种希望，只是醉后的妄想吗？并没有译出衣服意象。

己的罪恶，这种关联关系使衣服意象本身也具有了掩盖的象征意义。所以，当邓肯被杀后，麦克白说"让我们赶快穿上男人的衣服（manly readiness）"（第二幕第三场）时，意味着他急于用伪装的忠诚与悲伤掩盖自己的恐惧。

现在，反观那个"凝结着血块的匕首"的意象就不难理解了，因为它是不断出现的衣服意象的一个变体。当麦克白和列诺克斯进入房间看到沾满血的匕首时，它就像穿着一个红色的短裤。"它们不是诚实的匕首，光荣亮相守护国王，或是'谦恭地'躲在鞘中。可是，它们的伪装会使麦克白穿上邓肯的衣服——他没有资格穿上这使他显得怪异的礼服，就像这匕首不配套上这忠诚的外套一样。"①

不能不承认，布鲁克斯的这一论述过程是十分有说服力的。如果沿着这一思路阅读文本，我们甚至会发现更多能够证明这个观点的衣服意象。比如第二幕第四场，麦克德夫在提到麦克白即将当国王时说道："怕只怕我们的新衣服不及旧衣服舒服哩！"看到这样直白的，但却被斯珀津和布鲁克斯都忽略的意象，不得不承认莎士比亚在其作品中很可能是在有意地使用象征性意象。

下面我们再看婴儿意象。麦克白虽然杀死了邓肯而篡位成功，但受女巫的预言所困扰，相信自己注定要将王位让给班柯的子孙，这就意味着麦克白还不能掌握自己的未来，他冒着巨大代价犯下的弑君之罪却只能造福于班柯的后代。所以麦克白想要的不仅仅是一个王冠，而且还是一个王朝。在布鲁克斯看来，这个人物之所以能够成为悲剧主人公，正是因为他有这种征服未来的企图，"这种企图使他像俄狄浦斯那样不顾一切地与命运抗衡。正是因为这样，就算他堕落成一个嗜血的暴君，成了杀害麦克德夫妻儿的刽子手，也仍然能够赢得我们想象的同情。"② 理解了这一点，就为我们进一步理解婴儿的意象奠定

① ［美］克林斯·布鲁克斯：《精致的瓮：诗歌结构研究》，郭乙瑶等译，上海人民出版社2008年版，第38页。

② 同上书，第39页。

了基础。因为婴儿就是未来的象征。"婴儿象征着麦克白想掌控但又控制不了的未来。"① 所以婴儿在本剧中多次出现都与这种象征有关。

如果这样解读的话，那么此剧中最著名的一个婴儿意象——也就是许金借以论述莎剧中的不一致、奈茨又借以抨击布拉德雷的麦克白夫人的孩子的意象——也就有了反讽的效果。麦克白夫人说如果自己发了毒誓，就是要砸碎自己婴儿的脑袋也在所不惜，布鲁克斯对此评论道："当我们意识到莎士比亚对不可预料的未来和人类的怜悯运用了同一个象征时，麦克白夫人在全剧开始时发表的那些伟大演说倒成了极好的反讽。她愿意不惜一切抓住未来：如果她的孩子阻挡了通往未来的路，她甘愿摔碎它的脑袋。但这是在拒绝未来，因为孩子就是未来的象征。"②

最后，布鲁克斯将婴儿的意象和衣服的意象联系在了一起总结道：

"用衣服包裹的刀与赤裸的婴儿——机械与生命——工具与结果——死与生——一个本该是袒露在外的、干净的东西，另一个本该是被衣服包裹的、得到温暖的生命——这就是贯通全剧的两个伟大的象征。……在它们——赤裸的婴儿，基本的人性，被剥去全部外表赤裸的人性，然而又像未来那样变化无穷的人性——和人类假借的各色服饰，荣誉的战袍，伪善的幌子，麦克白极力用来遮掩其本性的无人性的'男性气质'——之间，所有这些象征都给莎士比亚提供了最微妙、最具反讽效力的工具。"③

衣服和婴儿意象之所以能够联系在一起，是因为经过布鲁克斯的解读，两者之间的对比产生了巨大的反讽效果。在这里我们已经接触

---

① ［美］克林斯·布鲁克斯：《精致的瓮：诗歌结构研究》，郭乙瑶等译，上海人民出版社2008年版，第43页。
② 同上书，第44页。
③ 同上书，第47页。

到了布鲁克斯的两个重要术语，那就是悖论和反讽。在布鲁克斯看来，诗歌是一个有机整体，而诗歌语言不同于其他语言的特点就在于它用隐喻说话，而隐喻的悖论会产生反讽的效果。简言之，反讽就是一种由诗歌语境所造成的矛盾。对反讽的讨论是布鲁克斯对新批评理论的一大贡献，而他对莎剧中反讽元素的发现则是对莎评史的一大贡献。

在这里我们不妨进一步探讨一下莎剧中的象征问题。对莎剧象征意义的解读是形式主义莎评的重要方法，我们将要在奈特那里继续见证这一点，布鲁克斯的解读更进一步佐证了象征的重要性。由于布鲁克斯的这篇莎评影响很大，激起了当时已经身为老一辈莎评家的斯托尔的反驳，后者于1947年专门发表了《莎士比亚中的象征》（Symbolism in Shakespeare）一文批驳布鲁克斯。这篇论文在某种程度上体现了当时莎评界两种不同阵营间的对立。斯托尔坚持认为莎剧是写给观众看的戏剧，不是给一少部分批评家拿来分析把玩的；而且他依旧从作者意图出发，在此文中指出："莎士比亚剧中，抑或整个伊丽莎白时代戏剧中我都不知道有像现代象征主义的那种东西——就像丁尼生的《尤利西斯》或易卜生的《建筑师》中的那样，既指所言之物，又暗指其他东西。我曾多次试图指出，这种象征在莎士比亚剧中几乎没有。"①

我们不知道布鲁克斯有没有看到斯托尔的这篇文章，也不知道他是如何回应的，但韦勒克在评价斯托尔时所说的话可以视为对布鲁克斯最好的辩护："文本就是一个文本，后代有权发现其中的新的意义，只要能够证明文本里包含这些新的意义。"② 虽然莎士比亚本人可能根本没有想到自己的作品会得到如此深入的解读，但布鲁克斯成功地证明了文本中确实存在这些新的意义。

---

① Elmer Edgar Stoll. "Symbolism in Shakespeare", *The Modern Language Review*, Vol. 42, No. 1 (Jan., 1947), p. 11.

② ［美］韦勒克：《近代文学批评史》（第六卷），杨自伍译，上海译文出版社2005年版，第321页。

第三节　从象征到原型

我们知道，戏剧本来就起源于仪式。在 20 世纪初，由于人类学的发展影响到了文学研究，文学研究者也重新开始关注文学中的仪式元素。首先被人类学影响的自然是古典学研究，其实早在 1914 年，古典学家吉尔伯特·默里（Gilbert Murry，1866—1957）就在英国国家学术院做了一次名为《哈姆莱特与俄瑞斯忒斯》（Hamlet and Orestes）① 的莎士比亚年度演讲，② 由此将戏剧中的仪式元素带入了莎学界。

另一方面，荣格的原型心理学也成为后来的原型批评的重要思想来源。在人类学和原型心理学的影响下，50 年代出现了最能代表原型批评成就的加拿大批评家弗莱。作为原型批评的代表人物，弗莱对莎士比亚的研究也在莎评史上产生了深远的影响，本节我们就会关注作为莎评家的弗莱。此外，20 世纪的大莎评家乔治·威尔逊·奈特的观点也值得讨论，他才华横溢而又天马行空般的评论涉及了大量的神话仪式元素，在某些方面还预示了后来弗莱的发展方向，以至于有些学者也将其视为原型主义批评的一位重要人物。

一　奈特

乔治·威尔逊·奈特（George Wilson Knight，1897—1985），20 世纪最有才华和最多产的莎评家之一，同时也是一位莎剧演员和导演，并先后在包括牛津大学、多伦多大学和利兹大学在内的多所大学执教。

继 1929 年出版莎评小册子《神话与神迹》（Myth and Miracle，后

---

① 此文分为两部分，1914 年单独出版，后来又被收入默里的文集《古典诗歌传统》（The Classical Tradition of Poetry，1927）一书，其中的第二部分被译成中文后收入叶舒宪主编的《神话——原型批评》一书。

② 在 20 世纪上半叶，英国国家学术院（The Britain Academy）的莎士比亚年度演讲（The Annual Shakespeare Lecture）影响很大，演讲内容都会作为小册子单独出版。前面提到的许金、奈茨、多佛·威尔逊和斯珀津等许多著名莎评家都曾做过此演讲。

收入《生命之冠》一书）之后，奈特就开始以惊人的速度出版大量的莎评专著。《火轮》（The Wheel of Fire）① 出版于 1930 年，产生了巨大的影响，是奈特的代表作。但此后他又陆续出版了《帝国主题》（The Imperial Theme，1931）、《莎士比亚的暴风雨》（Shakespearian Tempest，1932）、《莎士比亚的演出原则》（Principles of Shakespearian Production，1936）、《生命之冠》（The Crown of Life，1946）、《国之花》（The Sovereign Flower，1958）、《莎士比亚与宗教》（Shakespeare and Religion，1967）等等一系列专著。

奈特的莎评影响非常大，其中最有影响的是他对传奇剧和悲剧的评论，另外他对《特洛伊罗斯与克瑞西达》这样的问题剧和所谓的罗马剧的评论也有独到之处，改变了这些剧作长期处于批评家们注意力边缘的情况。在这里我们先通过其代表作《火轮》来了解一下奈特莎评的基本立场和主要特点。

在《火轮》一书的第一篇文章《论莎士比亚诠释的原则》（On the Principles of Shakespeare Interpretation）里，奈特阐述了他所理解的莎士比亚批评的基本原则。首先他指出了批评与诠释这两种文学研究方法之间的区别。"'批评'指的是有意将作品对象化的一个特定过程。批评会将这部作品和其他相似的作品做比较，以说明它本身的优缺点，挑出优点指明缺点，最后，还会对其价值给出一个判断。相反，'诠释'倾向于融入它所分析的作品。它会试图从作品本身的性质出发理解作品，如果提到了外部事物，也只是为了有助于理解；它回避价值判断，它的存在完全依赖于其对象的价值。"② 奈特对于批评的这个判断还是比较准确的，传统文学批评自 19 世纪以来就是建立在比较优劣与评判价值的基础上的。奈特将自己的莎评定义为诠释而非批评，

---

① "火轮"一词出自《李尔王》第四幕第七场，李尔王对考狄利娅说：Upon a wheel of fire, that mine own tears, Do scald like molten lead.

② George Wilson Knight. *The Wheel of Fire: Interpretation of Shakespeare's Tragedy*, Cleveland: The World Publishing Company, 1957, p. 3.

在这里我们看到的是他对超越这种传统批评束缚的渴望。

但是,奈特对批评与诠释的区分虽然有名,却并不新鲜。19 世纪的莎评家莫尔顿（R. G. Moulton）在著名的《作为戏剧艺术家的莎士比亚》（Shakespeare as a Dramatic Artist）一书中有类似的区分①。进入 20 世纪后,美国批评家佩里（Bliss Perry）和伍德伯瑞（George Woodberry）也认为批评可以分为诠释的（interpretative）、判断的（judicial）和欣赏的（appreciative）三种②。而且奈特自己也承认,这个区分并不是绝对的,严格的区分也是不可能的。"在实践中,这两种方法离开了对方都不会单独存在,或只能以某种综合的形式存在。大部分的文学评论追求的是批评和诠释之间的中间路线。"③ 换句话说,批评本来就离不开诠释,诠释本身就是文学批评的一个有机组成部分。

不过在区分了诠释与批评的基础上,奈特进一步区分了莎评中的空间方法和时间方法。这个区分要比诠释和批评的区分更加重要。所谓的时间方法,就是按时间顺序考察故事、注意其中的逻辑联系,奈特认为这是一种很自然的分析方法。但是,一部文学作品在我们的头脑里既是时间的也是空间的。也就是说,在作为时间的故事情节等元素之外,莎剧中还有一套彼此相互联系的对应关系。用奈特的话讲,这套对应关系就是戏剧的氛围,是一种"无所不在的神秘现实无声无息地徘徊在整部剧中"④。这种氛围可以看做是戏剧从空间上展开的一个平面,而不仅仅是时间的线性发展。从空间上去解读莎剧,有助于我们更全面地理解莎剧。而且,从空间上考察也就意味着去考察意象、

---

① 在这本书中莫尔顿区分了两种文学批评,一种是法官式的,一种是调查员式的,前一种是文学品味批评,后一种则是莫尔顿本人赞成的,建立在科学研究基础上的归纳法批评（inductive criticism）。见 Shakespeare as a Dramatic Artist（1893）,第 3 页。

② A. Walton Litz, Louis Menand, and Lawrence Rainey eds. *The Cambridge History of Literary Criticism volume* 7: *Modernism and the New Criticism*, Cambridge: Cambridge University Press, 2008, p. 289.

③ George Wilson Knight. *The Wheel of Fire*: *Interpretation of Shakespeare's Tragedy*, Cleveland: The World Publishing Company, 1957, p. 3.

④ Ibid., pp. 4 – 5.

主题、象征等形式方面的元素，而不是情节和人物性格的发展。从这方面考察，人物甚至不能被看做有血有肉的人，而是诗歌想象里的"纯粹象征"。

在这些基本认识下，奈特为他的莎士比亚评论定下了四条基本原则：

首先，应该把莎剧视为一个有自身原则的有机整体，遵循以我们自己对莎剧的想象性反应，而不应将莎剧视为现实或常识的反映；其次，要发现莎剧中的"时间"元素和"空间"元素。对于某一事件或台词，应将其归纳为故事情节之类的时间元素或氛围这样的空间元素。在空间方法的考察中，应该视全剧为一个扩大了的隐喻（an expanded metaphor）；再次，应该分析莎剧中的"直接诗歌象征"（direct poetic symbolism）的意义和用法；最后，要考察"莎士比亚的发展"（the Shakespeare Progress）。奈特认为从《凯撒》到《暴风雨》的一系列莎剧体现了莎士比亚个人精神的发展，并一直试图将这些莎剧纳入一个统一的视野，展现这个发展过程。

要知道，奈特提出这些批评原则时是 1930 年，这时的奈茨还没有写出形式主义莎评的宣言《麦克白夫人有几个孩子？》，斯珀津此时也只是刚开始发表一些讨论意象的论文，《莎士比亚的意象及其意义》一书要到五年以后才能面世。这就使奈特成了重视各种形式因素的新的莎评方法的先驱。更加难能可贵的是，奈特始终认为莎剧是一个有机体，从一开始就坚持了有机整体论，而这正是许多形式主义莎评家们所忽略的。从这些原则我们可以清楚地看出奈特是一位有意识地反对批评传统的、有个性的莎评家。在评论具体剧作时，奈特也常常带有些随意性，对许多问题往往有惊人之语。这一点在他评论《哈姆莱特》时得到了最完整的体现。

根据奈特的看法，在很多莎剧中，时间元素和空间元素是完美融合的，但莎士比亚在《哈姆莱特》中则没有这样做。"《哈姆莱特》中，空间元素被局限在哈姆莱特和鬼魂身上，两者都和他们的环境相对立:于是整体上剧中缺少一种统一性,解读就变得困难,难以令人满意。"①《火轮》中的《死亡使者》(The Embassy of Death)一文就是奈特对这种解读的一次成功的尝试。奈特在这篇论文中试图证明:哈姆莱特的灵魂是病态的,克劳狄斯则是一个公正的、有人性的、有能力的国王。不仅如此,哈姆莱特的病态是传染性的,最后是他否定一切的病态精神给一个健康欢乐的丹麦带来了致命的打击。简言之,此剧的主题是死亡,而哈姆莱特就是只看地狱不看天堂的死亡使者。

这个说法难免会和大部分人对《哈姆莱特》的印象发生冲突,但奈特指出,如果只是看剧中人物的行为和反应,而不考虑善与恶的因素,不考虑责任和因果报应等观念,就会认同这种看法。不考虑善恶的道德因素,这也是诠释方法不同于传统批评的价值判断的表现。

在哈姆莱特刚出场的时候,父亲的死和母亲的改嫁就已经使他变成了一个唉声叹气、内心痛苦的王子,此时的哈姆莱特已经失去了生活的目标和意义。但是,从死亡国度回来的鬼魂给他带来了事实的真相和复仇的重任。"于是,此剧的特殊性质就在于:一个病态的灵魂被赋予了治愈、清理、创造和谐的任务。但是,善不可能从恶中来,我们看到的是哈姆莱特的病态灵魂传染给整个国家,他的精神崩溃传播开来,使国家分崩离析。"②

这时还有一根救命的稻草能够拯救哈姆莱特,这就是奥菲利娅的爱。"但这个希望也被从他身边剥夺。奥菲利娅遵从父亲,拒绝了他的信,也不见他。这和鬼魂将真相的重担压在他的肩上同时发生。"③多重打击使哈姆莱特的精神终于崩溃。奈特认为哈姆莱特的癫狂至少有三次是真的精神崩溃,奥菲利娅拒绝他时是第一次,第二次在第三幕第一场与奥菲利娅相见时,第三次则是与雷欧提斯一同面对奥菲利

---

① George Wilson Knight. *The Wheel of Fire: Interpretation of Shakespeare's Tragedy*, Cleveland: The World Publishing Company, 1957, p. 5.

② Ibid. , p. 20.

③ Ibid.

娅的遗体时。除了这三次精神失控，哈姆莱特的其他不正常行为都可
以解释为他的病态的忧郁和玩世不恭（cynicism）。

　　哈姆莱特的病态其实就是精神上的死亡，其症状包括对死亡的恐
惧和对生命的厌恶；感觉到自然事物的肮脏与邪恶；对人的身体也感
到厌恶；不过最主要的，是玩世不恭和充满仇恨。哈姆莱特的残酷、
延宕、粗俗的幽默和莫名其妙的对白都与他的病态有关。在把爱情和
性之间画等号之后，他对待奥菲利娅和王后都变得残忍，在剧末时他
甚至像伊阿古一样有了一种恶魔般的快感。

　　但是，与《李尔王》和《麦克白》这样的悲剧不同的是，虽然
《哈姆莱特》的主题是死亡，而且死亡在此剧中也随处可见，但全剧
并不像前两剧一样弥漫着黑暗与邪恶。这是因为在《李尔王》与《麦
克白》中，全剧的氛围与主人公的精神世界一致，形成了彼此强化的
关系；而《哈姆莱特》则不同，死亡虽常见，但并未进入其他人物的
意识之中，他的背景是一个有活力的、健康的、和善的国家。哈姆莱
特出现在这样的背景中，就成了"在生命间穿行的死亡使者"。[1]

　　那么哈姆莱特处在一个什么样的氛围中呢？如果只看文本所提供
的证据，那么克劳狄斯并不是一个坏国王。首先，他是一个和蔼的叔
父，在哈姆莱特郁郁寡欢的时候他安慰道："嘿！那是对上天的罪戾，
对死者的罪戾，也是违反人情的罪戾；在理智上它是完全荒谬的，因
为从第一个死了的父亲起，直到今天死去的最后一个父亲为止，理智
永远在呼喊，'这是无可避免的'。我请你抛弃这种无益的悲伤，把我
当作你的父亲；因为我要让全世界知道，你是王位的直接的继承者，
我要给你的尊荣和恩宠，不亚于一个最慈爱的父亲之于他的儿子。"
（第一幕第二场）奈特认为，克劳狄斯在这里是试图用人性的常识来
感化非人性的、已经弃绝一切的哈姆莱特，所以也注定不会成功。其

---

①　George Wilson Knight. *The Wheel of Fire*: *Interpretation of Shakespeare's Tragedy*, Cleveland: The World Publishing Company, 1957, p. 32.

次,克劳狄斯还是一个杰出的外交家,这也可以在文本中找到证据。第一幕第二场时克劳狄斯给挪威国王写信,很冷静地处理了福丁布拉斯的威胁,随后在使者从挪威回来之后,他说道:"你们远道跋涉,不辱使命,很是劳苦了,先去休息休息,今天晚上我们还要在一起欢宴。欢迎你们回来!"(第二幕第二场)这不仅体现了他对待下属的人性化,也说明了此时丹麦的欢乐气氛。

于是,这一切都使得一身黑袍象征死亡的哈姆莱特跟他所处的环境形成了鲜明的对比,"他(国王)是非常人性化的,而这正是哈姆莱特所缺少的。哈姆莱特是非人性的(inhuman),他已经看透了人性。这种非人性的玩世不恭,虽然是一种个人责任并且事出有因,但却是致命和有害的。"①

在这样对比了哈姆莱特与克劳狄斯之后,奈特又展示了其批评中天马行空的一面。他认为与其说哈姆莱特是非人(inhuman),不如说是尼采意义上的超人(superhuman)②,而且哈姆莱特的这个特点和陀思妥耶夫斯基笔下的斯塔夫罗金很像,因为两人都执着于死亡,不被人理解,但同时又被周围的人所惧怕。总之,《哈姆莱特》的主题就是死亡,这在鬼魂刚出现的时候就已经注定了。鬼魂本身就是恶兆的开始,从此死亡便笼罩在健康欢乐的丹麦上空,直至最后剧中人物几乎全部死在舞台上。

如果我们单看奈特对哈姆莱特精神状态的分析,会发现他并不比布拉德雷等传统批评家们高明多少,但他的可贵之处在于进一步将哈姆莱特的精神视为一种死亡的象征,并将其放入全剧的氛围中去考察,这就是奈特对《哈姆莱特》评论最大的贡献。至于哈姆莱特是超人的说法,虽然也体现了奈特的独创性,但同时也反映了他的另一个特点,

①　George Wilson Knight. *The Wheel of Fire*: *Interpretation of Shakespeare's Tragedy*, Cleveland: The World Publishing Company, 1957, p. 38.

②　1947 年奈特在新版《火轮》一书的最后又加了一篇《再论〈哈姆莱特〉》(Hamlet Reconsidered),进一步发展了"哈姆莱特是尼采意义上的、超越道德的超人"这一观点。

那就是在解释作品时稍显随意的个人发挥，这一点在《火轮》中也是随处可见。

在奈特看来，《哈姆莱特》中的克劳狄斯等人所代表的生命与哈姆莱特所代表的否定原则之间的对立具有重要意义。在其整个莎评生涯中，奈特也像克勒门等批评家一样，执着于用"莎士比亚的发展"这一观念建立一种能够将大部分莎剧串联在一起的解读模式。在这一过程中，奈特找到了仇恨主题（hate theme）这个贯穿莎士比亚悲剧情节的结构原则。所以《哈姆莱特》中的对立体现的是一个更为宏大的结构性对立，这一对立从问题剧①中开始出现，在后来的许多莎剧——尤其是悲剧——中一再被重复。

仇恨主题，即爱的幻灭或由爱转恨是所有这些莎剧共同的主题。在《火轮》中的《象征性的典型》（Symbolic Personification）一文中，奈特把《奥赛罗》和《雅典的泰门》视为仇恨主题的典型。"在这两个剧中，热烈的爱被不同的手段猛烈地从其所爱的对象撕裂开，而两位主人公都随着自己的爱走向死亡。《泰门》实际上解释了《奥赛罗》的意义：它宣告在存在着嫉恨人世的哲学和产生这种哲学的现实基础的世界上，让任何有限的象征承受无限的爱都是不可能的。"② 奈特发现，许多莎剧情节中有一种固定的模式，那就是剧中必有一个高贵的主人公爱着被爱的人，而同时有一个恨世者与主人公和被爱的人作对。这三个人物可以概括为三种象征，即崇高的人类、精神之爱的最高价

---

① 莎士比亚的问题剧由 F. S. Boas 于 1896 年首次提出，问题剧这个提法显然受到了当时流行的易卜生的现实主义戏剧的影响。Boas 的讨论包括了《哈姆莱特》，后来蒂利亚德讨论问题剧时也把《哈姆莱特》纳入其中，但一般认为问题剧包括三个剧作：《终成眷属》、《特洛伊罗斯与克瑞西达》和《一报还一报》。这三个剧作有时又被称为莎士比亚的"问题喜剧"或"黑喜剧"（dark comedies）。许多批评家认为这几部剧作标志着莎士比亚戏剧兴趣的转移，开始转向悲剧创作。关于问题剧最有影响的研究是 1931 年劳伦斯（W. W. Lawrence）出版的《莎士比亚的问题喜剧》（Shakespeare's Problem Comedies）一书，蒂利亚德、诺斯罗普·弗莱等人都有专门讨论问题剧的著作。

② ［英］奈特：《象征性的典型》，见杨周翰编选《莎士比亚评论汇编》（下），中国社会科学出版社 1981 年版，第 384 页。

值和嫉恨人世者,这三种象征还可以进一步解读为:"慷慨豪爽的主人公最终变成了人类;反面人物,即嫉恨人世的角色,变成了魔鬼,变成了歌德笔下的否定的精神;而可爱的人物变成了神明的原则,变成了但丁的碧特丽斯。"① 这几种象征关系有时以语言和哲思来表现,比如《雅典的泰门》,其中泰门是崇高的主人公、整个雅典人民是精神之爱的最高价值、而艾帕曼特斯是嫉恨人世者;有时则主要通过戏剧行动来表现,比如《奥赛罗》,其中对应的人物为奥赛罗、苔丝狄蒙娜和伊阿古。相对而言,《奥赛罗》更加个性化,是具体化的人物象征;《雅典的泰门》则更普遍化和哲学化,推动情节的不是行动与事件,而是人性中互相作用的品质和思想。

除了《奥赛罗》和《雅典的泰门》,其他莎剧中也可以找到类似的人物结构关系,比如在《特洛伊罗斯与克瑞西达》中,崇高的人类、精神之爱的最高价值和嫉恨人世者三种象征分别体现在特洛伊罗斯、克瑞西达、忒耳西忒斯三人身上;在《一报还一报》中,是公爵、依莎贝拉、路西奥;在《李尔王》中,则是李尔、考迪利娅、爱德蒙;这以后,虽然人物三角关系不一定出现,但仇恨主题多多少少都会出现在莎士比亚的创作中,比如《哈姆莱特》中也有仇恨主题,但是却没有一个完整的人物三角结构。因为从某种意义上讲,哈姆莱特本身既是英雄又是魔鬼,既是象征崇高人类的主人公又是愤世嫉俗的恨世者,一人兼顾了这两个功能,这是哈姆莱特这个人物显得十分出众的主要原因。这一时期的莎剧中只有《麦克白》不属于这一模式,《麦克白》的主题不是仇恨,而是邪恶(theme of evil)。到了后来的《辛白林》,人物的三角关系再次完整地出现,波塞摩斯、伊摩琴、阿埃基摩分别是其代表人物。而在最后的《暴风雨》中,主人公普洛斯彼罗同时控制了精灵爱丽儿和丑陋恨世的怪物凯列班,为这三种人

---

① [英]奈特:《象征性的典型》,见杨周翰编选《莎士比亚评论汇编》(下),中国社会科学出版社1981年版,第390页。

物的关系画上一个完美的句号。

不过奈特的雄心壮志并没有停留在仇恨与邪恶的主题上，他还要寻找一种能够涵盖所有莎剧的象征原则。这个原则就是贯穿所有莎剧的暴风雨和音乐的对立。早在最早的《神话与神迹》一书中，奈特就已经发现了这一象征性对立，但在《莎士比亚的暴风雨》一书中，奈特对这一对立原则做了完整的阐释：

> （暴风雨）与音乐形成对立，从而构成莎剧唯一的统一原则。"人物塑造"、情节、诗律，甚至典型的"价值"，都会发生变化；剧本可以是悲剧、历史剧、喜剧或田园剧，可以轻松如普劳图斯，也可以沉重如塞内加，但却都是围绕这同一个中枢旋转的。①

暴风雨是莎士比亚对混乱与冲突的直觉，而音乐则是他对爱与和谐的直觉，这两种直觉是莎剧的根本所在。对于莎士比亚的这种直觉，不应该从故事来源等学术研究中探求其意义，而应该以与剧作家一样的想象力和直觉去理解。"直觉"（intuition）在奈特这里是一个很重要的概念，他认为在莎剧中，心理与伦理之外的东西才是诗歌带给我们快乐的根源。我们凭直觉来接受诗歌，但很快又会遗忘这种快乐，因为这不是用我们的常识和理智能够分析的。同样的道理，暴风雨和音乐可以被认为象征着宇宙中的善与恶、生与死、混沌与秩序之间的斗争，但却不能用"秩序"和"非秩序"这类理性的字眼，而只能用"暴风雨"和"音乐"这两个具体意象来说明，因为伟大诗人的作品一定是诗歌的，而不是哲学的。

奈特的莎评有倾向于浪漫主义的一面，强调想象力是欣赏的基础；而且他还说："诗歌是一个谜。"② 这种对文学的认识我们在布拉德雷

---

① George Wilson Knight. *The Shakespearian Tempest*, London: Methuen & Co. Ltd, 1953, p. 6.

② Ibid., p. 11.

那里似曾相识。同时奈特也认为,要理解诗歌之谜,就要通过解读莎剧中的"谜一般的象征"来实现,但象征的意义是无穷的。"我们最终只能说,象征具有一种动态的关系:它接收力,又把力传播出去。"① 拿莎剧中的大海意象来说,只有在解释它时,它才是一个象征。可以说,对象征的解读构成了奈特莎评实践的基石。正是象征的无限延伸性赋予了奈特的评论充沛的活力和感染力。另外,奈特喜欢用二元对立方法来总结莎剧中的象征。二元对立方法也是典型的形式主义和结构主义方法,它使文学作品能够在自身内部完成意义的生产,从而走向自给自足的有机整体。

　　奈特虽然在莎评家的圈子中独来独往,任由其个人才华倾注在莎士比亚作品的各个角落,但他对莎评史的发展却产生了巨大的影响。他对莎剧中象征的解读启发了包括奈茨在内的许多批评家;他提出的"空间"方法正是一切形式主义文学批评的基本特征;他对传奇剧以及《雅典的泰门》、《一报还一报》等剧的研究大大提升了它们的地位;他对莎士比亚整个戏剧发展模式的展现也有独到之处。

　　之前讨论过奈特对莎剧中的憎恨主题和音乐—暴风雨象征的总结,但实际上,这两者都是奈特关于"莎士比亚的发展"(Shakespearian progress)研究的一部分。早在他最早的专著《神话与神迹》一书中,奈特就已经对莎剧有了一个整体上的认识,而这也成为他以后大部分莎评著作的纲领:

　　　　我们来回顾一下莎士比亚的发展。在问题剧中出现了精神上的分裂:一方面是一种对精神事物的细腻理解,比如美、罗曼司、诗歌;另一方面,则是对不纯洁的事物、人的动物性以及死亡的腐朽之身的厌恶。这种二元对立在悲剧中得到了解决:憎恨主题

---

① George Wilson Knight. *The Shakespearian Tempest*, London: Methuen & Co. Ltd, 1953, p. 14.

最终在《雅典的泰门》中得到了升华，主要的情欲、人类的伟大以及其他悲剧集合都在此得到了净化。莎士比亚悲剧中重复出现的诗性象征就是"音乐"或"暴风雨"。第三组剧作超越了悲剧的直觉，其情节说明了永恒的性质：这其中主要的象征就是在暴风雨中迷失又在音乐中复活。①

"第三组剧作"就是莎翁最后创作的几部剧，奈特认为传奇剧的说法具有误导作用，因而拒绝用传奇剧这个名称，而是用"后期剧"（final plays）来指传奇剧。《神话与神迹》一书主要讨论后期剧的问题，由于篇幅较小，后来被收入同样讨论后期剧的《生命之冠》② 一书中。在这部著作中，奈特认为，戏剧是外向的（extraverted）和摹仿的，但是在后期剧中，莎士比亚的宗教直觉（religious intuition）是与这种外向的摹仿相矛盾的。下面这段话也许有助于我们理解奈特的这一观点：

> 艺术是一种创造性想象的外向的表达，而当这种表达转向内在的时候，就会变成宗教。但人的思想并不可能完全摒弃客观性的死板机制，而宗教的内向性必须创造出或者辨别出其自身的客观现实，并称其为上帝。反之，艺术家在成长的过程中，会被迫超越现实的表象而进入一个精神的世界，但这个精神世界很少参与一种纯粹艺术的、因而也是客观的摹仿。③

---

① G. Wilson Knight. *The Crown of Life*：*Essays in Interpretation of Shakespeare's Final Plays*, London：Methuen & Co. Ltd.，1965，pp. 23 – 24.

② "生命之冠"的典故出自《新约·雅各书》第 1 章第 12 节（James 1：12）："忍受试探的人是有福的，因为他经过试验以后，必得生命的冠冕，这是主应许给那些爱他之人的"。以及《新约·启示录》第 2 章第 10 节："你将要受的苦你不用怕。魔鬼要把你们中间几个人下在监里，叫你们被试炼，你们必受患难十日。你务要至死忠心，我就赐给你那生命的冠冕"。

③ G. Wilson Knight. *The Crown of Life*：*Essays in Interpretation of Shakespeare's Final Plays*, London：Methuen & Co. Ltd.，1965，pp. 22 – 23.

　　这种变化从《安东尼与克莉奥佩特拉》中就已经开始了，在这部剧的结尾，"死亡被升华为一种至高无上的善，并与爱的主题直接联系在一起"。① 在这以后，莎士比亚开始直觉到永生的问题，悲剧也就开始与一种神秘主义相融合，最后走向后期剧的创作。所以说，从《泰尔亲王配力克里斯》开始的后期剧便超出了悲剧的界限，走向一种"神迹与神话"，它们更倾向于与古代神话和仪式的联系，同时也更倾向于艺术而非现实。

　　所以说，莎士比亚的后期剧必须被当做永生神话（myths of immortality）来解读。也就是说，这些剧中的死亡是一种幻象，被认为死亡的事物实际上却也并没有死去。拿《泰尔亲王配力克里斯》和《冬天的故事》来说，这两部剧都用爱的胜利展现了永生的特质（the quality of immortality），而且两部作品有着相似的情节：两个主人公都失去了自己的妻女，丢失的女儿都在海上的暴风雨中孤立无助，最后主人公的妻女都伴随着某种音乐死而复生。在这两部剧中，都是爱战胜了死亡，从而展示了永生的真理（the truth of the immortality）。

　　如果说《泰尔亲王配力克里斯》和《冬天的故事》体现了一种象征主义意义上和柏拉图意义上的神话的话，那么《辛白林》则体现了另一种永生神话的形式，这种形式被奈特称之为神人同形同性论神学（anthropomorphic theology）。在此剧的第五幕第四场，当波塞摩斯历经磨难，被关在狱中等候死亡的到来时，众神之神朱庇特从雷电中驭鹰而下，并评价了波塞摩斯的苦难："人世的事不用你们顾问，一切自有我们神明负责。哪一个人蒙到我的恩眷，我一定先使他备历辛艰"。奈特认为，朱庇特的降临与前两个剧作中的死而复生一样，都是对人类悲剧的某种征服，体现了"作者对人类苦难的性质与目的的神秘与超验事实的洞察"②。

---

　　① G. Wilson Knight. *The Crown of Life*：*Essays in Interpretation of Shakespeare's Final Plays*，London：Methuen & Co. Ltd.，1965，p. 12.

　　② Ibid.，p. 22.

在《暴风雨》中，莎士比亚向内转的倾向则更加明显。在奈特看来，这部剧在莎士比亚的创作中至关重要，因为它是莎翁自我精神和灵魂的一个展现，莎士比亚在这里将自己的想象力同对自我的审视结合在一起。在一个没有人烟的小岛上，普洛斯彼罗同时控制了象征着诗的空灵的爱丽儿和象征憎恨主题的凯列班，也就同时掌握了人类精神的两个极端，这意味着莎士比亚艺术的最终完成。

奈特指出，解读《暴风雨》可以有两种方法。首先，这部剧可以被视为莎士比亚对人类生活的看法的一种表达。正如前面几个剧本中的死而复生和转危为安，此剧中的船只失事也可以解读为人类不可逃避的悲剧命运，而剧中人物从失事中幸存则可被视为《辛白林》中神人同形同性论神学所象征的战胜悲惨命运的欢乐与复活。在这样的解读中，普洛斯彼罗便成了操纵人类命运的神。在第二种解读中，普洛斯彼罗就是莎士比亚自己，而《暴风雨》就是整个莎剧发展的精神终点。不过，奈特同时指出，这两种解读方法之间的分歧并不重要，因为只有兼顾两者，才能整体上把握这个作品。在《暴风雨》中，莎士比亚成了自己那个神秘宇宙的主人，不仅反映了诗歌的永恒灵魂，也投射出了关于人类真理的寓言。"艺术追求表现与摹仿的完美融合。于是《暴风雨》就成了我们的文学中最完美的艺术，同时也是神秘视野的最透明的行动。"①

奈特虽然勾勒了莎士比亚的精神发展过程，但却多次明确地反对作者意图论。奈特认为使用"莎士比亚"这个词来解释剧本顺序的时候和使用"上帝"这个词是一样的，因为它们都"表示一种表面上多元和混乱中的统一性和一致性原则"。② 另外，奈特认为"从精神上的绝望和痛苦到一种坚韧的接受和神秘的愉悦是一种人类精神的普遍旋

---

① G. Wilson Knight. *The Crown of Life*: *Essays in Interpretation of Shakespeare's Final Plays*, London: Methuen & Co. Ltd., 1965, p. 28.

② Ibid., p. 29.

律"。① 这个观点可以帮助我们理解奈特心目中那个为全人类的共同命运书写的莎士比亚。

应该承认,奈特从来都不是一个学者型的批评家,他不会在概念的严谨性上有太多考虑。在评论后期剧的时候,奈特常常将神秘主义、神话、宗教、精神这些字眼混为一谈并随意使用。"我们不应该把注意力完全放在诗歌形式上,形式只是关于时间和历史的;我们也应该注意能够灼穿诗歌形式的精神,这种精神在苦难、坚韧、欢乐的旋律方面是永恒的。"② 这时的奈特更让人想起的是自由散漫的浪漫主义批评家,而不是奈茨和布鲁克斯等相对严谨的形式主义批评家。

最后还有一点值得一提,在《莎剧演出原理》(Principles of Shakespearian Production,1936)一书中,奈特还注意到了莎剧中的宗教仪式元素,提出了一些值得注意的观点。奈特认为大部分莎士比亚悲剧中"都有一种压倒一切的精神力量,也有一种物质的世俗的威仪,前者向后者猛攻,打得不可开交,最后以一种神秘的宗教仪式的方式,把后者推翻。"③ 其结果是世俗权力向神秘的悲剧牺牲者臣服膜拜。也就是说,一种神圣的宗教牺牲的观念战胜了世俗生活的观念。因此,莎士比亚悲剧的主人公都有一种牺牲献祭的意味,而且大部分悲剧结尾带有献祭的色彩。除了麦克白之外,"莎士比亚的英雄最好死在舞台上,通常还占据舞台中心位置,架在高处,像安放在祭坛上似的。"④ 奈特用基督教精神解释这种仪式现象,他认为"莎士比亚笔下的英雄,每一个都是一个小型基督"。⑤

为什么基督的形象可以代表莎剧中的主人公?奈特提出了一个值

---

① G. Wilson Knight. *The Crown of Life*:*Essays in Interpretation of Shakespeare's Final Plays*,London:Methuen & Co. Ltd.,1965,p. 29.

② Ibid.,p. 31.

③ [英]奈特:《莎士比亚与宗教仪式》,见杨周翰编选《莎士比亚评论汇编》(下),中国社会科学出版社1981年版,第415—416页。

④ 同上书,第419页。

⑤ 同上书,第422页。

得注意的解释。他认为在前基督教的宗教仪式中，王与神是分离的。"基督教则把神与王融为一体，王既代表世俗权力和权威，也代表精神权力和权威，王的牺牲是一种有意识的、有意志的行动，宗教仪式和伦理道德在这种行动里获得统一。"① 所以，基督就是一个不同于世俗王者的精神之王，而这恰恰是莎士比亚悲剧中的王者。而且，莎剧常常可以把代表个人的世俗的王和代表普遍的精神的王结合在一起，这也就是基督的人性和神性的问题。奈特认为，这也正是莎剧的价值所在。

二 弗莱

对于任何一个批评史研究者来说，加拿大人诺斯洛普·弗莱（Northrop Frye，1912—1991）都是一位值得尊敬的批评家，因为他几乎是凭一己之力将整个西方文学传统纳入到了一个以神话原型为基础的、带有结构主义色彩的、博大精深的、自给自足的体系。但也正是由于这个体系的复杂性，使得任何试图在很短的篇幅内概括其思想的尝试都变得格外艰难。

莎士比亚在这个错综复杂的体系中占据了一个重要位置，在弗莱最重要的著作《批评的解剖》中，莎士比亚和莎剧出现了上百次之多。不仅如此，弗莱还先后出版了《自然的视镜》②（The Natural Perspective，1965）、《时间的愚人》（Fools of Time，1967）、《释放的神话》（The Myth of Deliverance，1983）等专门讨论莎士比亚的著作，直至1985年，他还在课堂讲义的基础上出版了《弗莱论莎士比亚》（Northrop Frye on Shakespeare）一书。虽然这些著作大多是讲义或公开演讲结集出版，但还是体现出了很高的批评水准，为弗莱在莎评界赢

---

① ［英］奈特：《莎士比亚与宗教仪式》，见杨周翰编选《莎士比亚评论汇编》（下），中国社会科学出版社1981年版，第423页。

② A natural perspective，语出自《第十二夜》第五幕第一场，朱生豪先生翻译为"天然的幻镜"。

得了一席之地。①

　　其实早在 1948 年，弗莱就发表了《喜剧的论证》（The Argument of Comedy）一文，其中提出的 "莎士比亚喜剧是绿色世界喜剧" 的思想奠定了他在莎评史中尤其是莎士比亚喜剧批评史中的地位，而此文中关于喜剧的思考后来也体现在了著名的《批评的解剖》一书中。

　　在《喜剧的论证》中，弗莱首先讨论了古代新喜剧的基本模式，他指出新喜剧的展开方式是一种喜剧的俄狄浦斯情境，其主要情节是年轻人在婚姻上对老年人（往往是父亲）的胜利。这种新喜剧都有一个社会主题，那就是最后会形成以各种节庆活动为表达形式的新的社会一致性，这也就是其 "喜剧性解决"（comic resolution）。喜剧性解决又可以分为两个层面，一是个体层面，二是社会层面，这一点后来被弗莱用来说明莎士比亚喜剧的结构，我们会在讨论《自然的视镜》一书时展开论述。

　　不同于新喜剧，阿里斯托芬的旧喜剧更重视仪式，尤其是仪式化的死而复生。弗莱认同悲剧包含一种牺牲仪式精神的说法，他认为喜剧也来自同一种仪式，但不同于悲剧的牺牲仪式，喜剧净化的仪式模式是死亡之后的复活。由此可以得出的结论是，悲剧是不完整的喜剧，喜剧中也包含了潜在的悲剧。为了证明这一点，弗莱指出，基督教观念中的悲剧本来就是一个包含了复活与救赎的大喜剧框架的一部分，这种喜剧也就是但丁意义上的喜剧。而在阿里斯托芬的喜剧中，有比较明显的主人公死而复生的情节，在米南德和普劳图斯的新喜剧中，也常常能看到帮助主人公的奴隶受到死亡威胁的情节。所以说，不仅

---

　　① 值得注意的是，奈特在 30 年代曾执教于多伦多大学，与弗莱是同事关系，他对弗莱的影响巨大而深远，这一点得到了弗莱亲口证实："幸运的是，当我开始教师生涯的时候遇到的同事之一便是威尔逊·奈特教授，他后来去了利兹。我想威尔逊·奈特对我的影响之大超出了我当时的相像。……像我这一代的大部分学生一样，奈特的书对我的作用就像查普曼翻译的荷马对济慈的影响一样，他的方法，即专注于作者的文本并通过意象和隐喻的结构再现文本，当时对我来说就是批评的核心所在。" 这段话见于弗莱晚年所写的 The Search for Acceptable Words 一文，发表在 1988 年第 3 期的 Daedalus（Vol. 117）。

悲剧被包含在喜剧中，"新喜剧被包含在了旧喜剧中，而旧喜剧则被包含于基督教的喜剧（commedia）概念中。"①

但是，弗莱继而指出，莎士比亚的喜剧并非来自米南德的新喜剧传统，也不是阿里斯托芬的旧喜剧传统，更不是但丁的基督教喜剧，而是来自第四种传统。② 这种传统由皮尔（George Peele）所建立，并由黎里（John Lyly）、格林（Robert Greene）以及假面剧作家们发展，使用的并不是奇迹剧或道德剧或插剧（interludes）的主题，而是来自中世纪的罗曼司和民间故事的主题，是圣乔治剧和哑剧的主题，它们都属于一种民间仪式（folk ritual）传统。③ 对于这种喜剧，"我们可以称其为绿色世界剧，它的主题是生命对荒原（waste land）的胜利，是曾经为神的人类对一年一度的死亡与复生的模仿。"④

弗莱发现莎士比亚喜剧中几乎都有两个世界，一个是正常的世界，另一个则是由森林、仙境组成的绿色世界。最典型的如《皆大欢喜》中的亚登森林，《温莎的风流娘儿们》中的温莎林苑，《仲夏夜之梦》中的林中仙境，乃至《冬天的故事》中的波西米亚等等。《威尼斯商人》中虽没有绿色世界，但鲍西娅所在的贝尔蒙特也相当于其他剧中的绿色世界。另外，从《辛白林》之后，这两个世界融合为一个世界，比如《暴风雨》就完全发生在绿色世界中。而莎士比亚的问题喜剧之所以成为问题，也正是因为它们缺少绿色世界的缘故。

---

① Northrop Frye. "The Argument of Comedy", Paul N. Siegel ed. *His Infinite Variety*: *Major Shakespearean Criticism Since Johnson*, J. B. Lippincott Company, 1964, p. 125.

② 弗莱在此文中还认为：米南德的新喜剧与亚里士多德和现实主义相联系，阿里斯托芬的旧喜剧与柏拉图和辩证法相联系，但丁的"神圣喜剧"与基督教和阿奎那相联系。

③ 弗莱一向认为莎士比亚喜剧属于一种讲故事的民间传统。新喜剧则与此不同，在此文中他说："新喜剧的行动倾向于可能而非幻想，朝着现实主义移动，而非神话和传奇。"后来他也曾多次指出，在莎士比亚的时代，新喜剧在英国的继承者是琼生。琼生的喜剧更加贴近现实，所以琼生和莫里哀的喜剧是从米南德、普劳图斯、泰伦提乌斯到易卜生和契诃夫这条发展线索上的重要一环。这涉及了一个值得深入研究的问题，即喜剧与现实主义之间的联系问题。

④ Northrop Frye. "The Argument of Comedy", Paul N. Siegel ed. *His Infinite Variety*: *Major Shakespearean Criticism Since Johnson*, J. B. Lippincott Company, 1964, p. 125.

　　总之，弗莱虽然意识到了传奇剧与早期喜剧的不同，但在这篇论文里并没有作刻意的区分，只是认为莎士比亚喜剧是不同于其他喜剧传统的伊朝喜剧，其中的绿色世界使喜剧性解决有了夏天战胜冬天的象征意义。在某种意义上，莎士比亚结合了新喜剧中的主人公的胜利和旧喜剧的仪式化的死而复生，同时又加入了不同的喜剧性解决，最终使其成了一种新的喜剧形式。

　　众所周知，在《批评的解剖》中，弗莱构建了一个原型批评的大厦，将包括戏剧在内的大部分西方文学形式纳入其中。在形式主义阵营中，由于大部分批评家把莎士比亚戏剧视为戏剧诗，所以很少有这样的戏剧理论构建。关于莎士比亚喜剧，弗莱也提出了一些非常有价值的观点，比如"喜剧形式可用两种方法展开：一种方法是重点突出坑害他人者，另一种是径直描写后来发现及和好的场景。前一种是喜剧式嘲弄、讽刺、现实主义手法及世态人情写照的一般倾向；后一种则是莎士比亚式或其他类型的浪漫喜剧的倾向。"① 这两种不同的倾向也就是后来弗莱所说的喜剧结构的两个极端，其中一端为讽刺，另一端为传奇。莎士比亚喜剧显然更靠近传奇这一端。

　　于是，当弗莱把喜剧、传奇、悲剧、嘲弄和讽刺作品分别划分成了首尾相连的六个相位（phase），并把莎士比亚喜剧纳入了这个宏伟体系时，它们被安放在了喜剧靠近传奇一端的第四和第五相位。其中莎士比亚的浪漫喜剧属于第四相位，这一相位中"我们开始走出经验世界，进入天真和浪漫的理想世界。"② 这一理想世界表现在莎剧中就是上面提到的绿色世界。莎士比亚后期的"传奇剧"③ 则居于第五相位，"在此相位时，我们所进入的世界更为浪漫，较少乌托邦及阿卡

---

　　① ［加］诺思罗普·弗莱：《批评的解剖》，陈慧等译，百花文艺出版社 2006 年版，第238 页。

　　② 同上书，第 262 页。

　　③ 在这里我们看到早期喜剧和后期传奇剧在弗莱体系中处于不同的位置，但弗莱从未对两者做出明确的辨析，只能看出他常常将莎士比亚早期喜剧称为"浪漫喜剧"（romantic comedy），而将传奇剧称为"传奇"（romance）。

狄亚色彩，与其说具有欢庆气氛，不如说是一片凄恻哀怨。"① 也就是说，这一相位的喜剧又朝着传奇挪动了一步。不仅如此，"'传奇剧'不是回避悲剧，而是包含了悲剧。这种情节的开展似乎不仅仅由'冬天的故事'转向春天，而且还由一个混沌的低级世界趋向一个秩序井然的高级世界。"② 弗莱关于莎士比亚传奇剧中的这一更高级的世界或者新的社会的观点将在下面我们要讨论的《自然的视镜》一书中得到更完整的发展。

1963 年 11 月，也就是《批评的解剖》一书出版之后的第六年，弗莱在哥伦比亚大学做了四次关于莎士比亚喜剧的系列演讲，这些演讲的内容组成了 1965 年出版的《自然的视镜》一书。在这本书中，弗莱补充和发展了《喜剧的论证》中的观点，尤其是对莎士比亚传奇剧进行了更深入的研究。

在此书开篇，弗莱首先区分了两种批评家以及对应的两种批评。一种是奥德赛式的批评家（Odyssey critics），对应奥德赛式的批评，其兴趣主要集中在喜剧和传奇；另外一种是伊利亚特式的批评家（Iliad critics），对应伊利亚特式的批评，他们的兴趣集中在悲剧、现实主义和讽刺作品。弗莱有时又称伊利亚特式的批评为道德批评，这种批评认为文学在某种程度上反映生活真实，人物也是一种生活真实的象征；而且认为"文学的目的在于使人们更深入地理解非文学经验的核心。"③ 弗莱认为这种批评可能对于现代作家更适用，但忽视了文学在讲故事时的技巧和结构问题。奥德赛式的批评家感兴趣的是文学的传统技巧和自给自足的文学本身，他们关心的是人物的刻画、语言的巧智、故事的文学价值等等，换句话说，他们更关注的是文学是如何讲故事的。在体裁上，喜剧、传奇以及侦探故事和各种流行小说由于含

---

① ［加］诺思罗普·弗莱：《批评的解剖》，陈慧等译，百花文艺出版社 2006 年版，第 265 页。

② 同上。

③ Northrop Frye. "The Natural Perspective", Troni Y. Grande and Garry Sherbert eds. *Northrop Frye's Writings on Shakespeare and the Renaissance*, University of Toronto Press, 2010, p. 130.

有大量的文学形式因素，都成为这类批评家关注的对象。

　　弗莱毫不讳言自己就是一个奥德赛式的批评家，因此也更偏爱喜剧批评。"在性情上，我一直都是一个被喜剧和传奇所吸引的奥德赛式的批评家。"① 之所以被喜剧和传奇所吸引，是因为它们自身的特点所决定的。比起悲剧和现实主义作品，文学传统对于喜剧与传奇来说更加重要，"喜剧与传奇剧中故事本身便是目的，而不是作为自然的镜子反映自然。其结果是喜剧和传奇剧有明显的传统化倾向，以至于对它们的严肃的兴趣也会很快变成对传统本身的兴趣。"② 而这种对传统的兴趣最后导致的是对一种文学体裁（genre）的兴趣和对组织故事结构的技巧的兴趣。正是由于喜剧和传奇的这种性质，才使得弗莱能够在不断重复的传统技巧中发现自己所看重的文学形式和结构的问题。

　　具体到莎士比亚喜剧，弗莱认为莎翁写剧就是为了赚钱，所以观众的喜好是基本前提。因此，莎士比亚喜剧也同样有不断重复的传统技巧，比如出海碰上风暴、长相一样的双胞胎、女扮男装、躲入森林、女主人公的神秘父亲、失踪的统治者等等。如果系统地考察这些技巧，就会发现莎士比亚不过是想讲一个故事给我们，并试图让我们相信这个故事。要故事变得可信，就需要通过一些修辞手段，而不是通过逻辑上的严谨。因此，弗莱甚至认为莎剧中随处可见的时代错误（anachronism）也是莎翁故意为之。比如《约翰王》第一幕第一场："愿你成为法兰西眼中的闪电，因为不等你有时间回去报告，我就要踏上你们的国土，我的巨炮的雷鸣将要被你们所听见。"约翰王的时代根本没有火药，怎么会有巨炮（cannon）？但弗莱认为，在这里巨炮的所赋予的雷鸣的意象要远比现实中有无火药更重要。也就是说，莎士比亚是在塑造典型而不是处理特殊的历史事件。

　　应当指出的是，弗莱在这里讲的还是现实主义与文学传统的问题，

① Northrop Frye. "The Natural Perspective", Troni Y. Grande and Garry Sherbert eds. *Northrop Frye's Writings on Shakespeare and the Renaissance*, University of Toronto Press, 2010, p. 130.

② Ibid., p. 133.

他认为文学并不是对生活的模仿或评价。弗莱对文学传统的强调很自然地让我们想起来了斯托尔，这一点也被其他莎评史家所注意，伊斯特曼就曾说："某种意义上，弗莱就是一个经过人类学复杂化了的斯托尔。"① 但是需要说明的是，正是弗莱与斯托尔之间的不同使得两人分别代表了莎士比亚评论的不同发展阶段：

第一，弗莱认为喜剧是高度程式化的艺术形式，人物也是高度风格化的，但悲剧则没有像喜剧那么依赖传统，因此弗莱对传统的强调主要集中在莎士比亚喜剧。比如他认为威尼斯的犹太人夏洛克属于文学传统，但威尼斯的摩尔人奥赛罗就更像真人。这一点与斯托尔的看法是不同的。

第二，也是最重要的一点，弗莱并不区分莎士比亚戏剧的观众是伊朝观众还是现代观众。"有人向我们证明，在伊丽莎白时代的观众眼中，《一报还一报》中的伊莎贝拉的行为跟我们现代人所认为的问题剧是多么不同。但事实似乎是，不论是伊朝观众还是现代观众，都不会被允许去思考。他们有权去喜欢或不喜欢此剧，但只要戏剧行动还在进行，他们就没有权力来对剧中事件的真实性或这些事件与他们的真实生活是否相符提出疑问。"② 这正是弗莱与斯托尔和许金等人的根本区别所在。斯托尔和许金要求回到伊丽莎白时代去理解莎士比亚，并认为伊朝观众眼中的莎士比亚才是真正的莎士比亚。弗莱超越了这种历史主义，认为由传统组成的结构在文学内部不断循环、重复，至于是伊朝观众还是现代观众在看戏，则根本不重要。从这个角度出发，甚至作者也显得不那么重要了。"对一个戏剧的结构的批评性考察不需要考虑作者的身份。"③ 这与斯托尔所强调的作者意图完全相反。换句话说，"除了戏剧结构以外，莎士比亚并没有什么思想、价值观念、

---

① Arthur M. Eastman. *A Short History of Shakespearean Criticism*, New York: Random House, 1968, p. 381.

② Northrop Frye. "The Natural Perspective", Troni Y. Grande and Garry Sherbert eds. *Northrop Frye's Writings on Shakespeare and the Renaissance*, University of Toronto Press, 2010, p. 136.

③ Ibid., p. 151.

哲学或任何其他原则。"① 这种带有结构主义色彩的思想才是弗莱文学
批评的基础。而这些区别使得弗莱在本质上还是属于形式主义阵营,
斯托尔和许金则属于历史主义阵营。

　　在讨论了文学传统问题之后,弗莱试图继续说明这些传统是如何
进入文学的。这个问题就涉及他对神话、仪式、原型等问题的看法。
弗莱发现,莎士比亚戏剧中有许多元素是与包括古代戏剧在内的其他
戏剧相通的,这使莎剧融入了一个全人类的戏剧传统中。要解释这一
现象,就要追溯戏剧的起源。弗莱认为,戏剧产生于人类发展的历史
中仪式将要被融入神话的阶段。在这一阶段,神话中的演员代替了仪
式中的巫师。之后,神话开始被表演,而不像以前的仪式那样与巫术
相联系,企图去影响自然进程。之后,戏剧开始执行对仪式进行解释
的功能,也就逐步代替了神话。"换句话说,戏剧诞生于对巫术的弃
绝。"② 所以,所谓的传统应该来自于神话。因为神话保留了故事以及
最纯粹的人物身份和自然对象,这些故事已经被去掉了巫术功能,但
却成为一定意义上的"原型"③,以神话的身份变成了传统。从这个角
度去看《麦克白》,就会发现它不是一个关乎道德的谋杀,而是属于
一个杀死神圣的和合法的国王的戏剧传统。这个国王与自然相联系,
有治愈的神奇力量,代表着秩序;篡位者的行为则充满凶兆和邪恶力
量,与混乱和黑暗有关联。由此我们可以看出,在弗莱这里,神话、
原型、传统几个词基本上具有相近的含义。

　　不过,弗莱的莎评中还有一个关键词更重要,那就是"结构"。
弗莱花了大量篇幅来论述莎士比亚的喜剧结构问题。在他看来,莎剧
的结构一般以一个最终会被喜剧行动所克服的反喜剧的社会开始,这
个社会的组织形式有时以一个荒唐的法律体现出来,比如《错误的喜

---

　　①　Northrop Frye. "The Natural Perspective", Troni Y. Grande and Garry Sherbert eds. *Northrop Frye's Writings on Shakespeare and the Renaissance*, University of Toronto Press, 2010, p. 152.

　　②　Ibid., p. 164.

　　③　在《自然的视镜》一书中弗莱从来也没有提到过"原型"这个词,不过我们可以从
《批评的解剖》等书中了解他对"原型"的看法。

剧》和《仲夏夜之梦》；有时则是以一个暴君的多疑为特征，比如
《皆大欢喜》中的弗莱德里克和《冬天的故事》中的国王里昂提斯；
但也有时，反喜剧的主题会以某种情绪的形式出现，而不一定成为戏
剧的结构性元素。比如《终成眷属》开场时所有人物都服丧出场，再
比如《第十二夜》一开场奥西诺为爱唉声叹气，而奥利维娅则为哥哥
的死而悲伤。

　　莎士比亚喜剧结构的第二阶段可被称为暂时的失去身份（lost i-
dentity）。这种失去身份常常以不会被识别的伪装的形式出现。而且，
最常见的情况是性别身份的丧失，因为有五部剧中都涉及了女扮男装
的性别变化。另外，《第十二夜》和《错误的喜剧》中是以双胞胎的
形式体现了失去身份的主题，《辛白林》中则是伊摩琴误认了穿着波
塞摩斯衣服的克洛顿的尸身，《暴风雨》中更为复杂，涉及了米兰公
爵和那不勒斯王的合法身份问题。总之，莎士比亚表现这个阶段的形
式是多种多样的。

　　与第二阶段相联系，喜剧结构的最后一个阶段是身份的发现
（discovery of identity）①。正如弗莱在《喜剧的论据》中已经指出的，
这种发现可以分为社会层面和个体层面，在莎士比亚喜剧中二者常常
兼而有之。个体层面的身份发现也即是人物对自身的重新认识，这一
点多见于气质类（humour）的人物，这种人物被某一种性格所控制，
会机械地重复某一行为，在喜剧最后会从这种气质中解脱出来。这种
情况在琼生的癖性喜剧中常见，在莎士比亚喜剧中也会出现，但要复
杂一些。比如《驯悍记》中的凯瑟丽娜，《爱的徒劳》中的那瓦国王
腓迪南以及他的三个侍臣，还有《无事生非》中的培尼迪克和贝特丽
丝。《辛白林》、《冬天的故事》和《暴风雨》中，辛白林、里昂提斯、
那不勒斯王等人也有这种对自己身份的重新认识。

　　不过，在莎是士比亚喜剧中，达到个体身份同一性最常见的形式

――――――――――

　　①　某些时候 identity 一词翻译为同一性或认同似乎更合适。

是婚姻，在婚姻中两个灵魂合而为一。这种身份的发现往往伴随着女扮男装的女主人公重新回归女性身份，它本质上是一种性别身份。弗莱认为这种性别身份现象的背后有更深刻的神话因素，"朝着身份同一性发展的喜剧动力的核心是一种性爱冲动，喜剧精神常常由一个能够带来喜剧结局的爱神厄洛斯式的人物所代表，这个人物自身在性的方面自给自足，某种意义上即是男性又是女性，不用在自身之外寻找爱的表达。"① 《暴风雨》中的爱丽儿和《仲夏夜之梦》中的迫克的厄洛斯式的性别模糊、一模一样的男女双胞胎、女主人公的扮男装、死而复生的女性角色等等都是这种性别身份的体现。

在社会层面，弗莱认为莎士比亚喜剧结尾所达到的同一性更彻底。莎士比亚不像新喜剧那样强调一种年轻人社会对老年人社会的胜利，而是强调一种和解（reconciliation）。而且，"喜剧越是强调和解，剧中被战胜的就越倾向是一种精神状态，而不是个体的人物。"② 于是莎翁喜剧的结局往往是一种节庆化的新社会的形成。

在《自然的视镜》一书最后一章，弗莱进一步发展了之前的绿色世界理论，他在这里借用了基督教的世界观，"像所有同时代的作品一样，莎剧中这种从春到冬再到春的普通的自然循环处在三种现实的中间。"③ 这种位于中间的现实就是人类犯下原罪之后堕入的物理世界。这个世界上面有更高的现实，即上帝本来希望人类所居住的"自然"。按《圣经》中的说法，这个"自然"即是伊甸园；按古希腊神话的说法，就是永远丰收的黄金时代。而在这个世界下面，是混沌或虚无的深渊。

我们不知道弗莱对于奈特的音乐和暴风雨的象征理论了解多少，但他显然也发现了莎剧中的这两种象征。弗莱指出，莎士比亚常常用

---

① Northrop Frye. "The Natural Perspective", Troni Y. Grande and Garry Sherbert eds. *Northrop Frye's Writings on Shakespeare and the Renaissance*, University of Toronto Press, 2010, p.178.

② Ibid. , p.183.

③ Ibid. , p.211.

音乐和女性的贞洁（female chastity）来象征那个更高的世界，而用暴风雨来象征物理世界之下的混沌世界。于是，之前的绿色世界就被纳入了一个由三个世界组成的原型象征体系。不仅如此，这个绿色世界在传奇剧中被弗莱改称为"自然社会"（natural society）。"森林或绿色世界，是一个自然社会的象征。'自然'这个词在这里指的不是人类现在所生存的物理世界，而是作为理想家园的原初社会，是一个人类试图回归其中的'黄金世界'"。① 总之，莎士比亚喜剧表现了一个宏伟的自然的循环。这个观点也符合弗莱对戏剧的看法，上面我们已经提到，他认为戏剧的意义就在于通过提供一种整体经验，来行使古代仪式中交感巫术（sympathetic magic）的功能，即连接人类与自然世界。

当我们放眼整个 20 世纪文学批评的发展时，会发现弗莱不仅超越了历史主义批评，也对形式主义批评进行了改造。他取消了以往形式主义批评从传统人文批评那里继承而来的价值判断，进一步对文学研究进行理论化尝试。总之，弗莱的形式主义不再是新批评的那种建立在个别文学作品基础上的有机整体论，而是总体的文学创作成了一个有机宇宙。因此，在某种意义上，从斯托尔到弗莱，我们也看到了 20 世纪莎评乃至整个文学批评 50 年间的发展。

---

① Northrop Frye. "The Natural Perspective", Troni Y. Grande and Garry Sherbert eds. *Northrop Frye's Writings on Shakespeare and the Renaissance*, University of Toronto Press, 2010, p. 215.

第四章 政治文化批评：从边缘到中心

    1970 年之后，德里达、福柯等法国理论家通过他们震撼整个人文学科研究领域的影响力彻底改变了文学研究的面貌；与此同时，西方马克思主义和文化研究也在文学研究领域成为显学，女性主义崛起，各种文学理论竞相登场。起初，莎评界并没有像以往那样走在这场文学批评变革的前沿。但进入 80 年代以后，解构主义思潮突然袭击了莎士比亚批评。在这一思潮的影响下，莎士比亚批评在这场轰轰隆隆的理论运动中被改造的面目全非，曾经的"新批评"也变成了传统批评，像艾略特这样的传统批评家在《批评的功能》中所说的那种以"解说艺术作品，纠正读者的鉴赏能力"为己任的传统文学批评很快便退出了莎评大舞台。

    随着传统批评的消亡，批评与学术研究的界限也完全模糊，以往的莎士比亚批评与莎士比亚学术研究之间的鸿沟基本不复存在；解构主义带来了对一切确定意义的怀疑；新批评眼中稳定的"文本"（text）也变成了新派理论家眼中不稳定的"话语"（discourse），从而代替了传统的"作品"观念，而且这种新的文本话语是具体时空中的文本，而非以往的具有普遍意义的文本；与此同时，学科之间的界限也被打破，各种非文学文本和文学文本相联系；尤其值得注意的是，政治维度成为莎评中的核心，批评家关心的不再是莎士比亚的意象和象征，也不再是蒂利亚德眼中的政治、文化、思想的一致性，而是文化弱势者被强加的政治和社会信念、颠覆性的意识形态和统治意识形态之间的冲突，以及他们对各种形式的压制的控诉等等。自此，权力、性别、文化、意识形态等术语渐渐从被遗忘的角落向文学批评舞台的中心靠拢，继而成为莎士比亚批评的关键词。

另外值得一提的是，由于新一代的批评家们对伊丽莎白时代的认识不同于以往的历史主义批评家，传统的莎士比亚研究不再被称为文艺复兴研究，而被称为早期现代研究（Early Modern Studies）。莉亚·马库斯（Leah Marcus）教授在《文艺复兴与早期现代研究》（Renaissance/Early Modern Studies）一文中对此做了区分：新批评一类的文艺复兴研究关注的是文本中的"精神活动的自治范畴"（autonomous category of intellectual activity）；而早期现代研究，比如后结构主义，将文本视为一系列的断裂与不确定性，应用不同的学科，如历史、宗教来展示其不稳定性。马库斯还指出："从早期现代这一透镜去考察文艺复兴，就是去考察处于胚芽中的现代主义与后现代主义。"[①] 于是，过去与现在被联系在一起，伊丽莎白时代被赋予了更多的"向后看"的意味。

在这样的大背景下，进入 80 年代，莎士比亚批评迅速分裂为相互对立又相互联系的几大阵营，其中包括解构主义、新历史主义、文化唯物主义、女性主义、心理分析、马克思主义以及后殖民主义等等。这些不同流派的莎评阵营彼此相互竞争，甚至相互诋毁以抢夺话语权；但是，它们却都有着近似的理论背景，即后结构主义和马克思主义。

第一节　从解构到意识形态

不管莎士比亚有多大的国际影响，我们必须承认，所谓的欧美莎士比亚批评的主要阵地还是英国和美国。60 年代，由于有美国的新批

---

① Leah Marcus. "Renaissance/Early Modern Studies", Stephen Greenblatt, Giles Gunneds. *Redrawing the Boundaries: The Transformation of English and American Literary Studies*, Beijing: Foreign Language Teaching and Research Press, 2006, p. 43.

评和英国的实用批评这些本土形式主义批评的强大影响，在法国异军突起的结构主义批评作为另一种享有国际声誉的形式主义文学理论并没有能够在莎士比亚批评领域掀起任何波澜。不过到了 70 年代，同样来自法国的德里达的后结构主义理论在几位耶鲁教授的倡导下开始进入英美文学批评，而且这种影响也开始逐渐撼动新批评等传统形式主义批评在莎士比亚批评中的地位。

　　然而，解构主义文论对莎评发展的贡献主要是理论和方法，解构主义莎评作为一个批评阵营，远不如他们在耶鲁的四位前辈那么风光：美国的《莎士比亚季刊》（Shakespeare Quarterly）一直到 1985 年才出现了"解构主义"一词；解构主义莎评家们的专著寥寥可数，其中较著名的只有 1990 年佛克纳（H. W. Fawkner）出版的《解构〈麦克白〉》（Deconstructing Macbeth：The Hyperontological View）；解构主义莎评文集一直到 1988 年才出现了一本，而且仅此一本，那就是阿特金斯（G. Douglas Atkins）和鲍格朗（David M. Bergeron）主编的《莎士比亚与解构》（Shakespeare and Deconstruction）。另外，有不少著名的解构主义莎评文章散见于 80 年代出版的《另类莎士比亚》（Alternative Shakespeare）和《莎士比亚和理论问题》（Shakespeare and the Question of Theory）这样的莎评文集中。作为一个流派，解构主义莎评持续的时间也很短暂，进入 90 年代以后很快就偃旗息鼓了，以至于到了 2004 年，当一位莎学史家在选编 1945 年到 2000 年的莎评文章时，甚至没有将解构主义莎评列入其中，并声称"虽然有一些词汇和原则势不可挡地进入了其他形式的批评阅读，但真正的解构主义对莎学的影响很小，也很少有莎学家自称为解构主义者。"①

　　那么，我们为什么还要把解构主义莎评单独拿出来考察，这里有两个原因。

---

① Russ McDonald ed. *Shakespeare：An Anthology of Criticism and Theory* 1945—2000, Oxford：Blackwell Publishing Ltd, 2004, Preface, pp. 12 – 13.

一方面，虽然在莎评领域不够壮大，但解构主义作为一种文本理论对文学批评的发展影响深远。更重要的是，解构主义批评的代表人物希利斯·米勒（J. Hillis Miller）对莎士比亚也有非常著名的专门论述。

另一方面，即便在 20 世纪 90 年代以后，解构主义批评也并不是完全消失，而是与其他莎评流派融合，对其他莎评家来说具有重要的方法论意义。所以我们在这里考察的一个重要问题就是解构主义如何从纯粹的文本理论向意识形态等问题转移。

作为耶鲁解构学派的重要成员，米勒于 1977 年发表了《阿里阿克涅的断裂纬线》（Ariachne's Broken Woof）一文，在此文中他从《特洛伊罗斯与克瑞西达》中的一个单词入手讨论了莎士比亚文本潜在的颠覆性。这篇文章的思想后来被反映在米勒的《解读叙事》（Reading Narrative）和《阿里阿德涅的线：故事线索》（Ariadne's Thread：Story Lines）两本专著中，成为米勒文学批评的重要组成部分。

在《特洛伊罗斯与克瑞西达》中，特洛伊罗斯有这么一段话：

> 这是她吗？不，这是狄俄墨得斯的克瑞西达。美貌如果是有灵魂的，这就不是她；灵魂如果指导着誓言，誓言如果代表着虔诚的心愿，虔诚如果是天神的喜悦，世间如果有不变的常道，这就不是她。啊，疯狂的理论！为自己起诉，控诉自己，却又全无实证，矛盾重重：理智造了反，却不违反理智；理智丢光了，却仍做得合理，保持一个场面。这是克瑞西达，又不是克瑞西达。我的灵魂里正在进行着一场奇怪的战争，一件不可分的东西，分隔得比天地相去还要辽阔；可是在这样广大的距离中间，却又找不到一个针眼大的线缝，以便实情像一段 Ariachne 的破裂纬线（broken woof）得以穿过。像地狱之门一样坚强的实情，证明克瑞西达是我的，上天的赤绳把我们结合在一起。像上天本身一样坚强的证据，却证明神圣的约束已经分裂松懈，她的破碎的忠心、她的

残余的爱情、她的狼藉的贞操，都拿去与狄俄墨得斯另结新欢了。①

问题就出在这个英文词 Ariachne 上。

在希腊神话中，有两个故事与此有关。一个是阿瑞克涅（Arachne）的故事，这个故事出自奥维德的《变形记》，讲的是阿瑞克涅擅长纺织，向雅典娜挑战编织技艺，结果被心怀嫉妒的雅典娜变为了蜘蛛。另一个故事是关于阿里阿德涅（Ariadne）的，她本是克里特公主，爱上了来克里特杀怪物弥诺陶洛斯的英雄忒修斯（Theseus）。为了救忒修斯，阿里阿德涅向智者代达罗斯请教如何走出迷宫，代达罗斯交给她一个线团，她又把线团交给忒修斯，叫忒修斯捏住线头进入迷宫，杀死怪物后方可沿原路返回。

然而，莎士比亚在这里用的既不是前者 Arachne，也不是后者 Ariadne，而是一个模棱两可的词 Ariachne。不过，这个词却连接了这两个互不相关的故事。在米勒看来，这就破坏了形而上学的同一性法则和语言的确定性。我们在讨论斯宾瑟时提到过《特洛伊罗斯与克瑞西达》中尤利西斯曾有一段关于秩序的经典台词，米勒认为那段话中包含了秩序的好几个层面，其中有宗教、形而上学和宇宙论层面、政治与社会层面、伦理层面、感知和认知层面、理性层面以及最重要的语言或理性话语层面。但是，特洛伊罗斯的言行却将这些秩序统统打破。这些秩序中，最重要的是语言和理性话语秩序，因为"这一秩序论定各种统一体，赋予它们各自不同的名称，并预先假定语言的确定性"。② 特洛伊罗斯的这段话正是对这一秩序的破坏。因为他的语言反映了两种互相矛盾的符号系统，两种系统都以克瑞西达为中心。"这是克瑞西达，又不是克瑞西达。"而且，这两个语言系统都不能被证明为真实或虚假，其结果就是"柏拉图为之哀叹的危险的摹仿——一

---

① 第五幕第二场，译文有改动。

② ［美］希利斯·米勒：《解读叙事》，申丹译，北京大学出版社2002年版，第130页。

种无父、无头的语言，没有保证人，没有'逻各斯'"。① 这样，Ari-achne 一个词融合了两个神话故事，就体现了一种无逻辑的话语的疯狂。最后的情形就如米勒在此文一开篇就指出的："当一个逻各斯变成两个逻各斯（犹如一个圆变成具有两个中心的椭圆）时，西方逻各斯中心主义的桎梏便被统统解除。"②

众所周知，消解西方形而上学传统中的逻各斯中心主义，这是解构主义的主要任务。在米勒这里，解构主义批评是一种纯粹的文本理论，虽然看似与各路传统都格格不入，但实际上和新批评等传统形式主义有千丝万缕的联系。不过，解构主义的开放性和破坏性却使它很快被其他批评阵营所借鉴，变成了传统的真正破坏者和颠覆者。1986年，解构主义莎评的一位重要人物泰伦斯·霍克斯（Terence Hawkes）在为《莎士比亚研究剑桥指南》撰写介绍性文章时宣称：

> 对莎士比亚文本的解构主义解读会试图破坏布拉德雷派批评视为前提的人物性格和作者思想的假象，它还会拒绝和颠覆结构主义在文本中发现的对立和张力模式，并宣布这些都是从外部强加于文本的方法，会妨碍文本潜在的无限的意义生产。在试图证明所有的写作都在暗地里拒绝被简化为单一"意义"，以及当摆在读者面前，这种意义不可能从单一文本中产生时，解构就会最终破坏现代校勘者们试图制造统一的莎士比亚文本的努力，而且还会将所有的此类努力视为西方思想纵容专制划界的标志。③

这段文字可以视为解构主义莎评的一个纲领和宣言，它把矛头指向以往的性格分析和形式主义莎评，充分强调了解构主义对包括校勘

---

① ［美］希利斯·米勒：《解读叙事》，申丹译，北京大学出版社 2002 年版，第 132 页。

② 同上书，第 127 页。

③ Terence Hawkes. "Twentieth Century Shakespeare Criticism: The Tragedies", Stanly Wells ed. *The Cambridge Companion to Shakespeare Studies*, Cambridge: Cambridge University Press, 1986, pp. 292 – 293.

研究在内的传统莎学的破坏力。解构主义方法在这里完全成了传统的破坏者。

不过,霍克斯虽然很清楚解构主义莎评的意义,他本人的批评实践却在逐步背离解构主义的文本理论本身。在一篇名为《塔尔玛》(Telmah)的文章中①,他从解构主义视角出发,将 Hamlet 的名字倒写成 Telmah,以此来暗示《哈姆莱特》中不断被破坏和倒置的线性结构。但同时,他也把意识形态因素纳入考察的范围,将批评与政治联系在一起,体现了 80 年代莎评集体"向左转"的倾向。

首先,霍克斯指出《哈姆莱特》里开头和结尾有大量的对应关系,首尾相连形成循环,而不是线性发展。某种意义上,首就是尾,尾就是首。

其次,此剧的主题上也与线性结构相悖。戏还没演到一半,就有五位父亲死去,即老王福丁布拉斯、老王哈姆莱特、波洛涅斯、普里阿摩斯以及《捕鼠机》戏中的贡扎古公爵,其中前三位的儿子都进行了复仇行动。相同的地方还在于,老福丁布拉斯死后,他的弟弟继任挪威王位,并试图使小福丁布拉斯重新融入社会;而老哈姆莱特死后,克劳狄斯对哈姆莱特做了相同的工作;而且,在波洛涅斯死后,克劳狄斯还像叔父一样对待雷欧提斯。因此,"叔父"功能是本剧的一个重要方面,它不仅与替父报仇的主题形成对比,而且也是全剧和谐结构的破坏者。总之,在倒置的《哈姆莱特》——《塔尔玛》中,克劳狄斯才是中心。

另一个打破线性结构的特征体现在文本中大量的回述上,在情节向前推进时走一步停一步,不断地"向后看",不断重述、追忆以前发生的事。比如开场人物不断提到的"两次"看到同一可怕景象,直至霍拉旭重述以前福丁布拉斯的故事;然后进入第一幕第二场,克劳狄斯再次重述以前的事;再后来,鬼魂又给哈姆莱特回述了谋杀发生

---

① 此文最初出现在 1983 年的四月的 Encounter 杂志上,1985 年经过修改后被收入莎评文集 Shakespeare and the Question of Theory 一书,1986 又被收入霍克斯自己的文集 That Shakespeherian Rag: Essays on a Critical Process 中。

的情景。于是，这个剧给人的印象就是，剧中不同人物不断地重述历史。而且更重要的是，每个人都站在自己的视角"修正"过去发生的事。霍克斯指出，剧中有这么一段对白最能体现这种不断重述所表现出的似是而非的解构色彩：

> 哈姆莱特：你看见那片像骆驼一样的云吗？
>
> 波洛涅斯：嗳哟，它真的像一头骆驼。
>
> 哈姆莱特：我想它还是像一头鼬鼠。
>
> 波洛涅斯：它拱起了背，正像是一头鼬鼠。
>
> 哈姆莱特：还是像一条鲸鱼吧？
>
> 波洛涅斯：很像一条鲸鱼。（第三幕第二场）

不过，所有这些对线性结构起到破坏作用的重述和倒置中，戏中戏《捕鼠机》才是高潮。这场戏不仅是"戏中戏"，而且是"回放中的回放"（replay of a replay），因为它用行动回放了鬼魂对自己被谋杀过程的回述。戏中戏是全剧的转折点，正如哈姆莱特向克劳狄斯解释戏中戏时候说的："这是一个比喻的名字"（第三幕第二场），这里比喻用的是 tropically 一词，其原型词 tropic 既有比喻的意思，又有环形回归线的意思。所以霍克斯认为，在这里过去被融入未来，全剧由此正式进入倒置的《塔尔玛》。

看完这样的分析，我们不禁要问，寻找"塔尔玛"的意义何在？霍克斯指出，对于我们所熟知的经典文本《哈姆莱特》来说，"塔尔玛"一词暗示了一种永恒的挑战和矛盾。"在这种意义上，'塔尔玛'与'哈姆莱特'以一种我们认为不可能的存在方式共同存在并且相互毗邻。我们被教导说，一个事物不可能既是这个又是那个。但是，这正是'塔尔玛'所挑战的原则。"① 霍克斯认为，欧洲中心论所传承下

---

① Terence Hawkes. "Telmah & John Dover Wilson", *Encounter*, April 1983, p. 58.

来的"意义"(sense)、"秩序"(order)、"在场"(presence)、乃至"视角"(point of view)等观念能够使一个阐释者从不同角度阐释《哈姆莱特》,甚至把它解读为倒置的《塔尔玛》,但却不会承认两者为同一体。也就是说,这个作品不可能既是《塔尔玛》,又是《哈姆莱特》,因为这会违背我们根深蒂固的同一性视角及其背后的权威(authority)和作者(author)观念,但霍克斯的解读正是要用解构主义原则颠覆这一传统观念。

不难看出,霍克斯借"塔尔玛"来颠覆的事物同一性的背后仍然是解构主义所批判的逻各斯中心主义,而且他的这种解构主义论调和上面所讨论的米勒简直如出一辙。然而,霍克斯并没有停留在单纯的文本分析,而是将这种分析与莎评史上的一场争论联系在一起,进而又与当事人的意识形态背景和政治立场相关联。

1917年,著名莎学家格雷格(W. W. Greg)① 写了一篇名为《哈姆莱特的幻觉》(Hamlet's Hallucination)的文章,在此文中格雷格同样把研究的重点集中在戏中戏,他指出,哈姆莱特用戏中戏《捕鼠机》试探国王克劳狄斯,但这个戏中戏有一个哑剧前戏,这个前戏已经把谋杀国王的全过程演了一遍。然而,克劳狄斯观看前戏之后没有任何反应,这就说明哈姆莱特的试探计划有问题,进而说明鬼魂可能并未向哈姆莱特完全吐露实情。格雷格认为这个情节上的小插曲破坏了以哈姆莱特这个人物为中心的情节结构,其结果是提升了克劳狄斯的形象,因而也颠覆了我们对此剧的传统观念,乃至对莎士比亚本人的看法。

这一观点激起了另一位著名莎评家多佛·威尔逊(John Dover Wilson)的强烈不满。当年威尔逊在从利兹到桑德兰的火车上看到了格雷格的文章,一口气读了六遍,并意识到自己必须予以反驳。这个动机成就了后来著名的《〈哈姆莱特〉中发生了什么?》(What Hap-

---

① Sir Walter Wilson Greg (1875—1959),20世纪上半叶著名莎学家,新校勘学派的代表人物。

pens in Hamlet? 1935) 一书。① 不过，威尔逊到底反驳了什么并不重要，在这里我们主要来看霍克斯对这一陈年旧事的分析。

霍克斯关注的是威尔逊的身份和政治立场。1917 年 11 月，正值第一次世界大战到了决定胜负的紧要关头，俄国十月革命的爆发更进一步加剧了局势的动荡。当时的威尔逊受雇于英国教育委员会，是一名教育巡视员，在战时还常常兼任军需部门的巡视员。在威尔逊眼中，《哈姆莱特》这样的经典文学作品体现的是一种民族思想，是英语教育和英国生活方式的核心组成部分，甚至是联系各阶级和阶层的纽带。所以，对《哈姆莱特》任何形式的颠覆都是不能接受的。霍克斯同时还发现威尔逊在早年的文章中同情俄国贵族制度，支持沙皇统治；因而他认为十月革命爆发后，威尔逊很可能感到了一种逐步迫近的危机，那就是英国也有可能步俄国的后尘。因此，这些因素结合起来，霍克斯认为，威尔逊在格雷格的文章中读出了布尔什维克的革命味道。

于是，一场看似简单的文学批评争论就被赋予了强烈的政治意义：

> 多佛·威尔逊 1917 年在通往桑德兰的火车上对格雷格的回应是一个文学解读与政治社会关怀相联系的完美例证，在我们的文化中，这种联系一直存在但却常常不为人知。要使它公之于众就要发掘格雷格阅读中的真正的颠覆性。因为他在一个被英语文化认为具有核心意义的不朽文本中发现了一种令人不安的一致性与稳定性的缺失。②

---

① 格雷格与威尔逊之间的争论以《现代语言评论》(Modern Language Review) 为媒介，持续了近 20 年，是莎评史上引人注目的一段往事。为了更好地理解霍克斯的这篇文章，我们不妨简单回顾一下这场争论：1917 年 10 月，格雷格在 Modern Language Review 上发表了 Hamlet's Hallucination 一文；1918 年 4 月，威尔逊在同样的刊物上发表 The Parallel Plots in "Hamlet"：A Reply to Dr W. W. Greg，反驳格雷格；1919 年 10 月，格雷格发表 Re-Enter Ghost. A Reply to Mr. J. Dover Wilson，回应威尔逊的反驳；1935 年，威尔逊旧事重提，出版了专著 What Happens in "Hamlet"，并将此书题献给格雷格；1936 年四月，格雷格仍在 Modern Language Review 上发表 What Happens in "Hamlet"? An Open Letter，再次回应威尔逊。

② Terence Hawkes. "Telmah & John Dover Wilson", *Encounter*, April 1983, p. 57.

那么,霍克斯自己对《哈姆莱特》情节结构的分析和他对威尔逊的评析又是什么关系?我们不难看出,这其中的内在联系便是一种颠覆性。以往的批评家对《哈姆莱特》有一种所谓的正统观念,这种观念认为,《哈姆莱特》有一个井然有序的线性结构,所有有悖于这种观念的解读都会被视为具有颠覆性的。因而格雷格的解读就具有了这种颠覆性,激起了威尔逊这个保守派的不满;同样,霍克斯自己的解读强调的就是这种颠覆性,这种颠覆性使霍克斯能够将《哈姆莱特》与政治和意识形态联系在一起,而这种联系才是霍克斯的本意所在。

我们之所以费尽周折讨论霍克斯的这篇文章,就是因为它体现了解构主义批评与左翼批评的融合。20世纪后期,当马克思主义在文学批评领域再次成为显学,文化研究开始侵入文学研究,莎评界乃至整个文学理论界流行着一种观点,就是认为解构主义的非政治倾向是一种错误。在这种情况下,女性主义、新历史主义、文化唯物主义等派别一拥而上,以左翼知识分子的姿态在80年代迅速占据了莎士比亚批评的大舞台。在这些批评家眼中,解构主义更是一种可以加以利用的方法,而不是一个具体的批评阵营。格林布拉特就曾说,当代理论对文学批评的冲击就在于它颠覆了文学审美脱离社会文化语境和意识形态的自治倾向。这种颠覆不仅来自马克思主义,也同样来自解构主义。"因为解构主义在文学意义中不断发现的不确定性动摇了文学与非文学之间的界限。这种生产文学作品的意图不能保证一个自给自足的文本,因为能指会不断地越界进而破坏意图。"① 解构主义打破了文学与非文学之间的樊篱,于是历史文本与文学文本一样进入了批评家的视野。不过在格林布拉特看来,解构主义的破坏力还不够大,还需要再向前进一步。"解构主义的阅读会轻易地和不可避免地滑入虚无。在实际文学实践中,真正的困难不是纯粹的、无拘无束的悖论(apor-

---

① Stephen Greenblatt. "Shakespeare and the Exorcists", Patricia A. Parker, Geoffrey H. Hartman eds. *Shakespeare and the Question of Theory*, London: Routledge, 1986, p. 164.

ia），而是某种特定历史遭遇中的局部策略。"①

　　总之，格林布拉特眼中的解构主义是一种有价值的方法，但他坚持认为，在用解构方法揭示文本的不确定性、挑战学科界限的同时，特定的时空背景和意识形态倾向不能被抛弃。这也是我们下面即将讨论的新历史主义和文化唯物主义的一个共识。

第二节　新历史主义莎评

　　以格林布拉特（Stephen Greenblatt，1943— ）为代表的新历史主义可以说是 20 世纪最后 20 年间影响最大的莎评流派，其影响一直持续至今。关于格林布拉特和新历史主义，国内学者讨论得非常多，我们在这里主要立足于莎评史的发展，关注其具体的莎评实践，并不准备讨论太过艰深晦涩的新历史主义史学理论和文化诗学问题。

　　格林布拉特在著名的《通向一种文化诗学》（Towards a Poetics of Culture）一文中坦言："新历史主义与 20 世纪初实证论历史研究的区别，正在于它对过去几年的理论热持一种开放的态度。"② 于是，福柯的权力理论、格尔茨的人类学理论、解构主义、马克思主义乃至后结构主义精神分析等等都被融入了格林布拉特的莎评实践。由于这种对理论的开放态度，如果想在有限的篇幅内全面概括格林布拉特的批评就会变得十分困难。我们在这里还是采用以小见大的方法，从"权力"这个关键词入手，梳理一下格林布拉特莎评的主要观点。关于权力的讨论应该说是格林布拉特莎评中最重要的一个方面，这其中以收

---

　　① Stephen Greenblatt. "Shakespeare and the Exorcists", Patricia A. Parker, Geoffrey H. Hartman eds. *Shakespeare and the Question of Theory*, London：Routledge, 1986, p. 164. 以上这几段评论解构主义的文字作为《莎士比亚和驱魔人》一文中的一部分，只出现在 Shakespeare and the Question of Theory 这本文集中，在格林布拉特自己的专著《莎士比亚的协商》于 1988 年出版时，这段话被删去。

　　② ［美］格林布拉特：《通向一种文化诗学》，见张京媛主编《新历史主义与文学批评》，北京大学出版社 1993 年版，第 2 页。

录在《文艺复兴的自我塑造》(Renaissance Self-Fashioning: From More to Shakespeare, 1980) 一书中的《权力的即兴创作》(The Improvisation of Power) 和收录在《莎士比亚的协商》(Shakespearean Negotiations: The Circulation of Social Energy in Renaissance England, 1989) 一书中的《隐形的子弹》(Invisible Bullet) 两篇文章最为典型。

在《文艺复兴的自我塑造》一书中格林布拉特关注的是文艺复兴时期的人的自我塑造问题,也就是个人身份 (identity) 的形成。受到人类学家格尔茨的影响,格林布拉特认为没有能够独立于文化之外的普遍人性。而且所谓的文化也不仅仅是关于风俗、传统的体系,同时还是一套管制人的"控制机制" (control mechanisms)。因此,"自我塑造,实际上恰恰是这一控制机制的文艺复兴版本,它是一种依靠控制从抽象潜能到历史具象的转变来创造出特定时代的个人的文化意义系统 (the cultural system of meaning)"。① 在这种认识的基础上,格林布拉特提倡一种"文化的或者是人类学的批评",也就是他所说的文化诗学。在格林布拉特看来,由于文学在文化系统中的不同功能,以前的文学研究要么强调文学对作者行为的体现,成为分析作者行为的文学传记;要么机械地反映社会规则,被吸入了某种意识形态上层建筑;要么把文学视为对社会规则的反省,结果不是走向普遍人性论,就是将艺术视为一个封闭系统。但是,文化诗学作为一种混合和杂糅的批评方法,通过对文学文本与社会存在之间的影响和被影响的双向研究,就能够避免上述这些文学研究的缺陷。

在整个文艺复兴自我塑造的过程中,"权力"是一个重要的关键词。正如格林布拉特在回顾这本书中的内容时所说的:

随着工作的进展,我发现自我塑造和被文化机制——家庭、

---

① Stephen Greenblatt. *Renaissance Self-Fashioning: From More to Shakespeare*, Chicago: University of Chicago Press, 1980, pp. 3 – 4.

宗教、国家——所塑造是相互交织、密不可分的。所有文献中都找不到纯粹的主体性；人类主体开始显得如此不自由，只不过是特定社会中权力关系的意识形态产物。①

所以说，自我塑造的问题离不开社会中的权力关系，这一点在《权力的即兴创作》一文中得到了很详细的论述。在这篇文章中，格林布拉特引入了一种叫做"即兴创作"（improvisation）的概念来阐释权力的运作机制。而且，为了说明即兴创作的特点，格林布拉特还引述了勒纳教授（Daniel Lerner）的"移情"（empathy）理论，并指出这种"移情"就是一种"将自己置于他人处境的能力"。② 格林布拉特指出，《奥赛罗》中的伊阿古就是这种能力的代表。

我们知道，将文学文本和历史轶闻相结合是格林布拉特阐释作品的一个重要方法。所以，在进入对《奥赛罗》的讨论之前，格林布拉特先讲述了一则与伊阿古的计谋类似的历史轶闻。一位叫做彼得·马特尔（Peter Martyr）③ 的历史学家记述了文艺复兴时期西班牙殖民者对印第安人的欺骗。伊斯帕尼奥拉岛（Hispaniola）上的西班牙殖民者由于开采金矿缺少矿工，开始洗劫殖民地周围的岛屿。他们发现鲁卡亚斯群岛（Lucayas，巴哈马群岛的旧称）的一个岛上的印第安人有种灵魂不死的信仰，并且相信自己死后灵魂可以在北方的冰山上得到净化，并最终被带到南方天堂般的极乐岛。在得知当地人的这一信仰之后，西班牙殖民者便随机应变地宣称自己就来自极乐岛，于是轻而易举地将所有的当地居民都骗到了伊斯帕尼奥拉岛去从事苦力。只不过当发现被骗之后，这些印第安人选择了集体绝食和自杀，并未给西班牙人带来多少利益的满足。

---

① Stephen Greenblatt. *Renaissance Self-Fashioning*: *From More to Shakespeare*, Chicago: University of Chicago Press, 1980, p. 256.

② Ibid. , p. 225.

③ Peter Martyr d'Anghiera, 1457—1526, 西班牙历史学家，著有《论新世界》（De Orbe Novo, 1530）一书，记录了欧洲人与印第安人的早期接触。

　　格林布拉特认为，西班牙人的这种做法是一种典型的文艺复兴时期行为模式，也就是即兴创作。这种即兴创作是"一种既能对不可见的情况加以利用又能将现有材料改造而为己所用的能力"。① 这也是欧洲人的一种能力，因为欧洲人总是能够进入当地人的文化、政治、宗教的物理结构并使其为己所用。勒纳教授就已经发现这种能力是一种典型的欧洲模式，而且在文艺复兴时期得到了加强。不过，格林布拉特在勒纳的"移情"理论上更进一步，他认为这种典型的西方行为模式不仅仅是在传播"移情"，更是一种权力的运作过程，而且这种权力既是创造性的又是毁灭性的。

　　莎士比亚的《奥赛罗》也可以被视为同样的文艺复兴行为模式的例证。格林布拉特认为，理解《奥赛罗》的关键词就是权力、性以及即兴创作。首先回到自我塑造的问题，格林布拉特指出，自我身份由叙事所建构，剧中的所有人都服从于某种叙事。要进入另一个人的处境，就要把自己变为一种叙事，而伊阿古正是叙事的操纵者。而且，伊阿古也深谙角色扮演之道："我要是做了那摩尔人，我就不会是伊阿古。"（第一幕第一场）"世人所知道的我，并不是实在的我。"（第一幕第一场）

　　不过伊阿古的即兴创作也有一个基础，那就是奥赛罗在潜意识里将他自己与苔丝狄蒙娜之间的关系也视为通奸。奥赛罗和苔丝狄蒙娜是在未经允许的情况下恋爱并结合的，这就使两人的婚姻带有某种欺骗性质，再加上奥赛罗的黑人身份，就使这段婚姻有了通奸的色彩。不过这里面更重要的是奥赛罗自己的性伦理观念。伊阿古之所以能够成功地欺骗奥赛罗，是因为他成功地把握住了奥赛罗的性伦理观念，而这种性伦理是一种建立在基督教正统思想上的禁欲观念。从正统基督教观念出发，奥赛罗认为，性愉悦是对苔丝狄蒙娜以及他自己的亵渎和玷污。但是不巧的是，苔丝狄蒙娜是勇于承认性愉悦的。

---

　　① Stephen Greenblatt. *Renaissance Self-Fashioning*：*From More to Shakespeare*，Chicago：University of Chicago Press，1980，p. 227.

我们看一看奥赛罗和苔丝狄蒙娜对自己的爱情的描述就可以知道这两个人对性的不同认识。奥赛罗在元老们面前拒绝承认自己是因为性的愉悦才要求带着苔丝狄蒙娜出征的："上天为我作证，我向你们这样请求，并不是为了贪尝人生的甜头，也不是为了满足我自己的欲望，因为青春的热情在我已成过去了；我的唯一的动机，只是不忍使她失望。"（第一幕第三场）与此相反，苔丝狄蒙娜对她的爱情则这样描述道："我不顾一切跟命运对抗的行动可以代我向世人宣告，我因为爱这摩尔人，所以愿意和他过共同的生活；我的心灵甚至完全被他至高无上的快乐所征服"（第一幕第三场）。①

格林布拉特认为，苔丝狄蒙娜自己对性愉悦的承认以及她对奥赛罗的性愉悦的服从激起了奥赛罗的性焦虑（sexual anxiety），而这种性焦虑在伊阿古添油加醋的煽动和宗教正统意识的作用下，使奥赛罗认为自己的爱情受到了玷污，进而更加确定了自己和苔丝狄蒙娜的关系是一种通奸。于是，奥赛罗将他自己视为无节制的情欲的共犯，由于害怕被这种罪恶所吞噬，他要把这种罪转化为一种"净化的、救赎的暴力"。因此，他不得不杀死苔丝狄蒙娜。

所以也可以这么认为：正是苔丝狄蒙娜对爱的追求导致了她的毁灭。这一点在下面这一小段对话中也可以得到反映：

奥赛罗：想想你的罪恶吧。

苔丝狄蒙娜：除非我对您的爱是罪恶，我不知道我有什么罪恶。

奥赛罗：好，你必须因此而死。

---

① 这里仍然有一个版本问题，格林布拉特引用的是第一四开本，其中最后一句是 my heart's subdued even to the utmost pleasure of my lord，我们译作"我的心灵甚至完全被他至高无上的快乐所征服"。而更为流行的对开本将这句话写作：my heart's subdued even to the very quality of my lord，朱生豪先生译作"我的心灵完全为他的高贵的德性所征服"；有人将这里的 quality 一词解释为 profession（职务），所以梁实秋先生译作"我的心已经变得能够追随我的丈夫的职务"。所以对开本的文本显然没有格林布拉特所说的那种意思。

苔丝狄蒙娜：为了爱而被杀，那样的死是违反人情的。（第五幕第二场）

所以说，正如西班牙殖民者抓住了印第安人对天堂的想象进行即兴创作，伊阿古的即兴创作正是把握住了奥赛罗的性伦理观念。而在这一层面，奥赛罗的性伦理使他在将女性理想化的同时又不相信女性，伊阿古的愤世嫉俗恰恰使他能够轻易地复制这种心理结构，从而接近奥赛罗，进而对其进行利用。

在《莎士比亚的协商》一书中，格林布拉特的注意力从文艺复兴的自我塑造问题转向了文学作品是如何在一系列的文化交易中获得力量的问题。他认为文学的愉悦是一种集体生产，新批评的文本分析不能传达文学力量的社会维度。而艺术既然是一种文化实践，问题就在于莎剧这样的文化实践是如何获得巨大能量的。这就牵扯到格林布拉特的另一个关键词："社会能量"（social energy）。格林布拉特认为莎士比亚戏剧中被注入了一种"社会能量"，这种能量不是直接来自于作家，而是来自一系列的流通过程，这一过程就像股份公司的谈判和交易。相应的，确定的文本意义也不再存在，剩下的只有"文本踪迹"（textual trace）。对于莎士比亚来说，所谓的莎剧的文本踪迹就是包括语言、隐喻、仪式、舞蹈、徽章、服装、故事等一系列元素从一个文化领域转移到另一个文化领域。

格林布拉特认为批评的目的就是追踪这种能量在文艺复兴时期和我们这个时代的流动循环。这种流动循环是一个重塑的过程，用格林布拉特另外两个著名术语来表述，就是一种有结构的"协商"（negotiation）和"流通"（exchange）。换句话说，"文学作品的'生命'是最初编入作品的社会能量被变形和重新设计的历史结果。"[1] 于是格林

---

[1]　Stephen Greenblatt. *Shakespearean Negotiations：The Circulation of Social Energy in Renaissance England*，Berkeley：University of California Press，1989，p. 6.

布拉特承认，"我的视野是碎片式的，但我希望提供一个补偿式的满足：考察那些赋予伟大作品力量的若隐若现的文化交易。"①

在社会能量流通的过程中，权力的"颠覆"（subversion）与"遏制"（containment）是一对重要的概念。格林布拉特认为，许多莎剧都涉及对颠覆与混乱的生产与遏制。在《隐形的子弹》一文中，他以《亨利四世》和《亨利五世》为例详细地阐述了这种与权力有关的理论。

在讨论关于亨利五世的三部历史剧之前，格林布拉特依然引述了一段与他的解读有关的历史轶事。文艺复兴时期出现了马基雅维利对宗教的怀疑，他认为宗教起源于对无知大众的欺骗。这是一种极具颠覆性的思想，为当时的权威所不容，被指责为无神论（atheism），因此也就变成了一种"他者"的思想，甚至变成了迫害他人的工具。当时英国的剧作家马洛、伊丽莎白女王的宠臣拉里都曾被冠以无神论者的罪名。而有趣的是，拉里的属下托马斯·哈里奥特（Thomas Harriot）② 从北美洲带回来了一份叫做《关于弗吉尼亚新大陆的简明真实的报告》（A Brief and True Report of the New Found Land of Virginia）的记录，里面正好记载了欧洲人与印第安人的接触，而这种接触可以被视为马基雅维利宗教起源理论的一种验证。

在与当地的印第安人接触的过程中，哈里奥特发现西方的先进技术给当地人的带来了巨大的心理震撼，甚至有人把殖民者当做是神的使者。于是英国殖民者就利用这种心理优势将基督教的上帝观念传给当地人，并用这种观念对当地人形成威慑，进而从中牟利。格林布拉特注意到，欧洲人与印第安人的这种关系正好印证了马基雅维利关于宗教起源于足智多谋的立法者（lawgiver）用一种压制性原则强加给单

---

① Stephen Greenblatt. *Shakespearean Negotiations*: *The Circulation of Social Energy in Renaissance England*, Berkeley: University of California Press, 1989, p. 4.

② Thomas Harriot, 1560—1621，英国天文学家，数学家，民族志研究者，参与并记录了1585 年由拉里出资组织的北美洲远航。

纯的人,从而建立起社会秩序的思想。于是,这里面就存在一个悖论,那就是当欧洲人将自己的宗教观念强加给印第安人的时候,却验证了自己文化中最具颠覆性的一种思想;对基督教秩序激烈的破坏没有成为消极的限制,却成了建立这种秩序的积极条件。用格林布拉特的话说,这就是权力的验证(testing)机制。

除了验证机制,权力还有记录(recording)机制。哈里奥特的另一个故事可以说明这一问题。每当殖民地的英国人在离开一个当地人部落之后,往往很快就会有当地人死亡。以今天的观点看,这不过是殖民者带来了传染病而已;而当时英国人的解释是这些当地人企图反对他们,从而遭致了上帝的惩罚。不过真正难等可贵的是,哈里奥特还记录了当地人对这一现象的解释,其中一个解释便是当地人认为是隐形的英国人射出了隐形的子弹,打死了当地人。格林布拉特将这种对异己(alien)语言的记录称为权力的记录机制。这种貌似多元的话语记录实际上是来自于单一的权力本身。简言之,虽然权力记录了异己语言,但其目的却是为了巩固自我的权威。

根据格林布拉特的研究,权力还有一种解释(explaining)机制。这也可以通过哈里奥特记录的一个故事体现出来。一个叫做温吉亚(Wingina)的印第安酋长相信自己部落的疾病是来自英国人的上帝的惩罚,于是他找到英国殖民者,希望他们的上帝能够用相同的神力打击与他敌对的印第安部落。对此,英国人只能解释说这样的请求"不够神圣",只能请求上帝做正义的事,而不能请求其降祸于他人。格林布拉特认为,这种解释"体现了文艺复兴政治神学的自我合法化和极权特性,是一种能够解释任何突发事件(甚至是对立事件)的能力;但同时它也证明了从马基雅维利到休谟和伏尔泰的那种极端的宗教幻灭感"。① 也就是说,宗教权力在解释自我的过程中,既是一个自

---

① Stephen Greenblatt. "Invisible Bullets", Michael Payne ed. *The Greenblatt Reader*, Oxford: Blackwell Publishing, 2005, pp. 133 – 134.

我合法化的过程，同时又暴露了马基雅维利等人所质疑的那些缺陷。

不难发现，格林布拉特所论述的验证、记录、解释这三种权力的工作机制中都存在着某种悖论，似乎每次当权力要巩固自己的力量时都会遇到某种挑战。也就是说，权力在工作的过程中总会激起某种颠覆性的力量，而这种颠覆性本身却是由权力自己创造出来，继而又被权力所遏制。在这种遏制中，权力最终还是确立起了自己的权威。这就是著名的权力的"颠覆"与"遏制"理论。

格林布拉特认为，在莎剧中也可以发现大量的验证、记录、解释等权力的颠覆与遏制机制。在《理查二世》和《亨利六世》系列中莎士比亚表现了权威的自我颠覆，但《亨利四世》则更进一步表现了戏剧舞台对权威及其力量的挪用。也就是说，《亨利四世》系列更好地体现了权力的颠覆与遏制。关于哈尔王子的这三部剧作中有许多权力的验证、记录和解释，由于篇幅有限，我们只简单考察下面几个。

在《亨利四世》上部里，王子在野猪头酒店对波因斯说道："他们把喝酒称为红一红面孔；灌下酒去的时候，要是你透了口气，他们就会嚷一声'哼！'叫你把杯子里的酒喝干了。总而言之，我在一刻钟之内，跟他们混得烂熟，现在我已经可以陪着无论哪一个修锅补镬的在一块儿喝酒，用他们自己的语言跟他们谈话了。"（第二幕第四场）这就是权力的记录机制，王子记录这些下层人语言的目的正如他自己所言："要是我做了英国国王，依斯特溪泊所有的少年都会听从我的号令。"（第二幕第四场）

在《亨利五世》中，法国公主凯瑟琳学习英语的场景也是典型的权力的记录机制，但这里的记录的颠覆性已经被大大削弱。所以当亨利王对凯瑟琳说："我爱法兰西爱得那么深，我不愿意舍弃她的一个村子，我要叫她整个儿都属于我。凯蒂，当法兰西属于我了，而我属于你了，那么，属于你的是法兰西，而你是属于我的了。"（第五幕第二场）这时被记录的他者完全被记录者所吸收和吞噬。

同样在《亨利五世》中,解释机制凸显了一种颠覆性。亨利五世将征服战争的胜利解释为民族的胜利乃至上帝的胜利:"接受了吧,上帝,这全是你的荣耀!"(第四幕第八场)"谁要是把胜仗夸耀,或者是剥夺了那原只应该属于上帝的荣耀,就要受死刑的处分。"(第四幕第八场)但是在第四幕第一场,一个叫威廉斯的士兵在和微服私访的亨利对话时,认为如果师出无名,国王就要对普通士兵的死负责。于是亨利五世不得不对此进行了一番自相矛盾的解释,颠覆性在这里显现出来。而且威廉斯的质疑甚至给亨利五世自己带来了心理阴影,他随后便祈祷父辈的罪恶不要报应在自己身上。

总之,颠覆性来自对权力的强化,却又被权力本身所遏制。王权来自强力与欺骗,但是这种欺骗并没有削弱国王的光辉,反而因为一种戏剧效果增加了国王的光辉。"国王权威的魅力正如舞台一样,取决于伪装。"① 格林布拉特最后指出,要理解莎士比亚笔下的哈尔王子,就要理解伊丽莎白时代的权力诗学;要理解当时的权力诗学,就要理解当时的戏剧诗学。伊丽莎白女王正是通过戏剧的颂扬与暴力构建了自己的权力。所以,就连莎士比亚所采取的戏剧形式也是权力工作机制的载体:"正是由于在英国的专制主义戏剧风格下,莎士比亚是在为一个服从于国家审查制度的剧院写作,所以他的戏剧才会有如此持久的颠覆性:这种形式本身作为一种文艺复兴权力的主要表现,又帮助遏制了它自己激起的种种激进的怀疑。"②

第三节 文化唯物主义莎评

文化唯物主义(cultural materialism)一词最早来自于英国马克思主义理论家雷蒙德·威廉斯(Raymond Williams)的文化研究,这个词被

---

① Stephen Greenblatt. "Invisible Bullets", Michael Payne ed. *The Greenblatt Reader*, Oxford: Blackwell Publishing, 2005, p. 151.

② Ibid., p. 153.

英国左翼批评家乔纳森·多利莫尔（Jonathan Dollimore）和艾伦·辛菲尔德（Alan Sinfield）借用来形容一种新的文学批评方法。作为一种文学批评方法（尤其是莎评方法），80 年代以来文化唯物主义常常被认为是广义上的新历史主义批评的一部分，或者说是美国新历史主义批评在英国的孪生兄弟。因为他们和以格林布拉特为代表的美国新历史主义有着相似的观点和立场。然而，文化唯物主义和新历史主义毕竟产生于不同的文化背景中，其理论来源也不尽相同。虽然批评方法和许多观点貌似一致，但实际上两者并不能一概而论。不过，以新历史主义莎评为参照，也许能够帮助我们更好地理解文化唯物主义莎评的特点。

英国的文化唯物主义批评家们与他们在美国的新历史主义同行一样，认为文学是一种建构的文本性（constructed textuality），而且历史也不再透明，不再是旧历史主义者眼中的铁板一块。他们既反对艺术中的"人性"及其相对应的普世真理，也拒绝单一的历史学术研究。所以，文化唯物主义者同新历史主义一样，认为文学和历史互为语境，形成互文性。在这种观念的影响下，以往的莎学研究中文学批评与历史学术研究之间的对立再也不复存在。与格林布拉特等新历史主义莎评家一样，文化唯物主义莎评家也认为文学是被生产出来的文化产品，但他们更立足于西方马克思主义和英国文化研究的理论土壤，认为这种文化产品不仅具有意识形态属性，而且有很强的能动性。换句话说，文学既是意识形态的产物，又是其生产者。

在为文化唯物主义下定义的时候，多利莫尔和辛菲尔德指出，文化唯物主义是四个要素的结合体，即历史语境、理论方法、政治义务以及文本分析。作为一种文学批评方法，文化唯物主义正是在这四个方面体现了对传统文学批评的继承与超越：历史语境破坏了传统观念所看重的文学文本的超验属性；理论方法将文本与只在自身内部进行再生产的内在批评相分离；社会主义和女性主义立场的政治义务反对传统的保守批评;而文本分析则继承了传统批评中不可或缺的一部分遗产。① 从这种认识出发,英国的文化唯物主义也和20世纪70年代以后兴起的其他批评流派一样,致力于对以往的批评方法进行补充与修正。从这个角度来看,文化唯物主义批评同时是对20世纪上半叶占统治地位的新批评和历史主义批评的继承与超越。新批评的文本理论致力于在文本中发现矛盾,但是却忽略文学的历史与文化背景;而历史主义虽然将文本置身于历史语境中,却对文本中的矛盾和多重含义视而不见。对此,多利莫尔和辛菲尔德总结道:"文化唯物主义不像其他已被确立的文学批评那样自认为是对一种所谓的已知文本事实进行的自然的、明晰的、正确的解读,因为这样做只会使其观点更加模糊。相反,文化唯物主义专注于一种社会秩序的变化,这种社会秩序以种族、性别、阶级为基础剥削人民。"② 显然,马克思主义的理论背景在这里愈发清晰。

如果我们可以通过"权力"这个关键词来理解格林布拉特的新历史主义莎评的话,那么同样也可以通过"意识形态"这个关键词来理解文化唯物主义莎评。在多利莫尔和辛菲尔德合写的论文《历史与意识形态——以〈亨利五世〉为例》(History and Ideology:The Instance of Henry V)中,这两位批评家指出,不论是历史主义批评的代表人物蒂利亚德(E. M. W. Tillyard)还是包括扬·柯特(Jan Kott)在内的蒂利亚德的各路反对者们都错误地解读了莎士比亚历史剧。因为不论是蒂利亚德对社会和宇宙秩序的强调,还是柯特对虚无与混乱的强调,都错误地将历史与人的主体性视为一个统一体,认为具有一致性的"人物"能够反映普世真理,从而误解了意识形态这个解读历史剧的钥匙。多利莫尔和辛菲尔德从马克思主义的角度出发,认为历史与人要被放在社会和政治的进程中来理解,而这种理解的前提就在于首先

---

① Jonathan Dollimore, Alan Sinfield ed. *Political Shakespeare: New Essays in Cultural Materialism*, New York: Cornell University Press, 1985, p. vii.

② Ibid. , p. viii.

要对意识形态进行一个唯物主义的解读。

在这两位文化唯物主义莎评家看来，"意识形态是由一套使社会秩序合法化的信仰、实践、制度组成的，尤其是一个由部分人或某一阶级的利益来代表普遍利益的过程。"① 也就是说，意识形态具有欺骗性质，能够将一部分人的利益误解为普遍利益，并将其合法化。"社会秩序将不平等和剥削视为上帝或自然的规定，从而使其不可更改。而意识形态的主要策略就是代表社会秩序使不平等和剥削合法化。"② 所以意识形态就不仅仅是一种思想，更是一种物质实践（material practice）。

占统治地位的意识形态对被统治者的渗透常常体现在日常生活的方方面面。但是，这种渗透未必都是成功的，所以统治性意识形态与被统治者之间的冲突也常常被反映在社会生活中，而戏剧恰恰就是这种冲突得到表现得最好的载体。伊丽莎白时代的戏剧一方面常常成为宫廷的消遣，受到王权的审查，另一方面也是被统治者们喜闻乐见的娱乐形式，常常受到大众的影响，这就使其成为意识形态冲突的最佳舞台。多利莫尔和辛菲尔德认为即便是《亨利五世》这部最能体现莎士比亚为国家政治宣传服务的剧本也不能做到完全宣扬秩序与稳定，它同样会反映意识形态进行操纵时所遇到的抵抗和冲突。

在《莎士比亚、文化唯物主义与新历史主义》（Shakespeare, Cultural Materialism and New Historicism）一文中，多利莫尔解释了文化唯物主义者眼中的意识形态概念及其工作方式："意识形态的概念经历了错综复杂的演变。与之相应，也存在着对它各种不同的理解。对于文化唯物主义批评，有一种理解特别有用，它追溯到意义与合法化的文化联系之中，探究社会观念、社会实践以及社会结构是怎样使占主导地位的社会秩序或社会现状合法化，即主导因素和从属因素的现存

---

① Jonathan Dollimore and Alan Sinfield. "History and Ideology: The Instance of Henry V", John Drakakis ed. *Alternative Shakespeares*, London: Routledge, 2002, p. 215.

② Ibid., p. 216.

关系问题。"① 多利莫尔进一步解释说,意识形态有几个方面的运作:第一,它会解释社会现状,通过将局部利益表述为普遍利益从而使社会现状合法化;第二,它会通过解释历史发展规律将现存社会秩序赋予类似自然规律的客观属性,使其变得加倍合法化;第三,它会抹杀社会矛盾和分歧。于是,一旦出现与主流意识形态相冲突的因素,意识形态就会将其"丑化为对社会秩序的颠覆企图"。② 而且更重要的是,意识形态往往会将这种内部的颠覆活动解释为来自外部的"他者"。"因此,如果从现存社会秩序内部产生出的社会冲突一旦被解释为来自外部(异己力量)的颠覆企图,那么这种社会秩序正好得到巩固,其手法便是压制不同意见,同时制造出对这种做法的赞同态度:这就是所谓通过颠覆来确保社会稳定。"③

这无疑是一种带有辩证色彩的认识。简单地讲,主流意识形态若想持续存在,必然需要一个对立面或一个与之抗争的力量。换言之,权威统治者如果想要使自身合法化,必须要想方设法地构建并维持一个与之对立的"他者"(Other)作为敌人。多利莫尔的这个论述显然也包含了格林布拉特的"颠覆—遏制"(subversion-containment)理论。如果将"意识形态"一词换成"权力",这个观点便几乎等同于格林布拉特的观点。然而不同之处在于,在多利莫尔等文化唯物主义者眼中,伊丽莎白时代更加动荡并具有颠覆性。用多利莫尔自己的话说:"实际上,这两种思想运动只是在以下方面有分歧:新历史主义被认为找到了太多的遏制,而文化唯物主义则被认为找到了太多的颠覆。"④ 因此也可以这么认为,新历史主义比文化唯物主义更悲观一些,文化唯物主义则更加激进。

在具体的莎评实践层面,多利莫尔和辛菲尔德也颇有建树。在多

---

① 王逢振主编:《2000 年新译西方文论选》,漓江出版社 2001 年版,第 235 页。

② 同上书,第 236 页。

③ 同上。

④ Jonathan Dollimore. "Shakespeare, Cultural Materialism, Feminism and Marxist Humanism", *New Literary History*, Vol. 21, No. 3 (Spring, 1990), p. 472.

利莫尔看来，文艺复兴时期蒙田的怀疑主义与唯物主义的意识形态观念相似，他们都是一种"人的去中心化"（decentring of man），其共同点是反对本质主义（essentialism）。作为一种哲学思想，本质主义指的是承认本质存在的绝对性，而非偶然性。本质包括实体、道德法则、精神、价值等等。多利莫尔的批评实践更多的是从一种唯物主义的社会决定论出发，反对以前的批评中那种先验本质的存在。文艺复兴时期的怀疑主义拒绝继续承认中世纪以来的那种上帝赋予人本质，并使人占据宇宙中心位置的观念。这是一个将人去中心化的时代，在这个时代里关于自我的种种基本观念也被消解。在这种对文艺复兴历史认识的基础上，多利莫尔将英国以前的文艺复兴文学批评称为本质主义的人文主义批评（essentialist humanist criticism）。不同于这种批评，他认为人的本质是特定的历史时期不同社会力量相互作用的产物。

在《激进的悲剧》（Radical Tragedy，1984）一书中，多利莫尔从这个角度出发对《李尔王》进行了解读。他认为以前的批评家对《李尔王》的解读可以分为两种，一种是基督教的解读，一种是人文主义的解读。基督教的解读强调一种救赎，而人文主义解读用一种人的内在本性（intrinsic nature）代替了上帝的救赎，强调的是人的勇气和正直，以及在默默地忍受命运折磨中所透露出的崇高品质。不过，多利莫尔认为这两种解读都是一种本质主义的解读，基督教解读的错误不言而喻，而人文主义解读的错误在于："它使苦难神秘化，并赋予人一种虚假而又明晰的身份。"① 所以，不论人文主义的解读是强调同情，还是强调斯多葛主义的坚韧，都是错误的。总而言之，基督教的解读和人为主义的解读都不能体现《李尔王》这部作品的真实内涵。

多利莫尔认为，要理解《李尔王》，就要从权力和意识形态角度入手。在《李尔王》中，连所谓的正义也是被权力所决定的。正如李

---

① Jonathan Dollimore. *Radical Tragedy*：*Religion*，*Ideology and Power in the Drama of Shakespeare and his Contemporaries*，Durham：Duke University Press，2004，p. 190.

尔所言："那放高利贷的家伙却把那骗子判了死刑。褴褛的衣衫遮不住小小的过失；披上锦袍裘服，便可以隐匿一切。罪恶镀了金，公道的坚强的枪刺戳在上面也会折断；把它用破烂的布条裹起来，一根侏儒的稻草就可以戳破它。"（第四幕第六场）总之，人的本质是被社会力量所决定的，人类价值也是被物质现实所决定的。于是，多利莫尔提出了一个针对《李尔王》的唯物主义解读。他认为，《李尔王》是一部关于权力、财产和继承的戏剧作品。这是因为权力、财产、继承是剧中那个社会的物质和意识形态基础，不管是李尔和葛罗斯特，还是里根和高纳里尔，都不可避免地被这个社会基础所左右。

　　多利莫尔分析到，拿李尔来说，考狄利娅之所以惹怒了李尔王，并不是因为她违反了一种人伦关系，而是因为她会暴露"人的亲情是服务于财产、契约以及权力关系的"①。这种社会现实，而考狄利娅的这种危险言行无疑会破坏父权秩序的意识形态合法性。在结束关于亲情问题的争论后，李尔马上将嫁妆问题与考狄利娅的孝顺联系在一起，这种做法更是将财产亲情、血缘的关系展现得一览无余。最后，李尔宣称与考狄利娅断绝关系："我如今发誓我脱离一切的为父的责任，亲属关系和血缘关系（property of blood）。"（第一幕第一场）多利莫尔指出，这里的 property 一词虽然意为"亲密的血缘关系"，但实际上却暗示出了血缘关系与财产之间的联系。因此，不论亲情还是血缘，都不过是财产关系的一种体现。尤其是在第二幕第四场，李尔对高纳里尔说："我愿意跟你去；你的五十个人还比她的二十五个人多上一倍，你的孝心也比她大一倍。"这样赤裸裸地将亲情和财产联系在一起的做法使二者之间的关系昭然若揭。

　　葛罗斯特与李尔的做法一样，"我的孝顺的孩子（loyal and natural boy），你不学你哥哥的坏样，我一定想法子使你能够承继我的土地。"

---

①　Jonathan Dollimore. *Radical Tragedy*：*Religion*，*Ideology and Power in the Drama of Shakespeare and his Contemporaries*，Durham：Duke University Press，2004，p. 198.

（第二幕第一场）这和李尔王将亲情与财产联系在一起的言论如出一辙。多利莫尔指出了这种社会主导意识形态在李尔和葛罗斯特身上所发挥的作用：

> 当李尔和葛罗斯特的世界分崩离析的时候，他们却更固执地抓紧了他们所知道的唯一价值，而正是这一价值导致了这种分崩离析。所以当社会被矛盾冲突所撕裂的时候，导致这一撕裂的意识形态结构却得到了强化。①

这个对意识形态的论述不禁让人想起了格林布拉特关于权力的论述。实际上，针对这一问题多利莫尔还提出了一对类似于格林布拉特的颠覆与遏制的概念，那就是违禁（transgression）与监视（surveillance）。在分析《一报还一报》时，多利莫尔注意到了剧中的"性违禁"问题。他指出，以往的批评家们都承认此剧中的"性违禁代表的是人类本性中造成社会混乱的力量"，②而《一报还一报》便证明了这种力量必须被压制，并且描述了这种力量是如何被压制的。但多利莫尔认为，如今应该从更"激进"的角度解读压制者与被压制者的关系，即赋予被压制者以积极的意义。

多利莫尔指出，从违禁的角度考察，底层人民的性违禁并非由自身的堕落引起，而是由统治者强加给他们的。统治阶级出于自己的焦虑和对混乱状态的恐惧，以对底层民众的妖魔化达到强化自身权力的效果。多利莫尔在这里注意到了一些剧中一些缺席的人物（absent characters）以及剧中被隐藏的历史。缺席的人物就是一些"性违禁者"（sexual offenders），比如剧中的妓女，这些人被视为是秩序和法

---

① Jonathan Dollimore. *Radical Tragedy*: *Religion*, *Ideology and Power in the Drama of Shakespeare and his Contemporaries*, Durham: Duke University Press, 2004, p. 200.

② Jonathan Dollimore. "Transgression and Surveillance in Measure for Measure", Jonathan Dollimore, Alan Sinfield eds. *Political Shakespeare*: *New Essays in Cultural Materialism*, New York: Cornell University Press, 1985, p. 72.

律的破坏者而被加以控制。因此，堕落就并不是来自于性，而是来自政治。"不论此剧中的性违禁者们拥有什么样的颠覆性身份，它都是被统治者构建并强加于其身的，目的是为了控制他们；更进一步，这种控制正是通过构建这种身份的过程来实现的。"① 这样一来，本来是暴政本身带来的混乱，但却被归罪于被统治者。"这部剧揭示了堕落来自于权威自己，而不是来自欲望。"② 换句话说，底层人民的堕落是被统治者转移过去的，真正堕落的是统治者自己。

　　在把堕落和违禁转嫁给了被统治者以后，对违禁的攻击和反对就成了统治的基础，这就涉及了统治者的"监视"。典型的监视就是公爵伪装成修士微服私访。在这一监视过程中，公爵看到了他的臣民对他的正直的承认，公爵就利用这种臣民对正直的信任来重新强化他们对自己的服从。于是，正直也变成了权威统治的策略之一。被统治者的欲望被统治者加以利用，并以此为威胁来使一种权威的压制合法化。于是，公爵一直以来的正面形象被剥夺，成为一个十足的骗子和玩弄权术者。所以多利莫尔最后指出，"寻找抵抗的证据，我们只会找到更多剥削的证据"。③ 这个观点同样和格林布拉特对权力的论述异曲同工。

　　文化唯物主义莎评的另一位代表人物辛菲尔德也详细讨论过意识形态的运作问题。在 1992 年的《文化唯物主义、〈奥赛罗〉和"表面真实性"政治》（Cultural Materialism, Othello, and the Politics of Plausibility）一文中，辛菲尔德从意识形态的角度重述了《奥赛罗》的故事，他认为"《奥赛罗》中所有的人物都在'讲故事'"，④ 正是不同的"故事"之间的竞争推动了情节的发展。因此，"故事"的"表面

---

① Jonathan Dollimore. *Radical Tragedy: Religion, Ideology and Power in the Drama of Shakespeare and his Contemporaries*, Durham: Duke University Press, 2004, p. 73.

② Ibid.

③ Ibid., p. 86.

④ Alan Sinfield. *Faultlines: Cultural Materialism and the Politics of Dissident Reading*, Berkeley: University of California Press, 1992, p. 29.

真实性"（plausibility）所依赖的条件便至关重要，因为它决定了谁的"故事"更可信。辛菲尔德进一步指出，"故事"实际上就是"意识形态的产物"（the production of ideology）。

最终，伊阿古捏造出来的"故事"之所以能够欺骗奥赛罗，是因为它对包括奥赛罗自己在内的所有人来说都"貌似可信"（plausible）。伊阿古的"故事"之所以看起来合理是因为它伪装成了常识，而意识形态的力量正是来源于此。"意识形态的力量来自于它作为常识的方式"。① 意识形态通过解释日常经验赋予我们的生活以意义，而且由于与我们以往的经验和周围人的经验相符合，这种解释往往貌似合理和可信。于是，这种"表面真实性"的条件便十分重要，而意识形态正是以这样的方式控制了我们对整个世界的理解和我们的生活方式。

对于奥赛罗来说，与苔丝狄蒙娜相爱是明显违反意识形态所赋予的威尼斯人的常识的。当勃拉班修控诉奥赛罗的时候，奥赛罗一面表现出威尼斯人在想象中赋予自身的品质——冷静与负责，另一方面又以"外来陌生者"的视角叙述了一些不可信的历险故事。这两个策略的同时使用成功地让奥赛罗逃脱了指责，获得了威尼斯人的宽容。然而，当伊阿古不断使用带有种族主义和性别歧视色彩的故事来侵蚀奥赛罗时，他终于抵挡不住了。"奥赛罗被说服承认自身的低劣和苔丝狄蒙娜的轻浮，而且还进一步以行动证实了这些说法的真实性。"② 奥赛罗之所以会被说服，是因为当时的文化环境本身就认同这种带有种族主义和性别歧视色彩的意识形态，所以"此剧中的种族主义和性别歧视就不应该被归因于伊阿古的品性或他那反复无常的邪恶，而应归因于为这种'表面真实性'提供条件的威尼斯文化"。③ 所以，伊阿古的"故事"重复的只不过是文化早已赋予的东西而已，他的胜利也只

---

① Alan Sinfield. *Faultlines: Cultural Materialism and the Politics of Dissident Reading*, Berkeley: University of California Press, 1992, p. 32.

② Ibid., p. 31.

③ Ibid.

不过是占统治地位的意识形态重申了自己的权威。

在辛菲尔德看来，意识形态的建构性甚至能够决定抵抗者的思想及其表达范围。社会之所以能够保持现状，不是由于抵抗者都被惩罚和禁言，而是因为占统治地位的意识形态能够让人们认为进步是不可能的。于是关键问题就在于："如果我们的意识受制于与维护社会秩序的权力结构相联系的语言的话，我们如何能够设计和孕育抵抗？更不要说将其付诸实践了。"[①] 在回答这个问题之前，辛菲尔德首先反驳了两种与之相联系的观点，其中一种来自于女性主义批评，另一种来自格林布拉特的新历史主义批评。

根据伦茨（Carolyn Lenz）和尼利（Carol Thomas Neely）等早期女性主义莎评家的观点，抵抗不仅完全是可能的，而且这种抵抗来自于个人的主体性。这也是这些女性主义批评家们和英国文化唯物主义、以及美国新历史主义的主要分歧。辛菲尔德认为"是权力结构造就了我们生活和思考的系统，而不是个人，如果仅仅关注个人的话就会很难发现这些权力结构；即便能够发现，也对其无能为力，因为它要求一种集体行为"。[②] 因此，在辛菲尔德这样的批评家看来，这种女性主义观点还是属于文化唯物主义所反对的"本质主义的人文主义"批评类型。

而美国的新历史主义莎评对这个问题的看法显然更加悲观。我们知道，以格林布拉特为代表的美国新历史主义认为是权力自己设计并制造出对立面，以达到维系自身权威地位的目的。于是，真正的抵抗似乎不太可能存在。这种意识形态与权力的运作方式就像陷阱一样，因此辛菲尔德将其称为"陷阱模式"（entrapment model）。由于学理上的亲缘关系，辛菲尔德对这种观点与其说进行了反驳，不如说是一种纠正与补充。辛菲尔德借鉴了英国文化研究的相关成果，认为格林布

---

① Alan Sinfield. *Faultlines*: *Cultural Materialism and the Politics of Dissident Reading*，Berkeley：University of California Press，1992，p. 35.

② Ibid.，p. 37.

拉特的"陷阱模式"无法解释所有文艺复兴时期的权力运作和意识形态现象。文化研究的理论大师、伯明翰学派的主要奠基人斯图亚特·霍尔（Stuart Hall）曾指出，占统治地位的文化一定不是均质的，而是分层的，因此一定会有断层（faultline）存在。由于文化存在着断层，占统治地位的意识形态有时并不能取得绝对的控制权。辛菲尔德举了两个例子证明这一点，并指出"陷阱模式"不能解释这两种情况。

第一种情况是合法的统治者未必能够取得对军事组织的控制。辛菲尔德指出，这是一个在政治结构中出现的断层，它是由意识形态和军事力量的分离所导致的，因为功高盖世的将军往往会挑战到统治者的权威。这种情况古往今来一直存在，文艺复兴时期最明显的例子就是 1601 年埃塞克斯伯爵的叛乱，而现代的例子可以参考麦克阿瑟在朝鲜战争中对杜鲁门的不屑。在文学中，麦克白就是一个很好的例子。而亨利五世本人既是统治者，同时又在战场上取得了伟大的战功，因此也就解决了这个断层问题。

第二种情况涉及女性视野，典型的例子就是苔丝狄蒙娜的婚姻。辛菲尔德认为文艺复兴时期的婚姻观念比中世纪天主教时期更强调两性的和谐与愉悦，这使得女性的地位有所提高，但与此同时传统的父权依然占据统治地位，甚至在某些精神层面还得到了加强。于是，婚姻中对爱情的追求和对父权的顺从之间就产生了很难调和的矛盾，从而使占统治地位的意识形态难以发挥作用。所以，苔丝狄蒙娜在遇上奥赛罗之前就已经在进行抵抗了，因为勃拉班修曾提到："多少我们国里有财有势的俊秀子弟她都看不上眼。"（第一幕第二场）

辛菲尔德指出，正是由于这些文化断层的存在，抵抗终究成为可能。每当断层出现的时候，抵抗就有机会成功。因此，是社会秩序内部的断层促使具有抵抗性质的思想和行为的产生，而非外在于占统治地位的意识形态的主体性等因素。在此基础上，辛菲尔德认为，由于断层困扰着"表面真实性"的主导条件，所以政治批评的任务就是

"观察'故事'是如何处理这些断层的。"①

更重要的是,辛菲尔德使用了一个全新的单词"异议"(dissidence)来指涉被支配者对主流意识形态的抵抗,而且他认为这个词比多利莫尔的"违禁"或格林布拉特的"颠覆"都要准确:"我用'持异议的'(dissident)而不用'颠覆',就是为了绕开'陷阱模式',因为后者有可能暗示了一种成就,似乎有什么东西真被颠覆了,因此(由于政府并未倾覆,父权也没有崩溃)遏制一定会发生。我用'异议'一词来暗示对统治的某一方面的拒绝,并不预先判断其结果。"②辛菲尔德进一步指出,"异议"一词看似更加委婉,其实则不然:"这个词表面上看不够强烈,但实际上它假设了一个必定能够持续抗争的领域,在这个领域里,虽然有时被支配者很难坚守阵地,但在某些紧要关头却能够将占统治地位的意识形态逼退,因此在这方面这个词其实足够强烈。"③于是,辛菲尔德用"异议"这个概念和一系列的相关论述重新评价了意识形态的控制和被统治者的抵抗问题。

总之,文化唯物主义与新历史主义一样,都以反对传统的新批评和历史主义批评为己任,且都是一种带有明显政治倾向的文学理论在莎士比亚评论领域的应用。文化唯物主义莎评结合了文化研究和西方马克思主义等理论方法,成为80年代以后莎评界最为引人注目的批评方法之一。文化唯物主义以意识形态为关键词,在具体的批评实践中注重分析占统治地位的意识形态对被统治者的剥削和支配,但同时也分析被统治者的"异议"和对权威意识形态的"颠覆"。通过这些带有政治色彩的分析,文化唯物主义莎评不仅使自己融入了80年代之后的西方左倾文学研究思潮,也将这种思潮引入了莎士比亚研究领域,成为20世纪后期的重要莎评阵营之一。

---

① Alan Sinfield. *Faultlines*: *Cultural Materialism and the Politics of Dissident Reading*, Berkeley: University of California Press, 1992, p. 47.

② Ibid., p. 49.

③ Ibid.

抛开新旧历史主义对伊丽莎白时代思想观念的不同认识，更重要的是，在蒂利亚德等旧历史主义批评家眼中，历史背景研究是服务于文学研究的；不仅如此，这些有文学史研究背景的学者型批评家们普遍认为历史是一面可以照射出确定文本意义的镜子。只要通过一定的学术训练，就可以通过回到清晰透明的历史语境从而进入当时的文学，进而阐明文学文本的意义。

但是，包括文化唯物主义在内的各种新历史主义首先承认的一个前提就是，历史是回不去的，历史只存在于文本之中。因此，历史研究只有与当代的具体语境相结合，才能发挥其价值。不仅如此，由于受到了解构主义的影响，在新历史主义者眼中，学科的界限也不再明显，历史文本和文学文本也拥有同样重要的地位。在这样的认识下，各种新历史主义观点在把历史重新带入莎士比亚研究的同时，也完全改变了传统莎评的面貌。不过毋庸置疑的是，文化唯物主义和新历史主义至今仍然活跃在英美的莎士比亚研究领域，并会继续为莎士比亚研究的丰富和深化做出自己的贡献。

第四节　女性主义莎评

女性批评家对莎士比亚的解读早已有之，其源头甚至可以追溯到文艺复兴时期，而19世纪上半叶的著名女性主义者安娜·詹姆逊（Anna Jameson）也解读过莎士比亚笔下的女性角色，并对这些人物有独到而细致的分析。进入20世纪，这种解读更是层出不穷。但是，作为一种批评话语实践和批评流派的女性主义莎评，则是从20世纪70年代中期才开始出现的。

20世纪70年代中期，作为批评流派的女性主义莎评在英美的诞生主要有两个标志，一是1975年英国莎学家朱丽叶·狄森伯莉（Juliet Dusinberre）出版了第一部女性主义莎评专著《莎士比亚与女性的本质》（Shakespeare and the Nature of Women）；二是1976年美国现代语

言学会（MLA）举办了女性主义莎评专题研讨会，此次会议催生了
1980 年出版的论文集《女性的角色：莎士比亚的女性主义批评》（The
Woman's Part：Feminist Criticism of Shakespeare）。[①]

　　狄森伯莉在《莎士比亚与女性的本质》一书中主要讨论了莎士比
亚时代女性的社会地位问题。她认为，文艺复兴时期是一个社会发生
剧烈变革的时期，由于新教的发展等原因，女性的社会地位得到了很
大提高。于是，当时人文主义者伊拉斯谟和莫尔关于教育的观点、宗
教改革家路德与加尔文关于婚姻的思想，以及伊丽莎白女王本人博学
的知识和敏锐的政治能力等因素都作为背景被狄森伯莉拿来讨论，并
作为论据支持自己的观点。其主要观点就是："1590 到 1625 年间的戏
剧是同情女性主义的，……莎士比亚笔下的女性的解放、自立和对传
统形象的背离也不是孤立现象。……莎士比亚与其他剧作家的不同只
是艺术技巧程度的不同。"[②] 也就是说，莎士比亚和他同时代的作家
们都在反映一种变化着的对待女性的态度，只是莎士比亚在技巧上
更杰出而已。总之，新教的兴起给了女性新的身份和地位，而在客
观再现女性社会地位和女性本质这方面，可以说莎士比亚是同情女
性主义的，甚至可以说，他是一个女性主义者。"莎士比亚在一个公
开宣称男女不平等的世界中将男女视为平等的。他并不将人性区分
为男性的和女性的，而是在个体的男人和女人中观察到对立的动机之
间的千万种联系。"[③]

　　总的来说，狄森伯莉在观点上还是比较符合 20 世纪下半叶文艺复
兴研究的发展趋势的，即强调文艺复兴时期的社会变革，认为文艺复
兴时期比学界之前所认为的更加"现代"；不过在方法上，狄森伯莉

---

　　① 之所以说"催生"，因为《女性的角色》并不是此次研讨会的论文汇编，而是会议的
组织者卡洛琳·伦兹与本书另一位主编盖尔·格林在会议前后分别征集的论文，经过挑选后选
编而成。

　　② Juliet Dusinberre. *Shakespeare and the Nature of Women*，London：Macmillan Press，1996，
p. 5.

　　③ Ibid.，p. 308.

是比较传统的，使用的仍然是历史批评方法，就连书名本身也是对西奥多·斯宾瑟（Theodore Spencer）教授的历史主义莎评名著《莎士比亚与人性》（Shakespeare and the Nature of Man）的模仿。因此，对普遍人性的强调让狄森伯莉基本上还是属于人文主义历史批评的范畴，而批判精神的缺失对于一部女性主义著作来说则显得更为致命，这也是后来的女性主义莎评家对其诟病的主要原因之一。

1976 年美国现代语言学会举办的女性主义莎评专题研讨会对女性主义莎评的发展影响深远，会议所催生的论文集《女性的角色》也成为女性主义莎评的经典文集。对于女性主义莎评的批评方法，在此书的序言中，卡洛琳·伦兹（Carolyn Lenz）、盖尔·格林（Gayle Greene）和卡罗尔·尼莉（Carol Thomas Neely）这三位主编认为，女性主义批评起码借鉴了三种传统批评方法，即历史方法、精神分析、以及新批评的文本细读。从这里我们可以看出，此时的女性主义莎评和传统批评之间的紧密联系。但是，这三位主编也强调，女性主义只是借鉴了这些传统批评方法，并没有照搬这些方法，虽然女性主义莎评还太年轻，并没有自己固定的方法，但这也成就了它的灵活与多元。

对于这本文集的内容，序言中写道："本书的批评家们把莎士比亚笔下的女性从常常限制她们的'套话'（stereotype）中解放出来；她们考察女性之间的关系；她们分析父权结构的性质和效果；而且她们还探寻文类对描绘女性的影响。"[①] 也就是说，女性主义批评家在这里主要从四个方面讨论了莎士比亚的作品，即重新阐释莎剧中的女性形象、发掘其中的女性亚文化和女性友谊、分析剧中的男权结构与男权压制以及分析文类区别对女性角色塑造的影响。

收入此文集的瑞贝卡·史密斯（Rebecca Smith）的《一颗分裂的心：莎士比亚笔下的乔特鲁德的两难困境》（A heart cleft in twain：The

---

① Carolyn Ruth Swift Lenz, Gayle Greene, Carol Thomas Neely ed. *The Woman's Part*：*Feminist Criticism of Shakespeare*, Urbana：University of Illinois Press, 1980, p. 4.

dilemma of Shakespeare's Gertrude) 一文可以让我们看到女性主义批评家是如何重新解读莎剧中的女性形象的。在以往的莎评中，乔特鲁德常被认为是一个淫荡和不诚实的女人，但史密斯认为，"这个传统的描绘是错误的，因为她的语言和行为实际上塑造了一个温柔、驯服、依赖、无想象力的女人，这个女人被可怜地卷入两个'强大的对头'的可怕的斗争中间，她的'心被一分为二'，其忠诚分属于丈夫和儿子。"① 从文本证据来看，鬼魂、哈姆莱特、克劳狄斯三人都是从自己的角度描绘乔特鲁德，他们都将乔特鲁德视为性对象（sexual object），按自己的想法塑造着她。乔特鲁德自己的戏份和台词虽然并不多，但她说的话都坦诚直接且语气诚恳，从不轻浮，其行为也和语言一样充满关爱，没有任何不妥。如果仅按乔特鲁德自己的言行来考察这个人物的话，她将是一个充满爱心的母亲和妻子的角色。不仅如此，史密斯还考证说，不论是 12 世纪的《丹麦史》还是贝勒弗瑞斯特（François de Belleforest）后来对此故事的转述，乔特鲁德在莎士比亚的故事来源中都是明显有罪的。甚至在莎士比亚主要参考的《哈姆莱特》原剧（Ur-Hamlet）中，乔特鲁德也出于愧疚帮助了哈姆莱特。但是，莎士比亚对这些情节做了明显的改动。在莎士比亚这里，没有任何直接文本证据证明乔特鲁德是有罪的。在史密斯看来，首先，乔特鲁德的语言和行为证明她并不是一个通奸者，其次，她也没有参与到克劳狄斯的弑兄罪行中，甚至对此毫不知情，只不过是克劳狄斯的罪行让乔特鲁德也受到了牵连。而且乔特鲁德既爱自己的丈夫克劳狄斯，也爱儿子哈姆莱特，此二人之间的争斗让她陷入痛苦。

马多恩·麦纳（Madonne M. Miner）的《亡嗣亡夫亡江山：〈理查三世〉中的女性角色》（"Neither mother, wife, nor England's queen": The role of women in Richard III）一文着重探讨《理查三世》中父权对

---

① Rebecca Smith. "A Heart Cleft in Twain: The Dilemma of Shakespeare's Gertrude", Carolyn Ruth Swift Lenz, Gayle Greene, Carol Thomas Neely eds. *The Woman's Part*: *Feminist Criticism of Shakespeare*, Urbana: University of Illinois Press, 1980, p. 194.

女性的压制和女性角色之间的友谊与互助等问题。麦纳指出，在这部剧作中，论者往往只关注理查三世这个圆形人物，而将其中的诸多女性角色视为不值得深入探讨的扁平人物。麦纳通过种种文本证据证明，此剧中以理查三世为代表的男性世界和以伊丽莎白等为代表的女性世界是对立的，前者压制后者，后者依附于前者，而且理查三世在将女性视为"他者"的同时不断强化这种对立和依附关系。不过，在被理查三世一步步剥夺掉各种身份的过程中，女性角色之间在同情的基础上从彼此对立走向亲密的友谊。麦纳指出，文中各种有关生育的隐喻暗示了这种变化，而这种变化是从第四幕开始的，尤其是在第四幕第四场，两位王后和公爵夫人不计前嫌，组成了反抗理查三世的同盟。"虽然被理查一再削弱，但这些女人们展现了一种情感上的坚韧和一种真实人性的复杂性。"①

文类问题从一开始就是女性主义莎评家们集中关注的重要问题，早期女性主义莎评家尤其关注莎士比亚喜剧，有人甚至将悲剧视为男性的文类，而将喜剧与女性相联系。"至今仍有女性主义莎评家继续跟随莎剧经典中传统的等级前提，将悲剧视为最高级的文类，其次才是中期喜剧和问题剧，这令人感到遗憾"。② 保拉·伯格伦（Paula S. Berggren）的《女性的角色：莎剧中作为能量的女性性别》（The Woman's Part: Female Sexuality as Power in Shakespeare's Plays）就从文类入手讨论了莎剧中的女性角色功能问题。伯格伦指出，莎士比亚喜剧中经常出现的女扮男装在赋予女性男性能量的同时又不失其女性特质，因此，喜剧中的女性有了挫败男性的力量和统治力；而悲剧中的女性，非善即恶，不是无辜的受害者就是怪物。"喜剧世界需要能孕育生命的女人来延续种族，维持社会；而悲剧世界回避这种慰

---

① Madonne M. Miner. "Neither mother, wife, nor England's queen: The role of women in Richard III", Carolyn Ruth Swift Lenz, Gayle Greene, Carol Thomas Neely eds. *The Woman's Part: Feminist Criticism of Shakespeare*, Urbana: University of Illinois Press, 1980, p. 48.

② Ann Thompson. "The warrant of womanhood: Shakespeare and feminist criticism", Graham Holderness ed. *The Shakespeare Myth*, Manchester: Manchester University Press, 1988, p. 85.

藉,因此不需要这种女主人公。于是在悲剧中这些女人要想占有一席之地就必须通过激发男性的激情或做出崇高的牺牲来抛弃自己的女性特质。"①

　　20 世纪 80 年代是女性主义莎评从发轫走向成熟的重要时期,大量有深远影响的著作和论文层出不穷。1981 年对女性主义莎评的发展来说是重要的一年。这一年至少有两本重要的专著,一本是玛丽琳·弗兰奇(Marilyn French)的《莎士比亚的经验分域》(Shakespeare's Division of Experience),另一本是葛佩莉亚·卡恩(Coppélia Kahn)的《男人的地位:莎士比亚戏剧中的男性身份》(Man's Estate: Masculine Identity in Shakespeare)。这两本书和《女性的角色》一起,都是早期女性主义莎评的重要成果,对后来的女性主义莎评家极具启发意义。同样在 1981 年,作为《女性的角色》一书的主编之一,卡罗尔·尼莉发表了一篇名为《女性主义莎评的模式:补偿、辩护、转换》(Feminist Modes of Shakespearean Criticism: Compensatory, Justificatory, Transformational)的论文,也产生了很大影响。这篇文章后来被学术界公认为女性主义莎评的一个重要的阶段性总结。

　　在讨论具体模式之前,尼莉首先讨论了女性主义文学批评的特征。她认为女性主义的特征便是灵活和自觉,这是一种正在发展的批评方法,并在发展中不断尝试自我界定。不过,要准确说出女性主义批评的定义并不容易,"比起是什么,(女性主义)更容易通过不是什么来界定"。② 因为女性主义"不像历史主义或新批评那样是一种方法论,也从不预设方法论;它会运用许多方法。但是,女性主义却预设了一种意识形态——女性主义批评家是女性主义者。虽然这种意识形态本身也很难界定,而且它与批评之间仅仅保持着一种松散甚至是有问题

---

　　① Paula S Berggren. "The Woman's Part: Female Sexuality as Power in Shakespeare's Plays", Carolyn Ruth Swift Lenz, Gayle Greene, Carol Thomas Neely eds. *The Woman's Part: Feminist Criticism of Shakespeare*, Urbana: University of Illinois Press, 1980, pp. 18 – 19.

　　② Carol Thomas Neely. "Feminist Modes of Shakespearean Criticism: Compensatory, Justificatory, Transformational", *Women's Studies*, Vol. 9 (1981), p. 3.

的关系"。① 而且尼莉也承认，女性主义批评已经遭遇了一些困境，因为其对男权压迫的分析最终导致的是对这种压迫的进一步依赖。一方面，根除压迫的努力是不可能成功的，而另一方面，企图将其合并或反转也仍不能消除男女之间的不平衡。但尼莉也指出，正因为女性主义在批评方法上不拘一格，所以必将有能力突破这些困境。

随后，尼莉在此文中总结了 70 年代以来女性主义莎评的三种模式，它们分别是补偿模式、辩护模式和转换模式。对此，尼莉解释道，第一种补偿模式实际上可以被称为"文学中的女性形象"研究。这种研究认为女性角色或女性作者需要并应该受到新的重视，许多女性主义先驱所致力于进行的女性形象研究都是此种类型。这种批评模式旨在改变被传统男性批评家所固化（stereotyped）的女性形象，但其困境也很明显：首先，女主人公易被放入一个局部真空的环境，不自然地与剧作的其他部分、其他剧作以及剧作产生的文化背景分离；其次，这种模式有时会补偿过度，反转男权压制，从而无益于彻底根除这种压制；再次，这种模式对女主人公以外的其他女性角色缺乏分析。总之，补偿模式其实是女性主义批评家们对男权压迫所做出的本能反应，它所能做的只是反转性别角色，从而产生新的不公正和新的"套话"，并不能从根本上改变两性关系的对立。

尼莉指出，女性主义莎评的第二种模式是辩护模式，这种模式承认莎士比亚时代文化中的男女对立，以及男权对女性的制约和固化描述，在此基础上它会为女性形象的缺陷或男性角色对女性的认知缺陷提出辩护，或者即便不做辩护，也起码会对这些缺陷做出解释。相对于第一种模式，辩护模式能够将考察视野扩大到莎剧中的所有女性角色，并且尤其注意分析作为男权制度受害者的女性角色。"虽然辩护

---

① Carol Thomas Neely. "Feminist Modes of Shakespearean Criticism: Compensatory, Justificatory, Transformational", *Women's Studies*, Vol. 9 (1981), pp. 3 -4.

模式的批评和补偿模式一样承认剧中的某些女性角色挑战了男性行为、态度和价值,但它也指出女性从对男性的臣服中无路可退,行为上也离不开男人,更不会改变男权结构。"① 因此,辩护模式的女性主义莎评显然更加悲观。这些女性角色 "在喜剧的结尾找到了自己在这些(男权)结构中的位置,而在悲剧的结尾则被男权结构当做牺牲品或甘愿自我牺牲"。② 辩护模式的缺点在于易将男权制度僵化,将其视为一个单一的共同体,其结果是过于悲观和失去平衡。

　　女性主义莎评的第三种模式被尼莉称为转换模式,其提问方式 "不是女性做了什么或者被如何对待,而是这些行为的意义是什么,或它们如何与性别相联系"。③ 也许是时间太近,这种模式的研究对象和研究方法其实尼莉也没有说清楚,只是含糊地举了几个例子: "在这种模式下,批评家们探讨男性对女性的理想化和贬抑之间的关系,女性作为主人公和受害者之间的关系,父权文本和母权亚文本之间的关系。……"④ 不过可以肯定的是,转换模式意味着对传统批评的转换。尼莉也承认,自己更倾向于这种批评模式,因为它有更好的前景,但也正因如此,要想客观地指出其缺陷比较困难,如果说有缺陷的话,那就是它有可能被吸回到传统批评的洪流之中。

　　1983 年,丽萨·贾汀(Lisa Jardine)出版了《依旧对女儿刺刺不休:莎士比亚时代的女性与戏剧》(Still Harping on Daughters: Women and Drama in the Age of Shakespeare)一书,试图从方法论上彻底改变女性主义莎评的面貌。在此书中,贾汀不仅反对狄森伯莉,而且对之前的所有女性主义莎评提出挑战。因为她认为迄今为止,其他女性主义批评家们 "除了执着地关注莎剧中的女性角色,或者对其中的男性沙文主义充满敌意以外,在与传统的莎士比亚批评决裂方面表现出明

---

① Carol Thomas Neely. "Feminist Modes of Shakespearean Criticism: Compensatory, Justificatory, Transformational", *Women's Studies*, Vol. 9 (1981), p. 8.

② Ibid.

③ Ibid. , p. 9.

④ Ibid.

显的无能"。① 在贾汀看来，以往的女性主义莎评在沿着两条路线发展。第一条路线认为莎士比亚塑造的人物客观地反映了我们周围的世界，因此其女性角色也客观地再现了所有的女性特征，而且这些特征是亘古不变的，这也是莎士比亚能够成为经典作家的原因。狄森伯莉便是这种观点的代表。第二条路线认为莎士比亚所处的时代是男性沙文主义的，其作品不可避免地反映了男权社会对女性的压制。这条路线中温和的一派认为，莎士比亚已尽其所能做到客观，造成这种结果的原因来自社会环境；而激进的一派则认为，莎士比亚本人便是性别歧视的代表。贾汀认为这两种路线都以戏剧人物分析为重点，但她反对这种做法，她的方法是从历史资料入手，以一种新的视角展现社会环境与文学表现之间的关系，将关注的重点从"女性角色"（the woman's part）转移到"女性问题"（the woman question）。

贾汀对历史资料的应用方式也与传统批评完全不同。传统批评将历史资料视为文学文本的单一背景，而贾汀则将其与文学文本一视同仁。因此，贾汀的方法更接近新历史主义和文化唯物主义莎评。从历史文献和文学文本两方面入手，她的研究包括男童演员问题、女性继承问题、女性贞操问题等等，其目的是为了从各个方面展现出舞台女性背后的男权社会的男性焦虑。"我认为伊丽莎白时代和詹姆斯时代戏剧中表现出的对女性的强烈兴趣并不反映她们新的社会地位的提升和在社会中拥有更多的可能性，而是和父权制度对这一时期巨大社会变革的难以言传的焦虑有关。"② 因此，莎士比亚戏剧中的女性不是社会现实的反映，而是这种男性焦虑的投射和父权结构对女性地位变化的反应，莎士比亚时代表面上妇女地位提高的背后，还是父权厌女主义对女性的压制，因为类似于新历史主义莎评眼中的权力，父权文化有能力通过各种内在运作否定表面上积极向上的女性形象。

---

① Lisa Jardine. *Still Harping on Daughters*: *Women and Drama in the Age of Shakespeare*, Sussex: The Harvester Press, 1983, p. 1.

② Ibid. , p. 6.

　　20 世纪 80 年代可谓女性主义莎评发展的黄金时期，到了 1985 年，女性主义莎评已经声势浩大，连著名女性主义批评家、英美女性主义批评的奠基人之一伊莱恩·肖瓦尔特（Elaine Showalter）也为《莎士比亚与理论问题》（Shakespeare and the Question of Theory）这本文集撰写了《表现奥菲利亚：妇女、疯狂与女性主义批评的责任》（Representing Ophelia：Women，Madness，and the responsibility of Feminist Criticism）一文。在此文中肖瓦尔特追溯了奥菲利亚这个形象的舞台演出历史，反驳了精神分析莎评对奥菲利亚的解读，并认为女性批评家应该以揭示各种表现（representation）背后的意识形态因素为己任，进而"承认和检验作为我们的性别和时代产物的我们的意识形态立场的界限"。①

　　1985 年，尼莉也出版了《莎士比亚戏剧中被破坏的婚礼》（Broken Nuptials in Shakespeare's Plays）一书，此书对女性主义莎评的发展影响很大。尼莉在这里主要考察婚姻如何作为动力孕育戏剧行动，并在两性中产生张力，进而又如何让这种张力和解。同样是 1985 年，由前文提到的文化唯物主义莎评家多利莫尔和辛菲尔德所编的著名莎评文集《政治的莎士比亚》一书中收录了凯瑟琳·麦克卢基（Kathleen McLuskie）的《父权制的诗人——女性主义批评与莎士比亚：李尔王与一报还一报》（The patriarchal bard-Feminist criticism and Shakespeare：*King Lear* and *Measure for Measure*）一文，在此文中，麦克卢基认为女性主义莎评应该"政治化"，其批评的重点应该"从对（戏剧）行动的评价转向分析这些行动如何自我呈现为被评价的对象的过程"。②

---

　　① Elaine Showalter. "Representing Ophelia：Women，Madness，and the responsibility of Feminist Criticism"，Geoffrey Hartman，Patricia Parker eds. *Shakespeare and the Question of Theory*，London：Methuen，1985，p. 91.

　　② Kathleen McLuskie. "The patriarchal bard - Feminist criticism and Shakespeare：King Lear and Measure for Measure"，Jonathan Dollimore，Alan Sinfield eds. *Political Shakespeare：New Essays in Cultural Materialism*，Manchester：Manchester University Press，1985，p. 95.

　　事实上，当美国学者彼得·埃里克森（Peter Erickson，女性主义莎评家中为数不多的男性之一）在 1997 年回溯美国女性主义莎评的发展时，曾以 1985 年为界把女性主义莎评分为两个阶段，并指出第一阶段的标志是对性别问题的单一的（single-minded）关注，而第二阶段的到来则有两个因素，一个因素是新历史主义和文化唯物主义与女性主义结合，另一个因素是女性主义批评本身发展到了一个强调不同地域、不同民族的女性之间的文化差异的阶段。"第二阶段的女性主义莎评扩展了批评话语，在考察社会性别的同时，也将性（sexuality）、种族（ethnicity）、阶级（class）等纳入组成个体身份（individual identity）的构成要素来考察，而且不仅考察个人身份，也考察民族身份（national identity）"。① 其实在某种意义上，第二阶段的女性主义莎评也就是尼莉当年所说的转换模式的批评。可以说，女性主义莎评在 80 年代的发展本身就处于文学研究的大变革中。此时的女性主义莎评家们也早已不再局限于《女性的角色》序言中所列举的三种批评方法，而是吸收包括新历史主义、文化唯物主义、精神分析、马克思主义、人类学、后殖民理论等各种批评方法。因此，当 1989 年《依旧对女儿刺刺不休》再版的时候，贾汀发现她六年前关于女性主义莎评只专注于莎剧的女性形象和对性别歧视的反抗这样的论断已经完全不能形容当时的研究现状了。

　　不过，无论怎样灵活多变，和新历史主义与文化唯物主义一样，女性主义莎评在表面的纷乱芜杂下自始至终都有着一致的左倾反本质主义色彩。80 年代末，一位名叫理查德·莱文（Richard Levin）的学者曾撰文反对女性主义对莎士比亚的解读，他指出，女性主义者对男性的想象是扭曲的和无意义的，"唯一明智的出路是抛弃所有的这些理论和对建立在单一基础上的性别差异及其问题的无效追寻，大家一

---

① Peter Erickson. "On the origins of American feminist Shakespeare criticism", *Women's Studies*, 1997, Vol. 26（1），p. 20.

起致力于对人类发展中的复杂因素进行科学的研究，在能够让所有有理性的人都同意的证据的基础上，研究女人和男人之间的相同与不同，而不去管他们的性别或意识形态。"①

无论如何，反对"所有有理性的人都同意的"这种典型的本质主义思维是女性主义莎评家们的共同立场，而抛弃性别和意识形态是几乎所有女性主义莎评家所不可能接受的。结果可想而知，莱文的文章激起了包括丽萨·贾汀、葛佩莉亚·卡恩、凯瑟琳·贝尔西（Catherine Belsey）、琳达·布斯（Lynda Boose）、凯瑟琳·麦克卢基、尼莉等几乎所有重要的女性主义莎评家的激烈反对。在一篇多达 24 位女性主义莎评家的联合署名文章中，莱文被视为一种过时的本质主义文论的代表被加以批判："莱文似乎并没有意识到在一个特定的历史时期，被认为是'理性'的东西很可能从另一个时期的视角看来却是非理性的，社会等级差异的某些前提是还未被我们所发现的，主张共有属性常常掩盖了以此作为基础的压迫，许多可怕的思想和残忍的行为会迫使人们确信它们自身是理性的，而任何一个文化他者则是非理性的。认为'科学'和'理性'能够包含人类发展中的复杂因素，而不受'性别与意识形态'的任何浸染，这种观念只不过是启蒙运动的一场梦而已，而且早已变成了噩梦。"② 在这段话中，女性主义批评家的左翼立场昭然若揭。的确，在当代批判理论的大背景下，性别与意识形态早已成为理解文学乃至文化现象的关键词，因此，这篇反驳莱文的短文显示了女性主义莎评家们趋于一致的宏观态度。

科学和理性神话的瓦解，意识形态的无处不在，这正是 80 年代以后的各种政治文化批评的共识。在这方面，女性主义莎评与新历史主义和文化唯物主义站在了同一个立场上，显然它们已经融入了一个更

---

① Richard Levin. "Feminist Thematics and Shakespearean Tragedy". *PMLA*, Vol. 103, No. 2 (Mar., 1988), p. 136.

② Lisa Jardine, Lynda Boose etc. "Feminist Criticism", *PMLA*, Vol. 104, No. 1 (Jan., 1989), p. 78.

为宏伟的文学研究的变革之中。然而事实上，女性主义莎评家们比新历史主义和文化唯物主义更左倾和激进。父权在女性主义莎评这里扮演了类似于权力和意识形态在新历史主义和文化唯物主义那里的角色，而且可以说是权力和意识形态的同谋。但女性主义莎评家不满于新历史主义莎评家们对权力的遏制能力的强调，也不认为被压制的阶级或社会团体在无处不在的权力之网中毫无作为，通过文本分析来改变女性社会地位的现状才是她们的共识和目标。

灵活多变、批评方法不拘一格自诞生以来一直是女性主义莎评的特点，不过这种发展模式的结果并不一定如女性主义莎评家所愿。进入 20 世纪 90 年代以后，女性主义与解构主义、新历史主义、文化唯物主义、后殖民理论等批评方法相结合更加频繁。但更重要的是，由于受到福柯的理论和朱迪斯·巴特勒（Judith Butler）的《性别麻烦：女性主义与身份的颠覆》（Gender Trouble：Feminism and the Subversion of Identity，1990）这样的著作的影响，女性主义不再执着于女性视角，开始转向性别研究（gender studies），将两种性别都视为被社会环境所塑造的产物。在这种新视角下，女性主义莎评家开始重新考察莎剧中的男童演员和女扮男装等问题，研究这些现象如何超越性别界限并被文化所建构。一方面，女性主义希望通过灵活的方法来解决自身发展的困境，但尼莉在 20 世纪 80 年代初所提到的女性主义批评本身的困境其实一直都没有完全解决，因此在某种程度上，转向性别研究既是大环境的影响，又是不得已而为之；另一方面，对新历史主义、文化唯物主义、精神分析理论乃至后殖民主义等各种理论和批评方法不加甄别的借鉴最终也将导致女性主义莎评的自我消解。

结　论

　　自从 1904 年《莎士比亚悲剧》出版，世纪初的莎评便成了布拉德雷的独角戏。坎贝尔曾提到过当年布拉德雷掀起的那股热潮。"我记得很清楚当我的老师们读到它时候的那种狂热，因为当时我对他们的兴奋感到惊讶。对教授莎士比亚的年轻教师们而言，他们正企图或急于摆脱弗雷塔格（Freytag）的分析原则，不愿再跟着道登（Dowden）追随他。于是救赎伴随着新的领袖到来了。他们是如此狂热，以至于解读莎士比亚，要先解读布拉德雷，他们将所有的莎士比亚研究都指向了这个新的太阳"。[①] 这段话并不夸张，布拉德雷的影响一直持续到 30 年代。这期间，从德语国家传来的精神分析理论虽然也给莎评界带来了新鲜血液，但也完全不能和布拉德雷的风头相提并论。

　　不过，布拉德雷虽然在某些方面表现出了惊人的前瞻性，但他主要的批评方法——性格分析和印象主义——毕竟属于上一个时代，从 20 年代到 70 年代，整个莎士比亚评论舞台上最活跃的是分别属于两个阵营的批评家们，那就是历史主义批评和形式主义批评。由于布拉德雷的强大影响力，这两大莎评阵营都从攻击布拉德雷开始，为自己的立场制造声势。历史主义莎评家斯托尔指责布氏的方法脱离了莎士

---

① Lily B. Campbell, "Bradley Revisited: Forty Years After", *Studies in Philology*, Vol. 44, No. 2 (Apr. , 1947), p. 174.

比亚戏剧的历史语境，是一种时代错误；剑桥派形式主义莎评家奈茨则认为布拉德雷的人物分析无视作为诗歌的莎剧。直到 50 年代以后，布拉德雷的声誉才又逐步有所恢复。

反观精神分析莎评，由于其强大的理论支持，精神分析方法在文学批评中拥有更加恒久的未来。20 世纪文学批评的特点之一便是不断走向专业化和制度化。文学批评的发展过程就是要进入大学、与学术相融合、进而走向理论化，因为理论的可操作性会迎合文学批评专业化和制度化的要求，精神分析作为一种心理学理论正好具有理论化的特点，当与文学研究结合以后正好符合文学批评发展的专业化方向，因此不断被论者用于解读莎士比亚的经典作品。直至 20 世纪后期，当法国精神分析学家拉康将精神分析理论与结构主义语言学结合，从而将精神分析带入一个新的理论化时代时，《哈姆莱特》还是其重点解读的作品。而在美国，本属解构学派成员之一的哈罗德·布鲁姆于 90 年代又将精神分析与传统人文主义相结合，在《莎士比亚与人的诞生》（Shakespeare and the Invention of Human）一书中抵制专业化理论的横行。由此也可见精神分析方法在莎评中的巨大生命力。不过，精神分析与性格分析都不是 20 世纪莎评舞台上的主角。20 世纪 20 年代以后相继出来了两种截然不同乃至相互对立的批评方法，那就是历史主义批评和形式主义批评。这两大批评阵营长期占据莎评的前沿阵地，共同为 20 世纪莎评的发展做出了巨大的贡献。

历史主义莎评虽在 20 世纪才兴起，但历史批评及其背后的文学史研究却并不是 20 世纪的产物，而是 19 世纪的产物。它的起源甚至可以追溯到 18 世纪就开始的对古典主义批评的普世法则的反动。当年托马斯·华顿（Thomas Warton）① 在评论斯宾塞时就曾说："阅读一位活在远古的作家，我们必须考虑在他那个时代所流行的风俗习惯与行为

---

① Thomas Warton, 1728—1790, 英国 18 世纪文学史家和诗人。

准则，我们必须想象自己，处在他那个时代与环境。"① 因此，莎评史中的历史批评也不能被孤立看待，而应视为文学批评发展过程中的一个阶段。

历史主义批评虽植根18世纪，但直到19世纪中期以后才得到进一步发展。著名法国批评家泰纳的时代、环境、种族决定论便带有一定的历史主义色彩。这种对时代环境的注意来自于西方思想界在18世纪开始觉醒的历史意识。但历史意识是一个哲学问题，我们在这里不便多谈。不过，文学研究中的历史意识可以概括为：一个作家的作品不是对日常生活的现实反映，而是一个时代的哲学、政治、文学、文化的提炼后的表达。②

在历史意识的影响下，大学里开始出现历史学术研究。这是一个大学教授们的专门领域，他们对正在发生的文学现象置若罔闻，一头钻进故纸堆，把文学史变为一种专门的学问去研究。文学史教授闭门造车的这种情况一直持续到20世纪初。20世纪莎评中历史批评的崛起与历史学术研究有重大关系，其本质就是历史学术研究对文学批评的介入，其结果是批评与学术趋于融合。具体到莎评史中，就是莎学与莎评的对立越来越不明显。

当斯托尔在1910年宣称当时的莎评缺少的是学者的介入时，我们对这一点就看得更清楚了。在《莎士比亚批评中的时代错误》一文中，斯托尔说道："那个被萨尔赛（Sarcey）称作'可怕的恋物癖'（fetiche monstrueux）的莎士比亚之所以到现在还被各种崇拜他的人用浮华或破烂所妆点，主要是因为学者们都将注意力集中在作家生平、语言以及剧作的外部历史上，而将批评和整体上的结论留给那些诗人和有些品味的有闲绅士去处理，更不用说那些既无品位又不懂休闲的

---

① ［美］布鲁克斯、卫姆塞特：《西洋文学批评史》，颜元叔译，中国人民大学出版社1987年版，第485页。

② 1931年，一位著名的文学史教授格温洛（Edwin Greenlaw）写了一本名为《文学史研究的范围》（The Province of Literary History）的书，总结出了以上观点。此书被视为在学理上为文学史研究合法化的经典著作。

宣传员和满嘴废话的家伙们"。① 因而他呼吁学者应该用专业的历史知识介入莎评，以纠正业余批评家们对莎士比亚的各种误解。

当我们现在回顾历史主义莎评的时候，会发现每一位学者—批评家（scholar-critic）其实只关心莎士比亚时代背景中的某一个方面，每个人都显得很片面。而且，历史主义莎评内部也充满矛盾，斯托尔与后来的历史主义批评完全不同，不遗余力地反驳每一位与其观点不同的批评家；蒂利亚德也不同意坎贝尔的中世纪心理学还原方法，认为莎士比亚有能力根据生活塑造趋于真实的人物。

但是从整体上看，由于其学术研究的性质，历史主义莎评在某种意义上可以被认为是一种合作性的工作。莎学家巴考克（R. B. Babcock）在讨论历史主义莎评的价值时就很清楚地认识到了这一点。他指出，历史派莎评的真正价值在于"它实际上是一种合作性的工作，一大批学者精诚合作，发掘某一历史时期的方方面面，从而使读者在阅读彼时的作品时能够把它当做一种艺术，产生一种更加理智的愉悦（a keener intellectual enjoyment）。"② 确实，历史主义莎评不仅挖掘了莎士比亚的时代背景，让人们能够更深入更理智地了解莎翁及其作品，也使莎士比亚彻底摆脱了长期以来被冠以的"不学"的恶名。蒂利亚德、坎贝尔等人的研究都使人们看到了一个博学广识的莎翁。

20 世纪莎评发展的一大特点便是学术与批评的结合使得莎评变得更加专业化，浪漫派批评家的那种个人天赋的耀眼光芒在 20 世纪虽然也时有迸发——比如托·斯·艾略特、威尔逊·奈特以及后来的哈罗德·布鲁姆等人，但总的来说，批评的学术化乃至晚近的理论化已是大势所趋，传统的业余文学批评在受到来自学者的历史主义批评的冲

---

① Elmer Edgar Stoll. "Anachronism in Shakespeare Criticism", *Modern Philology*, Vol. 7, No. 4（Apr. , 1910）, pp. 557－575.

② R. W. Babcock. "Historical Criticism of Shakespeare", *Modern Language Quarterly*, 1952, 13（1）, p. 19.

击之后，还将受到来自文学批评家内部的形式主义批评的冲击。

在 20 世纪上半叶，形式主义莎评和历史主义莎评各自占据了莎士比亚评论的半壁江山，不过从 50 年代到 70 年代，则形成了形式主义莎评一家独大的局面。正如历史主义莎评的背后是历史主义文学批评和文学史学术研究，形式主义莎评的背后就是 20 世纪的形式主义文学批评。如果对形式主义批评追根溯源，则会发现虽然与形式主义批评有关的有机整体论可以追溯到 19 早期世纪初期的柯尔律治，为文学而文学的观念也可以追溯到 19 世纪后期的唯美主义，但总的来说，形式主义批评的核心观念还是典型的 20 世纪文学批评发展的产物。

在 19 世纪末 20 世纪初，文学批评在个人层面，多是批评家的个人感悟的产物；在社会层面，文学批评则基本上以报纸杂志为阵地，只能算是游离于大学体制之外的、针对大众的文学赏析指南。虽然历史主义批评和形式主义批评各自出身不同，但两者的一个共同的目标就是改造这种文学批评的现状。如果说历史主义批评在本质上是一种历史学术研究对传统文学批评的介入的话，那么形式主义批评则是从另一方面对传统文学批评的改造，其目标是用一种系统化、体制化、专业化的文学批评来代替散兵游勇式的业余批评和传统人文主义批评。

20 世纪初，出现了以艾略特、叶芝、庞德等人为代表的新的诗歌理论，他们更重视诗歌的语言和意象；另一方面，瑞恰兹、燕卜逊、利维斯等人的新批评观念也开始使文学批评更加科学。这些都使批评家们对文学作品的关注集中在语言和文字上。正如维斯瓦纳坦教授指出的，新的诗学带来了一种新的结构，即想象的逻辑（the logic of imagination）①，其典型例子就是奈特提出的“空间”方法。“空间”而非“时间”几乎成了所有形式主义批评家的共识，于是，意象、象征、主题、神话、原型、仪式，文学作品的这些“媒介”方面成为新

---

① S. Viswanathan. *The Shakespeare Play as Poem：A Critical Tradition in Perspective*, Cambridge：Cambridge University Press, 1980, p. 44.

批评等形式主义批评关注的重点。这同样也解释了为什么大部分形式主义莎评家都把莎士比亚作品看作是诗歌，而非戏剧。到了 50 年代，诺斯罗普·弗莱再次对形式主义批评进行了改造。弗莱的方法抛弃了文学批评中的价值判断，将文学研究进一步理论化，可以说是形式主义批评发展的一个更高阶段。

正如我们之前所展示的，这一切都被反映在了莎评的发展之中。但是，这以后的莎评将走向何方？到了 60 年代，有一本莎评著作值得一提，那就是巴博尔（C. L. Barber）的《莎士比亚的节庆喜剧》（Shakespeare's Festive Comedy）。巴博尔在莎士比亚喜剧批评中的地位之高与弗莱相比有过之而无不及；而且他从英国传统节庆活动出发，关注的也是莎士比亚喜剧中的仪式元素，因此常常被拿来和弗莱相提并论。但巴博尔与弗莱不同的地方在于，他通过研究英国历史中节庆活动，回到一种历史主义视角。于是有论者指出，"巴博尔的书虽然并未完全探索，但却暗示了一条对未来批评有益的方向，即从文学形式论走向一种人类学历史主义（anthropological historicism）。"[①] 而这正是后来格林布拉特的新历史主义莎评发展的方向，这也是为什么格林布拉特会为新版的《莎士比亚的节庆喜剧》作序，并明确地声称自己受到了巴博尔的影响。所以，在 20 世纪下半叶，当形式主义莎评终于盛极而衰之后，历史必将再次成为莎评中的重要维度，只不过这次它会以完全不同的面貌出现。

70 年代以后的莎评在一种理论热的大背景中得到了蓬勃的发展，我们在这里所讨论的几种批评方法和批评阵营只是这一理论大潮中的几种，但他们却已经给莎士比亚批评带来了天翻地覆的变化，使莎评进入了一个前所未有的繁荣发展阶段。但是另一方面，理论热的表面繁荣下潜藏着某种危机。这种危机不是莎士比亚研究本身的危机，而

---

① Lawrence Danson. "Twentieth-century Shakespeare Criticism: The Comedies", Stanley Wells ed. *The Cambridge Companion to Shakespeare Studies*, Cambridge: Cambridge University Press, 1986, p. 234.

是整个文学研究的危机。理论的出现被许多老一代的批评家看作是对文学批评乃至文学本身的侵袭。在莎评界也并不是所有的莎评家都对这种理论的创新持欢迎态度。我们在这里仅举一个例子来说明莎评中传统势力的抵抗。

1994 年，著名莎评家布莱恩·维克斯（Brian Vickers）出版了一本叫做《挪用莎士比亚：当代批评论争》（Appropriating Shakespeare：Contemporary Critical Quarrels）的专著，在这本书中他将解构主义、新历史主义、后结构主义心理分析、女性主义等 70 年代以后诞生的批评阵营一一进行了反驳，认为他们都是出于自己的政治目的，通过"挪用"莎士比亚来争夺话语权，完全忽视了文学的审美维度。

抛开学理上的对和错，维克斯的指责帮助我们看到了一些莎评界不容忽视的新现象。首先，传统以文本为中心的文学批评受到了来自各种前沿理论的前所未有的冲击；其次，受到整个西方知识界左倾思想的影响，70 年代以后的大部分莎评都带有明显的政治倾向性和意识形态色彩；再次，整个莎士比亚评论界已经陷入了一种众声喧哗、甚至互相攻击的状态。有着相同或相近立场的莎评家们聚集在一起，以出版文集的形式阐述自己的立场变成了最常见的现象。相应的，整个莎评界也不太可能再诞生像布拉德雷、奈特、蒂利亚德这样的拥有无与伦比影响力的莎评大家。不可否认的是，70 年代以来文学研究中的理论大潮至今也丝毫没有退潮的迹象。莎士比亚批评乃至整个文学研究都已经在这个大潮中悄然改变着自己的面貌。

众所周知，西方莎士比亚评论浩如烟海，而 20 世纪的莎评更是具有前所未有的丰富性和多元性。但是，正如莎评史家伊斯特曼曾经指出的，人们记忆中的历史是由英雄人物和将军们的事迹所组成的，而不是每一个普通士兵的故事。一部莎评史也应该是由最具影响力的莎评家们所组成的，而不可能对每一位莎士比亚研究者的贡献进行面面俱到的介绍和评价。因此，我们所关注的是决定莎士比亚评论发展走向的莎评家们；我们所追寻的是莎评的这种丰富与多元之中所蕴藏的内在发展逻辑。从历史发展的角度看，整个莎士比亚批评的发展都是在传统与反传统的辩证关系中前进的。

自从 20 世纪初布拉德雷将浪漫主义的性格分析批评推向一个巅峰之后，莎士比亚批评就进入了批评方法不断加速更新的新陈代谢循环。历史主义批评最早以反对传统性格分析和心理分析的姿态从学术研究介入莎评，开始了 20 世纪莎评走向专业化和学术化的道路；之后不久，形式主义批评就再一次以反对传统性格分析的立场对莎士比亚批评乃至整个文学批评进行了改造，并以文本为中心，对莎士比亚的作品进行了细致入微的研读和解释。

但是，新的批评方法仍然不断出现，这种新陈代谢现象在 70 年代的理论繁荣出现之后更加明显，历史主义批评和新批评等形式主义批评很快就从传统的改造者变成了被反对的传统本身。女性主义、新历史主义、文化唯物主义都在莎评领域崭露头角。再后来，后殖民主义、性别研究、酷儿理论、生态批评等新理论和新批评方法也开始在分析莎士比亚作品中一试身手。这些带有强烈理论色彩的批评方法正在对莎士比亚批评乃至整个文学研究进行前所未有的深刻改造。由于种种原因，我们未能对上述某些影响力延续至今的最新的理论方法在莎士比亚批评领域的应用做出相应的介绍和评价，只是选取了一些最具代表性的批评家进行了讨论。但是在这样的大背景下，21 世纪的莎士比亚批评必进入一个更加多元化、更加深入、同时也更加繁荣的阶段。这也将构成我们未来研究的一个新的起点。

参考文献

一 国外文献 （专著类）

[1] Anderson, Ruth Leila. *Elizabethan Psychology and Shakespeare's Plays*, Whitefish: Kessinger Publishing, 2010.

[2] Armstrong, Philip. *Shakespeare in Psychoanalysis*, London: Routledge, 2001.

[3] Barber, C. L. *Shakespeare's Festive Comedy: A Study of Dramatic Form and Its Relation to Social Custom*, Princeton University Press, 2011.

[4] Bloom, Harold. Shakespeare: *The Invention of the Human*, New York: Riverhead Books, 1998.

[5] Bradley, A. C. *Oxford Lectures on Poetry*, London: Macmillan & Co. LTD., 1963.

[6] Bradley, A. C. *Shakespearean Tragedy*, London: Penguin Books, 1991.

[7] Campbell, Lily Bess. *Shakespeare's Tragic Heroes: Slaves of Passion*, Cambridge: Cambridge UP, 1930.

[8] Campbell, Lily Bess. *Shakespeare's Histories: The Mirror of Elizabethan Policy*, San Marino: The Huntington Library, 1958.

[9] Clemen, Wolfgang. *The Development of Shakespeare's Imagery*, London: Methuen & Co. Ltd, 1977.

[10] Cooke, Katharine. *A. C. Bradley and his Influence in the Twentieth-Century Shakespeare Criticism*, Oxford: Oxford UP, 1972.

[11] Danby, J. F. *Shakespeare's Doctrine of Nature: A Study of King Lear*, Faber and Faber, 1949.

[12] De Grazia, Margreta and Wells, Stanley, ed. *The Cambridge Companion to Shakespeare*, Cambridge: Cambridge University Press, 2001.

[13] Dobson, Michael and Wells, Stanley, ed. *The Oxford Companion To Shakespeare*, Oxford: Oxford UP, 2001.

[14] Dollimore, Jonathan. *Radical Tragedy: Religion, Ideology and Power in the Drama of Shakespeare and his Contemporaries*, Durham: Duke University Press, 2004.

[15] Dollimore, Jonathan and Sinfield, Alan, ed. *Political Shakespeare: New essays in Cultural Materialism*, New York: Cornell University Press, 1985.

[16] Dowden, Edward. *Essays Modern and Elizabethan*, London: J. M. Dent & Sons LTD, 1910.

[17] Drakakis, John, ed. *Alternative Shakespeares*, London: Routledge, 2002.

[18] Dusinberre, Juliet. *Shakespeare and the Nature of Women*, Macmillan Press, 1996.

[19] Eagleton, Terry. *William Shakespeare*, Oxford: Blackwell, 1986.

[20] Eastman, Arthur M. *A Short History of Shakespearean Criticism*, New York: Random House, 1968.

[21] Gallagher, Catherine and Greenblatt, Stephen. *Practicing New Historicism*, Chicago and London: The University of Chicago Press, 2000.

[22] Granville-Barker, Harley and Harrison, G. B, ed. *A Companion to*

Shakespeare Studies, Cambridge: Cambridge University Press, 1946.

[23] Greenblatt, Stephen. *Renaissance Self-Fashioning: From More to Shake-speare*, Chicago: University of Chicago Press, 1980.

[24] Greenblatt, Stephen, ed. *Redrawing the Boundaries: the Transfor-mation of English and American Literary Studies*, Beijing: Foreign Language Teaching and Research Press, 2007.

[25] Greenblatt, Stephen. *Shakespeare Negotiations*, Berkeley & Los An-geles: University of California Press, 1988.

[26] Frye, Northrop. *Northrop Frye's Writings on Shakespeare and the Re-naissance*, University of Toronto Press, 2010.

[27] Halliday, F. E. *Shakespeare and his Critics*, London: Gerald Duck-worth & Co. Ltd, 1949.

[28] Harris, Jonathan Gil. *Shakespeare and Literary Theory*, Oxford: Ox-ford University Press, 2010.

[29] Hartman, Geoffrey and Parker, Patricia. eds. *Shakespeare and the Question of Theory*, London: Methuen, 1985.

[30] Hawkes, Terence, ed. *Alternative Shakespeares Volume* 2, London: Routledge, 1996.

[31] Hawkes, Terence. *That Shakespeherian Rag: Essays on a Critical Process*, Oxford: Routledge, 1986.

[32] Jardine, Lisa. *Still Harping on Daughters: Women and Drama in the Age of Shakespeare*, Sussex: The Harvester Press, 1983.

[33] Jones, Ernest. *Hamlet and Oedipus*, New York: Doubleday, 1949.

[34] Kermode, Frank, ed. *Four Centuries of Shakespearean Criticism*, New York: Avon Book, 1965.

[35] Knight, George Wilson. *The Crown of Life: Essays in Interpretation of Shakespeare's Final Plays*, London: Methuen & Co. Ltd. , 1965.

[36] Knight, George Wilson. *The Wheel of Fire: Interpretation of Shakespeare's*

Tragedy, Cleveland: The World Publishing Company, 1957.

[37] Knight, George Wilson. *The Shakespearian Tempest*, London: Methuen & Co. Ltd, 1953.

[38] Knights, L. C. '*Hamlet*' *and other Shakespearean Essays*, Cambridge: Cambridge UP, 1979.

[39] Knights, L. C. *Explorations*, New York: George W. Stewart, Publisher, INC, 1947.

[40] Knights, L. C. *Some Shakespearean Themes*: *And An Approach to '*Hamlet*'*, Stanford: Stanford University Press, 1959.

[41] Lenz, Carolyn Ruth Swift; Greene, Cayle and Neely, Carol Thomas, ed. *The Woman's Part*: *Feminist Criticism of Shakespeare*, Urbana: University of Illinois Press, 1980.

[42] Litz, A. Walton; Menand, Louis and Rainey, Lawrence, ed. *The Cambridge History of Literary Criticism volume* 7: *Modernism and the New Criticism*, Cambridge: Cambridge UP, 2008.

[43] McDonald, Russ, ed. *Shakespeare*: *An Anthology of Criticism and Theory* 1945—2000, Oxford: Blackwell, 2004.

[44] Parker, Patricia A, ed. *Shakespeare and the Question of Theory*, London: Routledge, 1986.

[45] Payne, Michael, ed. *The Greenblatt Reader*, Oxford: Blackwell Publishing Ltd, 2005.

[46] Ralli, Augustus. *History of Shakespearian Criticism. Volum* 2, New York: Humanities Press, 1965.

[47] Ridler, Anne, ed. *Shakespeare Criticism* 1919—35, London: Oxford UP, 1936.

[48] Ridler, Anne, ed. *Shakespeare Criticism* 1935—60, London: Oxford UP, 1963.

[49] Shaughnessy, Robert. *The Routledge Guide to William Shakespeare*

(*Part* 3), New York: Routledge, 2011.

[50] Siegel, Paul, ed. *His Infinite Variety: Major Shakespearean Criticism Since Johnson*, Philadelphia and New York: J. B. Lippincott Company, 1964.

[51] Sinfield, Alan. *Cultural Materialism and the Politics of Dissident Reading*, Berkeley: University of California Press, 1992.

[52] Smith, Emma, ed. *Shakespeare's Comedies*, (Blackwell Guides to Criticism). Oxford: Blackwell, 2003.

[53] Smith, Emma, ed. *Shakespeare's Histories*, (Blackwell Guides to Criticism). Oxford: Blackwell, 2003.

[54] Smith, Emma, ed. *Shakespeare's Tragedies*, (Blackwell Guides to Criticism). Oxford: Blackwell, 2003.

[55] Spencer, Theodore. *Shakespeare and the Nature of Man*, New York: The Macmillan Company, 1961.

[56] Spurgeon, Caroline. *Shakespeare's Imagery and What it Tells Us*, Cambridge: Cambridge UP, 1935.

[57] Stoll, Elmer Edgar. *Art and artifice in Shakespeare: A study in Dramatic Contrast and Illusion*, Cambridge: Cambridge UP, 1934.

[58] Stoll, Elmer Edgar. *Shakespeare Studies: Historical and Comparative in Method*, New York: Frederick Ungar Publishing Co. , 1960.

[59] Stoll, Elmer Edgar. *Othello: An Historical and Comparative Study*, Minneapolis: Minnesota University Press, 1915.

[60] Stoll, Elmer Edgar. *Hamlet: An Historical and Comparative Study*, Minneapolis: Minnesota University Press, 1919.

[61] Stoll, Elmer Edgar. *From Shakespeare to Joyce*, New York: Frederick Ungar Publishing Co. , 1944.

[62] Taylor, Michael. *Shakespeare Criticism in the Twentieth Century*, Oxford: Oxford University Press, 2001.

[63] Tillyard, E. M. W. *Shakespeare's Early Comedies*, London: Chatto and Windus, 1965.

[64] Tillyard, E. M. W. *Shakespeare's History Plays*, London: Penguin Books, 1969.

[65] Tillyard, E. M. W. *The Elizabethan World Picture*, New York: Vintage Books, 1960.

[66] Traversi, D. A. *Approach to Shakespeare*, London: Sands: The Paladin Press, 1938.

[67] Traversi, D. A. *Shakespeare: The Last Phase*, London: Hollis & Carter, 1954.

[68] Vickers, Brian. *Appropriating Shakespeare: Contemporary Critical Quarrels*, New Haven: Yale University Press, 1993.

[69] Viswanathan, S. *The Shakespeare Play as Poem: A Critical Tradition in Perspective*, Cambridge: Cambridge UP, 1980.

[70] Wells, Stanley, ed. *The Cambridge Companion to Shakespeare Studies*, Cambridge: Cambridge University Press, 1986.

[71] Wilson, J. Dover. *Fortunes of Falstaff*, Cambridge: Cambridge University Press, 2004.

[72] Wilson, J. Dover. *What Happens in Hamlet*, Cambridge: Cambridge University Press, 1951.

二　国外文献　（论文类）

[1] Babcock, R. B. "Historical Criticism of Shakespeare," in *Modern Language Quarterly*, 13 (1952), 6—20.

[2] Campbell, Lily B. "Bradley Revisited: Forty Years After", *Studies in Philology*, Vol. 44, No. 2 (Apr., 1947), 174—194.

[3] Dollimore, Jonathan. "Shakespeare, Cultural Materialism, Feminism and Marxist Humanism", in *New Literary History*, 21. 3. Spring 1990,

471—93.

[4] Erickson, Peter. "On the origins of American feminist Shakespeare criticism", *Women's Studies*, 1997, Vol. 26 (1), 1—26.

[5] Flatter, Richard. "Sigmund Freud on Shakespeare", *Shakespeare Quarterly*, Vol. 2, No. 4 (Oct., 1951), 368—369.

[6] Hastings, William T. "The New Critics of Shakespeare: An Analysis of the Technical Analysis of Shakespeare", in *Shakespeare Quarterly*, Vol. 1, No. 3 (Jul., 1950), 165—176.

[7] Harpham, Geoffrey Galt. "Foucault and the New Historicism", in *American Literary History*, Vol. 3, No. 2 (Summer, 1991), 360—375.

[8] Hawkes, Terence. "Telmah & John Dover Wilson", *Encounter*, April 1983, 50—59.

[9] Holland, Norman N. "Shakespearean Tragedy and the Three Ways of Psychoanalytic Criticism", in *The Hudson Review*, Vol. 15, No. 2 (Summer, 1962).

[10] Jones, Ernest. "The OEdipus-Complex as an Explanation of Hamlet's Mystery: A Study in Motive", in *The American Journal of Psychology*, Vol. 21, No. 1 (Jan., 1910), 72—113.

[11] Levin, Richard. "Feminist Thematics and Shakespearean Tragedy", *PMLA*, Vol. 103, No. 2 (Mar., 1988), 125—138.

[12] Leavis, F. R. "Diabolic Intellect and the Noble Hero: or the Sentimentalist's Othello", *Scrutiny*, December, 1937, 259—283.

[13] Leavis, F. R. "A Retrospect", *Scrutiny*, Spring, 1963, 1—26.

[14] Muir, Kenneth. "Fifty Years of Shakespearian Criticism: 1900—1950", in *Shakespeare Survey* 4: *Interpretation*, Allardyce Nicoll ed. Cambridge: Cambridge UP, 1951, 1—25.

[15] Neely, Carol Thomas. "Feminist Modes of Shakespearean Criticism:

Compensatory, Justificatory, Transformational", *Women's Studies*, Vol. 9 (1981), 3—15.

[16] Pechter, Edward. "The New Historicism and Its Discontents: Politicizing Renaissance Drama", *PMLA*, Vol. 102, No. 3 (May, 1987), 292—303.

[17] Ransom, John Crowe. "The Formal Analysis", *The Kenyon Review*, Vol. 9, No. 3 (Summer, 1947), 436—455.

[18] Ransom, John Crowe. "The Final Cause", *The Kenyon Review*, Vol. 9, No. 4 (Autumn, 1947), 640—658.

[19] Stoll, Elmer Edgar. "Anachronism in Shakespeare Criticism", in *Modern Philology*, Vol. 7, No. 4 (Apr., 1910), 557—575.

[20] Stoll, Elmer Edgar. "Symbolism in Shakespeare", in *The Modern Language Review*, Vol. 42, No. 1 (Jan., 1947), 9—23.

[21] Veenstra, Jan R. "The New Historicism of Stephen Greenblatt: On Poetics of Culture and the Interpretation of Shakespeare", in *History and Theory*, Vol. 34, No. 3 (Oct., 1995), 174—198.

三　国内文献（专著类）

[1]［英］艾略特：《艾略特文学论文集》，李赋宁译，百花洲文艺出版社 2010 年版。

[2]［英］托·斯·艾略特：《传统与个人才能：艾略特文集·论文》，卞之琳等译，上海译文出版社 2012 年版。

[3]［英］安·塞·布雷德利：《莎士比亚悲剧》，张国强等译，上海译文出版社 1992 年版。

[4]［美］布鲁克斯、卫姆塞特：《西洋文学批评史》，颜元叔译，中国人民大学出版社 1987 年版。

[5]［美］布鲁克斯：《精致的瓮：诗歌结构研究》，郭乙瑶等译，上海人民出版社 2008 年版。

［6］［美］哈罗德·布鲁姆：《西方正典》，江宁康译，译林出版社 2005 年版。

［7］［英］弗雷泽：《金枝》，新世界出版社 2006 年版。

［8］［奥］弗洛伊德：《弗洛伊德论美文选》，张唤民、陈伟奇译，知识出版社 1987 年版。

［9］［奥］弗洛伊德：《弗洛伊德文集 7：达·芬奇对童年的回忆》，车文博主编，长春出版社 2004 年版。

［10］［奥］弗洛伊德：《论文学与艺术》，常宏等译，国际文化出版公司 2001 年版。

［11］［奥］弗洛伊德：《释梦》，孙名之译，商务印书馆 2011 年版。

［12］［奥］弗洛伊德：《精神分析引论》，高觉敷译，商务印书馆 1986 年版。

［13］［法］福柯：《疯癫与文明》，刘北成、杨远婴译，生活·读书·新知三联书店 2007 年版。

［14］［法］福柯：《规训与惩罚》，刘北成、杨远婴译，生活·读书·新知三联书店 1999 年版。

［15］［加］弗莱：《批评的解剖》，陈慧等译，百花文艺出版社 2006 年版。

［16］［德］歌德等：《读莎士比亚》，张可、王元化译，上海书店出版社 2008 年版。

［17］［美］格尔茨：《文化的解释》，韩莉译，译林出版社 2008 年版。

［18］［美］兰色姆：《新批评》，王腊宝、张哲译，江苏教育出版社 2006 年版。

［19］［美］米勒：《解读叙事》，申丹译，北京大学出版社 2002 年版。

［20］［奥］荣格：《心理学与文学》，生活·读书·新知三联书店 1987 年版。

［21］［英］瑞恰兹：《文学批评原理》，杨自伍译，百花洲文艺出版社 1992 年版。

［22］［英］莎士比亚:《莎士比亚全集》,朱生豪等译,人民文学出版社 1994 年版。

［23］［英］莎士比亚:《莎士比亚全集》,梁实秋译,中国广播电视出版社 2002 年版。

［24］谈瀛洲:《莎评简史》,复旦大学出版社 2005 年版。

［25］王逢振主编:《2000 年新译西方文论选》,漓江出版社 2001 年版。

［26］［美］韦勒克、沃伦:《文学理论》,刘象愚等译,江苏教育出版社 2005 年版。

［27］［美］韦勒克:《近代文学批评史》（八卷）,杨岂深、杨自伍译,上海译文出版社 1997—2006 年版。

［28］［美］韦勒克:《批评的概念》,张金言译,中国美术学院出版社 1999 年版。

［29］［英］威廉斯:《马克思主义与文学》,王尔勃等译,河南大学出版社 2008 年版。

［30］［英］威廉斯:《政治与文学》,汪民安等译,河南大学出版社 2010 年版。

［31］［古希腊］亚里士多德:《诗学》,陈中梅译注,商务印书馆 2012 年版。

［32］杨冬:《文学理论:从柏拉图到德里达》,北京大学出版社 2009 年版。

［33］杨周翰选编:《莎士比亚评论汇编》（下）,中国社会科学出版社 1981 年版。

［34］［英］伊格尔顿:《二十世纪西方文学理论》,伍晓明译,北京大学出版社 2007 年版。

［35］张京媛编:《新历史主义与文学批评》,北京大学出版社 1993 年版。

［36］张泗洋等:《莎士比亚引论》,中国戏剧出版社 1989 年版。

［37］赵一凡编:《西方文论关键词》,外语教学与研究出版社 2006

年版。

[38] 赵毅衡选编:《"新批评"文集》,百花文艺出版社 2001 年版。

[39] 中国社会科学院文学研究所编:《中国社会科学院文学研究所学术汇刊:现代美英资产阶级理论文选》,知识产权出版社 2010 年版。

[40] 中国社会科学院外国文学研究所《世界文化》编辑委员会编:《文艺学和新历史主义》,社会科学文献出版社 1993 年版。

[41] 中国莎士比亚研究会编:《莎士比亚研究(第三期)》,浙江文艺出版社 1986 年版。

[42] 朱光潜:《悲剧心理学》,江苏文艺出版社 2009 年版。

[43] 朱光潜:《西方美学史》,人民文学出版社 2008 年版。

四 国内文献 (论文类)

[1] 华泉坤:《当代莎士比亚评论的流派》,《上海外国语学院学报》1993 年第 5 期。

[2] 陆扬:《关于新历史主义批评》,《外国文学研究》1994 年第 3 期。

[3] 谈瀛洲:《新历史主义莎评之新》,《中国比较文学》2000 年第 4 期。

[4] 涂淦和:《谈谈二十世纪西方莎评的几种流派》,《厦门大学学报》1985 年第 2 期。

[5] 王丽莉:《格林布拉特新历史主义的莎学研究实践》,《国外理论动态》2007 年第 4 期。

[6] 肖锦龙:《20 世纪后期西方莎剧评论的新动向》,《文艺研究》2008 年第 5 期。

[7] 许勤超:《莎剧阐释中的历史、意识形态与主体性——多利默莎评思想研究》,《世界文学评论》2010 年第 2 期。

[8] 许勤超:《政治的莎士比亚——文化唯物主义莎评概述》,《宁夏社会科学》2008 年第 2 期。

［9］杨林贵：《莎士比亚与权力》，《外国语文》2009 年第 4 期。

［10］杨周翰：《二十世纪莎评》，《外国文学研究》1980 年第 4 期。

［11］袁宪军：《〈汉姆雷特〉的批评轨迹》（下），《北京第二外国语学院学报》（外语版）2007 年第 4 期。

［12］张月超：《三百余年来莎士比亚评论述评》，《文艺理论研究》1982 年第 1 期。

［13］赵国新：《文化唯物论》，《外国文学》2003 年第 4 期。

［14］朱安博：《文本的历史性和历史的文本性——莎学研究的新历史主义视角》，《四川外语学院学报》2008 年第 5 期。

［15］朱安博：《新历史主义与莎学研究》，《四川外语学院学报》2006 年第 1 期。